IL MOSAICO DEL TEMPO GRANDE

偉大なる時のモザイク

カルミネ・アバーテ
栗原俊秀 訳・解説

未知谷
Publisher Michitani

偉大なる時のモザイク

目次

すべてのはじまり

偉大なる時のモザイク

最後の影

終りのあと

Il mosaico del tempo grande
by
Carmine Abate

偉大なる時のモザイク

ミケーレとクリスティアンへ。
二人の時、すなわち未来が、偉大であり、光に満ちたものとなることを祈念して。

あらゆる物語は恋の物語である。

ロバート・マクリアム・ウィルソン

アニ・ティ・ヴェテ・エ・カリ・フィウトゥロル
スィ・アンダル・タ・ブクル・ナ・メル・ジイスモン。
エ・ンダト・カトゥンド、ク・ネセル・タ・アッラシュ、
サ・ケ・トゥフォルト・タン、サ・ケ・ティ・シュピン、
アティエ・サ・コプシュティ・イト、サ・デル・メ・ンデル……

きみはここを去ろうとしている、そしてペガサスは
美しい夢のように、わたしたちを捕らえて離さない。
明日にきみが着く国では、
わたしたちの言葉を話せない、きみは家を持つことができない、
そこはきみの土地ではない、きみが敬われることはない……

ジローラモ・デ・ラーダ

わたしの訪れは、旅のあいだにわたしが忘れた
ある命令の、証言だった

エウジェニオ・モンターレ

すべてのはじまり

1　瞳に映る影

風に向かって、炎に包まれた村のことを話していた。男たち女たち子供たちが、焼け落ちる村から逃げだしてくる。誰もが、俺たちと同じ名を持ち、俺たちと同じ言葉を話している。輝きを放つ眼差しさえもが、俺たちのものにそっくりで、けれど当然、俺たちの瞳にはない大きな恐れに満たされている。

時おり、話すのをやめたかと思うと、友人たちに聞こえるように大きな声で喚いてみせた「なにもかもうまくいったら、俺は八月の頭に出発する」熱を帯びた大きな声が、切羽詰まった響きとともに、勢いよく宙を舞っていた。まるで、ひどく長いあいだ胸の裡にしまっておいた、生きるか死ぬかの大問題を口にしているみたいだった。

まだ陽が昇ってから間もなかった。アントニオ・ダミスは古い軍用トラックの荷台に乗っていた。

ある親戚が終戦間際に、アメリカ人から二束三文でせしめた一台だった。ホラの広場を明け方に出発したトラックは、クロトーネを目指して走っていた。セメントの詰まった袋やられんがやらを積みこんでから、ホラへと戻る予定だった。その前日、客で賑わうバールのなかで、アントニオ・ダミスはこの親戚と話をしていた。トラックに乗せて街まで連れていってほしいと、彼は親戚に頼みこんだ。アントニオ・ダミスには、写真屋に行かなければならない事情があった。パスポートを申請するため、写真を撮る必要があったから。そういうわけであの日の彼は、白いシャツと祭日用のジャケットを身にまとっていた。髭はとても丁寧に剃られていた。丁寧すぎて、黒くほっそりとしたその口髭は、定規で引いたようにまっすぐな形になっていた。

トラックの荷台にはほかにも三人、ホラの若者が乗りこんでいた。農耕機を買うためにクロトーネに向かっている二人の兄弟と、アントニオ・ダミスの従兄のサルヴァトーレだった。新鮮な卵が二〇〇個ほども詰まった籠を、サルヴァトーレは大事そうに抱えていた。彼はそれを、クロトーネの市場で売るつもりだった。

道中、アントニオ・ダミスはずっと目を細めていた。クロトーネまで行くのなら、村人の足となっている郵便バスを使うこともできた。けれどそれはごめんだと、彼は友人たちにことあるごとに言っていた。腋やら足やら、寝起きの農夫の大蒜《にんにく》くさい息の臭いやらを想像しただけで、アントニオ・ダミスは窒息しそうだった。トラックの荷台なら、そんな心配をする必要もなかった。アントニオ・ダミスは今、顔と髪に吹きつける風を心から楽しんでいた。晴れやかな気分だった。むしろ、幸福とさえ言えるほどだった。目の前に差し迫った旅を思い、彼は突然、目指す土地の名を大声で叫びはじめた。彼はその場所を、三通りの名前で呼んでみた。それはあたかも、陽気なカンツォーネのリフレインのように耳に響いた「アルベリア、シュチパリア、アルバニア！」そんな様子だから、いちばん最近のメモのことも、きれいに忘れてしまったように見えた。メモには活字で、いつものうわ言が記されていた。アントニオ・ダミスはそれを、その日の朝に郵便受けのなかに見つけたばかりだった。すでにこの二ヵ月のあいだに、同じようなメモを三通も受け取っていた。どのメモも、小さく丸められた形で、空の薬莢のなかに入れられていた。

そのメモは、真面目に対処すべき脅迫というよりは、なにかの悪ふざけのように感じられた。アントニオ・ダミスを影で笑ってやるための、陰湿な冗談に違いなかった。

「屑野郎、逃げようとしても無駄だ。じきにお前は報いを受ける」

「俺たちが始末してやる、屠殺場の豚のようにな」

「どこへ行こうと追いつづけるぞ。お前はすぐに、生まれたことを後悔するさ」

そして四通目のメモには、次のように記されていた「お前、旅に出たいのか？　なら俺たちが、あの世への旅立ちをお膳立てしてやろう」

アントニオ・ダミスは慎重な男だった。彼はメモのことを、周囲の誰にも話さなかった。もし話せば、ちんぴらたちの思うつぼにはまってしまう。ホラに暮らす全員がそれを知り、全員がアントニオ・ダミスを笑い物にするよう、この連中は願っているのだから。もっとも、本当のところを言ってしまえば、すでに多くの村人がアントニオ・ダミスのことを、しばらく前から笑いぐさにしていた。今彼が計画している旅のせいだった。その旅の実現を、アントニオ・ダミスは固く心に誓っていた。

から五世紀以上も前に、俺たちの祖先、ホラの創始者たちがあとにしてきた土地を目指す旅。そう、お前たちならよく分かるはずだ。この話が広まるにつれ、村人たちはやいのやいのと口を出してきた「五〇年でも一〇〇年でもない、何世代も遡った話だぞ」「時代の夜更けだ、クル・クリシュティ・ヴェイ・クテ・エクル」「その村が、今でも残っていようといなかろうと、けっきょくは同じことだ。海の向こうにいるはずの、俺たちの血筋の生き残りとやらは、トルコ人になったり、石像に姿を変えたり、埃になって舞い散ったりしたに決まってる。それだけの時間が流れたんだからな」

ホラの住人のなかでも、過去の歴史や昨今のアルバニアの情勢に通じている人たちは、アントニオ・ダミスを笑うのではなく、出発を思いとどまるよう真剣に彼を説得した「独裁政治の恐ろしさを分かってるのか？　アルバニアはもうだめだ。あの国の国境を出入りするのは、針穴を通るより難しい。国境をまたぐなり、お前はその場で撃ち殺される。お前がどこの誰であろうと、あいつらにはどうだっていいんだ」

やがて、ホラは大きな驚きに包まれた。アントニオ・ダミスに善意の忠告をした村人を含め、誰もが考えを改めざるをえなかった。ある一日、骨も肉もある生きたアルバニア人たちが、ホラの村にやってきたのだ。そのほとんどは、踊り子や歌手や演奏家で、シュカンディーヤの民俗藝能グループのメンバーだった。首都ティラナから来たアルバニア人だった。そのなかに、ドリタがいた。

思ってもみなかったあの来訪をアントニオ・ダミスが回想しているあいだ、ドリタの名を彼の口から引き剥がそうとするかのごとく、風が激しく吹き荒れた。幸い彼は、ドリタについてあれこれと吹聴したくなる気持ちを、しっかり抑えこんでいることができた。想いを寄せるアルバニアの娘の、ドリタというその名前さえ、彼は誰にも明かしていなかった。それはおそらく敬意のためか、あるいは、傷口がひとりでに開くことを恐れたためかもしれなかった。それか、ひょっとしたらただ単純に、アルバニアへ発つという自らの決心を、友人たちから「割れ目」の問題として片づけられることを嫌ったのかもしれない。じっさい彼には、自分をからかう下品な声が、今にも聞こえてくるような気がしていた「なんだ、ントヌッツォ［アントニオの愛称］、女の割れ目のせいだったのか。それならそうと早く言えよな。ばかばかしい昔話なんて関係ないんだろ？」だからアントニオ・ダミスはこの時もまた、俺たちの海の向こう側にある村のことばかり話していた。その村は今でも存在していると、アントニオ・ダミスは確信していた。睡蓮の咲きこぼれる湖に面して、集落が広がっているはずだった。現代のアルバニアとギリシアの国境のあたり、鬱蒼とした森のなかに、豊かな髪に留められたブローチのようにして、美しい湖面がさざ波を立てている。その光景を、アントニオ・ダミスはありありと思い浮かべることができた。

「なぁ、お前が行きたがってるその村は、なんて名前なんだ？」トラックの荷台に乗っている二人の兄弟の一方が、皮肉をこめた調子で訊いてきた。返事をするより、尻に蹴りを入れてやりたくなるような言い方だった。

　この手の質問にたいしては、アントニオ・ダミスはこれまで、蔑みとともにこう答えるのがつねだった「ホラに決まってるだろ」ところが、アルバニアのさまざまな地図、とりわけ、その村があると思しきヒマラの周辺を虱潰しに調べてみても、ホラはどこにも見当たらなかった。おそらく名前が変わったのだろう。五世紀もの月日が過ぎれば、そうしたことも起こりうる。そこでアントニオ・ダミスは、あの朝は正直にこう答えた「今の名前は分からない。けど、湖のほとりにあることは確かなんだ。睡蓮に埋めつくされた湖だよ」

「なら、せめてその湖の名前は分かってるのか？」

「それならはっきりしてる。リチェニ・イ・ヴォガルだ」こうして彼は、きっぱり会話を打ち切った。

アントニオ・ダミスはしばらくのあいだ、ドリタのことを思いながら静かにしていた。道にできたくぼみの上を通るたび、トラックが激しく揺れた。無事に走りつづけていることが不思議に思えてくるほどの揺れ方だった。そんな揺れさえ、ドリタを思うアントニオ・ダミスには少しも気にならなかった。しばらくしてから、吹きつける風に向かって、彼は告白した。俺たちの海の向こうにあるその村は、アントニオ・ダミスがまだ子供だったころから、彼の心を引きよせる強力な磁石だった。そう、場所というものは時として、ひとりの人間のように俺たちを惹きつけることがある。いや、ほんとうは人間よりも少しだけ強く、尊大な恋人と同じ仕方で、生涯にわたって俺たちを縛りつづける。縛られるのが嫌だと言うなら、脛にしたたか蹴りを食らって、追い払われるのが関の山だ。


コニチェッラからピッツータまでは、たえず坂道がつづく険しい道のりを、のろのろと進んでいった。憔悴しきった老人さながら、トラックは苦しそうな呻きを漏らしていた。

荷台の上の若者たちが、トラックの運転手を囃し立てた「おいおい、これじゃ騾馬《らば》に乗っていった方がまだましだ。みんなで降りて押してやろうか？」慎重すぎる運転ぶりに業を煮やし、若者たちは運転手をからかってやった。それでも彼らは上機嫌だった。笑い、冗談を交わし、そうしてついに、近隣の土地でいちばん標高のあるピッツータにたどりついた。彼らは大きく口を開け、しばらく固まってしまった。左手の方角の、緑に染まる山あいに、ぽつりと佇む自分たちの村が見えた。常盤樫《ときわがし》、栗、桜、オリーブ、葡萄の木々が村のまわりをぐるりと囲み、そのすぐ下方、村から一直線にくだったあたりで、朝の陽光を浴びる海が幸せそうにきらめいていた。

シャン・コッリの下り坂では、誰の姿も見かけなかった。すれ違った相手といえば、道端でのんびりと寝そべっている犬や猫くらいのものだった。若者たちを乗せたトラックは、間一髪のところで犬猫をかわしながら進みつづけた。速度はぐんぐんと増していった。どうやら運転手は、上り坂で失った時間を取りもどそうとしているらしかった。とはいえ、さすがにこれは度を越していた「なぁ、おい、やりすぎだって!」ほかの三人が拳で車窓を叩いているあいだ、従兄のサルヴァトーレが大声で怒鳴った「誰かが家から出てきたらどうすんだ! 地図みたくぺしゃんこに伸《の》しちまうぞ!」けれど運転手は、四人の声に耳を傾けようとしなかった。夢中でハンドルにしがみつき、ひたすら運転に集中していた。少なくとも、彼の背中を見るかぎりでは。

このままでは、サン・ミケーレ山の谷間に転落して命を落とすかもしれなかった。今やトラックは、見当もつかないほどの速度で山道を走っていた。カーブでハンドルが切られるたび、右に左にと車体が大きく横滑りした。タイヤから、きぃきぃと耳障りな音が響いた。腹を空かせた懸巣《かけす》の泣き声のようだった。その音は、風にこすられ谷に反響することで、なおいっそう陰鬱な音色を獲得した。風のためというより恐怖のために、アントニオ・ダミスの髪の毛が逆立った。とはいえ、風はたしかに、四方八方から彼に強く吹きつけていた。風の影が瞳に映った。アントニオ・ダミスの魂を曇らしながら、その影は前へ前へと吹き進んでいた。ヒエン・エ・エラス、いにしえの人々が「死」と呼んだ、風の影だった。

四人は口も利かずに荷台の縁にしがみついていた。誰ひとり、トラックから飛び降りようとするものはいなかった。この速さでそんな真似をすれば、大地や岩に体を打ちつけ、四肢がばらばらになるに決まっていた。アントニオ・ダミスはもう、なにも考えていなかった。ドリタのことさえ考えていなかった。彼の頭はからっぽだった。いやむしろ、頭のなかは黒い風に覆いつくされていた。ほんの一瞬、急カーブの向こうに、自分の瞳へまっすぐに眼差しを向けている影が見えた。アントニオ・ダミスは突然に悟った。あのメモは冗談なんかじゃない。ごろつきどもは本気だった。アントニオ・ダミスは十字を切った。あまりにも遅すぎた。

トラックは舗装された道路を飛びだし、山桃、乳香樹、御柳《きょりゅう》、山査子《さんざし》の茂みへ突っ込んでいった。車体は一直線に崖の方角へ進んだ。灌木の枝や根のためにいくらか速度は緩んだものの、崖まではあと数メートルしかなかった。ここにきてようやく、アントニオ・ダミスは黒い運命を払いのけ、力のかぎり声をあげた「飛べ！」

その瞬間、断崖からほんの一歩だけ離れたところにしっかりと根を張っていた樫の大木に、トラックが正面から激突した。短く烈しい反動に揺られたあと、車体はその場で沈黙した。四人の若者は荷台の外に投げ出され、乳香樹の茂みを転がっていった。見境なくでたらめにばら撒かれたみたいに、サルヴァトーレの卵があらゆる方向へ飛び散っていった。それはまるで、真夏の嵐が降らせる巨大な雹のようだった。

ぺしゃんこになったトラックから、運転手が降りてきた。「ブレーキが」運転手は同じ言葉を繰り返した「ブレーキが壊れてて、どうすることもできなかった。くそったれのブレーキめ！」

自分はまだ生きていると、アントニオ・ダミスは実感した。なにしろ、尻にひどい痛みを感じていたから。いたずら好きの友人の手で、開いた傷口に唐辛子をこすりつけられたような痛みだった。真っ白なシャツと立派なジャケットのあちこちに裂け目ができ、泥と血に汚れていた。とはいえ、どこにも深刻な怪我はなかった。ほかの三人や運転手も、軽い擦り傷を負っただけだった。あたり一面に散らばった卵のなかには、まったく無傷のものさえあった。草が密生している箇所に落ちたおかげで、衝撃が和らげられたようだった。わざわざトラックの下を覗きこまずとも、アントニオ・ダミスはすでに直感していた。ブレーキが故障したのは偶然じゃない。それはあらかじめ、誰かの手で破壊されていた。

殻にひびが入ったり、あるいは殻が凹んだりしている卵を、若者たちは静かに啜った。こんなに旨い卵を食べたのは、生まれてはじめてのことだった。危機から逃れたあとに感じる、生の味だった。

あの世への旅立ちなんざ、くたばりやがれ。アントニオ・ダミスは心のなかで呟いた。だけどアルバニアへの旅は、なにがあってもやり遂げてやる。

2　モザイクの工房にて

　僕らはそれまで、そんな話は聞いたことがなかった。ゴヤーリのモザイクの工房で、僕らは彼の物語に聴き入っていた。ゴヤーリはふと話すのをやめ、僕の眼をじっと見つめた。その場にいるほかの誰より、僕がいちばんゴヤーリの物語に引きこまれていることに、気がついていたのだろう。僕の表情をすぐそばから吟味して、なにか感想を引き出そうとしているみたいだった。それともゴヤーリは、せめて話をつづけることに同意する微笑みを、僕に浮かべてほしかったのか。僕はじきに二十二歳になるところで、少し前に大学の人文系の学科を卒業したばかりだった。口のまわりには、チェ・ゲバラ風の髭が好き放題に生い茂っていた。おかげで僕の顔は、神秘主義者と社会活動家の合いの子のような雰囲気をたたえていた。憂さをはらんだ、どこか夢見がちな眼差しが、生真面目な表情のアクセントになっていた。胸の裡に感じている不安を押し隠しながら、僕はゴヤーリに微笑みかけた。「エ・プラ？　それで？」話をつづけるよう、僕はせがんだ。物語の結末を早く知りたくて仕方がない、小さな子供のようだった。

　ドリタという娘については、ゴヤーリはなにも語らなかった。のちに彼女がホラにやってきたのかどうかも、僕らには分からなかった。反対にアントニオ・ダミスにかんしては、親しい友人や、父親や、あるいは兄弟のことを話すみたいに、熱をこめて語りつづけた。そういえば、ゴヤーリの本当の名前はアルディアン・ダミサだった。けれどあのとき、ゴヤーリの話に夢中になって耳を傾けていた僕たちは、二人の名字の一致に少しも気を留めなかった。ホラでは誰もが、彼をゴヤーリ、すなわち

「金の口」と呼んでいた。犬歯の部分に金歯が植えられ、彼が微笑むたびにきらめきを放つからだった。けれど理由はもうひとつある。ゴヤーリはその口のなかに、純金のごとくに貴重な物語を幾千も住まわせていたから。

あのころゴヤーリは、たぶん五十歳くらいだった。アルバニア生まれのアルバニア育ちなのに、アルバレシュ語もイタリア語も僕らより上手に話した。ゴヤーリの口から流れ出る言葉は、明け方の鳥の歌声のようだった。ほんとうに必要なことだけを甘美な調子で、休みなく語りつづけた。ゴヤーリが話をやめるのは、物語に区切りがついて、息を吐きつくしたときだけだった。あの晩もゴヤーリは、彼のいつもの流儀に従っていた。

ゴヤーリはしばらくのあいだ黙りこみ、舌で金歯をぺろりと舐めた。これはゴヤーリのまずい癖だった。けれど彼はそうすることで、物語に集中できるのだった。

僕の友人たちのうちの誰か、たしかコジモかジョルジョのどちらかが、ドリタについて尋ねた。

ゴヤーリは答えた「ドリタは素晴らしい女性さ。ものすごく美人でな。昔は歌手や踊り子をしていたんだ」ゴヤーリはそれだけしか語らなかった。じきにホラにやってくる、ドリタと同じように美しい娘についても、ゴヤーリは一言も触れなかった。かわりにゴヤーリが僕たちに語って聞かせたのは、シュカンディーヤの民俗藝能グループの舞台をはじめて見たときの思い出だった。そのころ、ゴヤーリはまだとても若かった。ティラナの国立博物館のファサードに掲げられた、巨大なモザイク画の完成を祝うため、民俗藝能のグループが招待されていた。ゴヤーリもまた、モザイク画の作成に携わった職人の一人だった。あの日、口許に微笑を浮かべた優雅な同志、かの忌わしき独裁者エンヴェル・

ホヂャから、ゴヤーリは立派な賞状を贈呈された。それから何年ものち、ゴヤーリがアルバニアを捨てて逃げさるとき、その賞状は尻を拭くためのちり紙となって彼を助けたのだった。ゴヤーリはこの話をするあいだ、やや乱暴な口調になり、言葉の端々に苛立ちを滲ませていた。まるで、自分の手で錯綜とした森を作りあげ、自ら進んでその森のなかに迷いこもうとしているみたいだった。

ゴヤーリは、もっぱら大きなサイズの作品ばかりを手がける、一流のモザイク作家だった。ピンセットでモザイクの小さな欠片をつまみとり、どっしりと頑丈な板からできた面に貼りつけていく。板は一枚あたり、少なくとも三メートルほどの高さがあり、それらが互いに継ぎ合わされて、工房の壁一面を覆いつくすほどの寸法になっていた。板の上に鉛筆の下書きはなく、テーブルの上にデッサンが置いてあるわけでもなかった。ゴヤーリは、彼にしか見えないデッサンを追いかけていた。人の手が加えられていない丘陵に森が現われ、まだ白い空間へとなだらかに下降していく。森の先に広がる空白には、おそらく海か湖が描かれるのだろう。今のところは、空もまた白のままだった。色も形もそれぞれに異なるガラスや石からできた欠片が、テーブルから板へと移動するあいだに、ひと筋の虹を描く。やがて欠片は自身の居場所へ正確に嵌めこまれ、モザイクの森としての生命を獲得する。すでに僕らの眼の前には、樫や、山桃や、葉の尖った金雀枝《えにしだ》の森が広がっていた。

ゴヤーリはてきぱきと作業を進め、体を動かしながら話しつづけた。

気怠そうなため息とともに彼は言った「このモザイクは俺の魂を奪おうとする。たぶん、これはいつまでも完成しないだろうな」

モザイクの工房は、村の中心の広場とスカンデルベグ広場のあいだの一角にあった。あの晩、工房には僕のほかに、子供のころからの友人のエマヌエーレ、ジョルジョ、コジモ、そして僕の父さんの姿があった。父さんはゴヤーリと違って、まだ一度も口を開いていなかった。慰めか、あるいは救いでも見い出そうとするかのように、曇った瞳をちらちらとモザイクの方に向け、ゴヤーリの話に耳を傾けていた。昼間はバール［喫茶店のようなもの。アルコールを飲むこともできる］に入りびたり、カードで遊び、ビールを飲み、次から次に煙草を吸って過ごしていた。バールを出たあと、父さんはゴヤーリの工房にやってきた。もう夕食の時間だから家に帰るよう、僕に告げるためだった。けれどけっきょく、父さんも工房にとどまり、壁に寄りかかってゴヤーリの物語に聴き入っていた。ゴヤーリの話にほんとうに興味があるのか、僕には判断がつきかねた。ゴヤーリの声が強すぎる光となって、父さんの目を悩ませているようにも見えた。

ゴヤーリがアントニオ・ダミスの話を再開すると、父さんの顔はますます陰鬱になった。この世のすべてが、なかでもとりわけゴヤーリのことが、憎たらしくてたまらないという風だった。実際、蔑みに満ちた調子で父さんは言い放った「おい、いったいお前になにが分かる？　アントニオ・ダミスもやつの家系も、お前にはなんの係わりもないだろうが。あいつがまだホラにいたころ、お前は独裁者の国でひぃひぃ言ってやがったんだ。エンヴェル・ホヂャがお前のケツに、とびきり太いやつをぶちこんでたのさ。どうせお前は、地球が丸いことさえ知らなかったんだろ。なぁ、おい、そんなやつにアントニオ・ダミスのなにが分かる？」

「そのとおり。当時の俺は、アントニオ・ダミスの物語なんて知らなかったさ」陽気な調子を崩さないように努めながら、ゴヤーリが返事をした。

「アントニオ・ダミスはお前が言うようなお人好しじゃない。あいつは正真正銘の娼婦の息子だ。谷を転げ落ちてばらばらになりゃ良かったんだ。あいつにはお似合いの最期だよ。それはたしかに、アントニオ・ダミスの尻は立派だったさ、ニア・ビスエ・マヅェ・スィ・ニア・シュポルタ、茄子や胡瓜を運ぶ籠より、あいつの尻の方がよほどでかかったんだからな。俺がお前に請け合ってやる、あいつも尻だけは大したもんだ。あの男は生まれながらのケツ野郎だよ」

「ずいぶんひどい言いぐさだな。アントニオ・ダミスはいつも、ホラの村人の良いところばかり話してた。あんたについて話すときはとくにそうだったよ、カルルッツォ。アントニオ・ダミスはあんたになにをしたんだ？」

「余計なお世話だ、ほっとけ」父さんはぴしゃりと答えた。

「分かったよ、カルルル、腹を立てないでくれ。なにも無理に喋らせようってわけじゃない。俺はただ、残念なんだ。今のあんたはまるで、苦い草ばかり食べて育った年寄りナメクジだ。こっちは舌を針で刺されてるような気分だよ。そんな調子じゃ、いつかあんたの肝臓は破裂するぞ」

「いいからお前は自分の心配だけしとけ。俺の心配は俺がする」

会話はそこで打ち切られた。父さんの言葉には、それ以上の口答えを許さない乾いた響きがあった。僕はこの口調をよく知っていた。腹に拳をお見舞いされたときのくぐもった轟きが、あたりにずしりと伝わっていった。

ゴヤーリは黙って仕事をつづけた。父さんの言葉などいっさい聞いていなかったような素振りだった。すると父さんは、口調を少しも変えないまま僕に言った「ミケ［ミケーレの愛称］、俺は家に帰るぞ。食事の時間だからな」どうやら父さんは、僕にまで腹を立てているらしかった。その場にいた全員に軽く手を上げて挨拶し、父さんは工房から出ていった。

「いつもこうなんだ。ああいう喋り方しかできないんだよな。けど、あれでも悪気はないからさ」父さんの振る舞いについて釈明するため、僕はゴヤーリに言った。

「分かってるよ、ミケーレ、心配するな。お前の親父さんの怒りっぽい性格にも、もう慣れたよ。ホラじゃそう珍しい話でもないさ。それに、俺がどう思ってるかはお前もよく知ってるだろ。お前たちアルバレシュの人間は、根っからの喧嘩好きだ。村人のあいだでもしょっちゅう言い争ってばかりいて、意見が一致したためしなんぞありゃしないもんな」ゴヤーリはそう言って微笑んだ。金歯が和解の輝きを放っていた。

僕の友人のエマヌエーレが、好奇心と、話題を変えようという心遣いのために、くだんのアントニオ・ダミスはけっきょくのところどうなったのかと、ゴヤーリに尋ねた。僕らはこの日まで、アントニオ・ダミスの話などなにひとつ聞いたことがなかった。

ゴヤーリが答えた「それはまたの機会にしよう。申し訳ないが、もう工房を閉める時間だ。だいぶ遅いし、腹も減ったからな。残念ながら、俺のために夕食を用意してくれる人間はいないんだ。今夜もひとりで、適当にやりくりしなけりゃ」

これが別の日だったら、僕はゴヤーリを誘って、僕の家でいっしょに夕食をとりたかった。前にもゴヤーリを招待したことはあったし、そのときは父さんも母さんも、ゴヤーリの来訪を喜んでいたのだから。「三人で囲む食卓には、王様だって招待できるわ」客が来るとき、母さんはよくこのお気に入りの言い回しを口にした。僕が急に友人たちを夕食の席に連れてきても、母さんは不平ひとつこぼさなかった。けれどあの晩、父さんの乱暴な態度を見たあとでは、とてもゴヤーリを夕食に招く気にはなれなかった。

僕がくよくよ思い悩んでいることなど、ゴヤーリにはお見通しだった。気にするなとでも言うように、ゴヤーリが僕に笑いかけた「近いうち、俺がお前たちを夕食に招待するよ。そうすれば、もう少しのんびり話せるしな。俺はとびきり上等の〈ラキ〉のボトルを持ってるんだ。アルバニアから直接送られてきたやつだぞ」そう言って、ゴヤーリはモザイクの工房の明かりを消した。

僕らは全員、六月の生ぬるい空気のなかへ歩を進め、それまで呼吸をとめていたみたいに、肺の奥までいっぱいに息を吸った。広場に人影はなかった。クリキの方から、子供たちの一団の叫び声が聞こえてきた。イカ［この土地に特有の、「かくれんぼ」に似た遊び］をして遊んでいるのだとすぐに分かった。鬼の目から逃れるため、あちこちの壁の背後に身を隠しているところだった。やんちゃ坊主どもの喚き声は、旅立ちを控えた燕のさえずりのように、夕暮れ時の空に響きわたっていた。

僕は気の乗らない足どりで、家までの帰り道を歩いていった。アントニオ・ダミスの物語が一本の釘となって、僕の脳みその奥深くに打ちこまれていた。歩を前に進めるたび、釘の先端が僕の頭をちくちくと刺激した。誰が、なぜ、アントニオ・ダミスを殺そうとしたのか？　彼は今どこにいるのか？　もう死んでしまったのか？　そして僕の父さんは、なぜあんなにもアントニオ・ダミスを憎むのか？　湖のほとりの村への旅が関係してしているのか？　なにより、ゴヤーリがあの晩になってはじめてアントニオ・ダミスについて語ったのは、いったいなぜなのか？

最後の疑問にかんしては、じゅうぶん説得力のある回答を、じきに見つけることができた。あれから数日後に、ひとりの娘がホラを訪ねてきたから。あの物語は、娘の来訪を僕らが自然に受けとめられるようにするための、ゴヤーリなりの配慮だった。もっとも、ゴヤーリはあの晩、娘については何ひとつ語らなかった。僕らに気を揉ませたくなかったか、あるいは、僕らから驚きを奪い去っては忍びないと思ったのか。いずれにせよ、ゴヤーリが娘の来訪を知っていたことは確かだった。電話か手紙で、あらかじめアントニオ・ダミスから知らされていたのだろう。ひょっとしたら、アントニオ・ダミスが夢枕に立って、ゴヤーリにその知らせを届けたのかもしれない。浮かばれない死者の魂や、死の床にある人物は、遠く離れた親しい人への郷愁に駆りたてられ、しばしば夢のなかに姿を現わす。二度と会えないだろう相手に、せめて夢のなかで会おうとするから。

もしゴヤーリが、僕の好奇心をそそるためにあの話をしたのなら、その目論見は完全に成功していた。僕はあの晩、トラックの荷台に乗ったアントニオ・ダミスの姿を、ずっと考えつづけていた。一度も会ったことはないけれど、僕は彼を、若かったころの父さんの痩せぎすの体と、ゴヤーリの歌うような声を併せ持った人物として思い描いていた。風に向かって、炎に包まれた村のことを話していた。僕たちと同じ言葉を話す男たち女たち子供たちが、焼け落ちる村から逃げだしてくる。僕の耳まで、アントニオ・ダミスの声が届いた。助けを求める叫びのように、大きくて激しい声だった。それは時間がたつにつれ、弱まるどころか、むしろますます力強くなっていった「そこで震えているのは俺たちの影だ。影は俺たちと同じ名前を持っている。眼差しさえもが俺たちのものにそっくりで、けれど当然、俺たちの瞳にはない大きな恐れに満たされている」アントニオ・ダミスがゴヤーリの声で吠えた「この人たちを、けっして忘れてはいけないんだ」風がアントニオ・ダミスの唇から言葉を奪い、またも僕の耳許へ運んできた「この物語を聴いてくれ。これがすべてのはじまりだから」

ブレーキの利かないトラックが山道を走っていた。アントニオ・ダミスはそのあいだ、自らを待ち受ける最期には気づかないまま、息もつかずに語りつづけた。風に向かって、声をかぎりに。

3 逃走

平野にたどりつき、川床の砂利を踏みしめると、これでもう安心だと自分たちに言い聞かせた。怯えた鳥のようにして、人々は一斉に丘の方を振りかえり、幾百もの眼差しを空に向けた。村の家々が炎に包まれ、オレンジ色の染みになっていた。夜空の下で、炎が激しく燃えさかっていた。遠く離れたその場所からでも、樫の森へと広がっていく炎のきらめきがしっかり見えた。長い尾をゆらめかせつつ、光が四方に散らばっていく。丘に伸びる光の裂け目は、人の肌に刻まれた切り傷のようだった。湖は鏡となって、燃え上がる炎を映しだしていた。子供たちはそれぞれの母親の腕のなかで、ぐっすりと眠っていた。ほんの数人、声を立てずにはらはらと涙を流している老婆がいた。残りの村人たちは皆、裂け目の開いた丘を自らの胸に重ね合わせながら、乾いた眼差しでその光景を見つめていた。くたびれた様子だった。今はただ、少しでも早く眠り、できるだけ長く目を覚まさずにいたいと願うばかりだった。海の向こうの、別の土地で。

逃走の準備は一年以上も前から進められていた。逃げるよりほか、手立てはなかった。ヴィミトリ・ダミスの主張は明快だった「もしここにとどまれば、遅かれ早かれ捕らわれの身となり、やつらの手で殺される。仮に命が助かったところで、服従を強いられることは間違いない。けれど海の向こうに渡り、わたしたちのものでない土地に移り住むなら、すべてを一から始めることになるにせよ、これまでどおり自由の身でいられるだろう。あとは、主の思し召しを信じようではないか」ヴィミトリ・ダミスはまだ若かったものの、その土地でもっとも尊敬されているパパス［東方教会の聖職者のこと］の一人だった。こうして、逃走計画の立案は彼の手に委ねられた。ミサが終わると教会のなかで、ヴィミトリ・ダミスは詳細に計画を説明した。あまりに入念な説明であったため、実際に逃走しているあいだは村人の誰しもが、すでに知っている経験を繰りかえしている気分だった。大きな鐘が九度にわたり鳴り響いた。村人たちは鐘の音を聞きながら、海に向かって歩いていった。パパスの後ろで蟻のように列をなし、下り坂の小道を進んだ。何箇所か、草地と草地のあいだに縄の橋が渡してあった。近道をするために、前もって作っておいた橋だった。渡り終えた橋をただちに破壊し、一行は先を急いだ。

年端のいかない若者たちは、興奮を抑えることができずにいた。彼らにとってこの逃走は、刺激に満ちた冒険のようなものだった。冗談を飛ばし合い、故郷に伝わる「ヴァリア」という円舞のステップを踏みながら、偵察と称してパパスの先を駆けていった。森から物音が聞こえたり、遠くから太鼓を打ち鳴らす音が響いたりするたびに、若者たちは鞘の短剣を抜きはなった。後戻りのできない逃走の渦中にいることを、彼らはまだ理解していなかった。というのも、旅立つ者は誰であれ、帰る日を夢見ずにいられないから。

　ヴィミトリ・ダミスは若き妻の手を強く握った。妻の瞳は清らかに澄んでいた。美しい妻だった。卵型の顔と薔薇色の頬は、コンスタンティノープルの聖母にそっくりだった。腹に宿した子のために、妻の乳房は大きく膨らんでいた。その胸は、コルセットでも抑えきれないほどに豊かだった。妻を勇気づけるためにヴィミトリ・ダミスが言った「いつの日か、自由の身で堂々と故郷に帰ろう」けれど、その言葉が偽りであることは、パパス自身がいちばんよく分かっていた。丸くなった妻の腹を、ヴィミトリ・ダミスは優しくさすった。内側から、長男が妻の腹を蹴とばしていた。

　村人たちは、海沿いの平原をまっすぐに進みつづけた。子供たちは父親の腕につかまり、自力で歩けない年寄りは荷車に乗せられていた。車輪が回転するたびに、ぎしぎしと音が鳴った。女たちは涙にかき暮れ、ずっと嗚咽を漏らしていた。村に残してきた両親、友人、親戚たちのことが、気がかりでならなかった。故郷を捨てて、帰還の見込みのない旅に出るだけの気力が持てないために、やむをえず村に残った人たちもいるのだった。

　やがて、灰色にくすんだ御柳《ぎょりゅう》の林の向こうから、磯の香りがねっとりと漂ってきた。木立ちの先に、僕たちの海が垣間見えた。村人たちは岸辺へ急いだ。すでに夜明けが近づいていた。

　船はくるみの殻のような形をしていた。「急げ。すぐに錨を上げるからな」誰かが大声で叫んでいた。聞きなれない声だった。村人たちは気の乗らない態で乗船した。子供たちを起こさぬよう、声をひそめて話していた。まるで、人に聞かれてはいけない祈りを、そっと口ずさんでいるかのようだった。

空が白みはじめると、パパスは金色に塗られた板絵を高く掲げた。故郷の言葉ではシャン・ヤニ・パガゾルの名で呼ばれる、洗礼者聖ヨハネのイコンだった。それを見て、村人たちはいくらか落ちつきを取り戻した。大きく広げた帆に涼やかな春風が吹きつけ、船は波の上を滑るように進んでいった。

今や陽は高く昇り、海の表面を明るく照らしていた。うとうと眠っていたものたちも、光を浴びて目を覚ました。村人の多くは、遠ざかる丘をむなしく見つめつづけていた。ヴィミトリ・ダミスが妻の額にキスをした。「ミルディタ、アネサ」夫がそう囁くと、妻アネサもまた彼に向かって、良き一日になりますようにと言葉を返した。まさしく、今の自分たちに必要なのは良き一日に相違ないと、ヴィミトリ・ダミスは感じ入った。それから彼は、ほかの逃亡者たちにも声をかけた「ミルディタ」皆を力づけようと、無理にも笑みを浮かべつつ、パパスは声を張りあげた「海は凪ぎ、船は順調に進んでいる。この先も、主がわれらを導いてくださることだろう」

その場にいた全員が海を見つめた。きらめく青がほんの一瞬、丘にできた炎の傷の記憶に取って代わった。逃亡者たちは陸の方角を振りかえり、刻一刻と視界のうちを下降していく自分たちの土地を眺めやった。丘はやがて、海岸のほっそりとした直線の上で平らになり、最後には、水と空の境界に紛れて消えた。

空と水。水と空。海の水と、突然の空の水。逃亡者たちの頭上に激しい雨が降りそそいだ。女と子供は船の腹の部分に身を寄せた。無花果《いちじく》がいっぱいに詰まった収穫籠のような眺めだった。ヴィミトリ・ダミスはパパスとして、男たちとともに甲板に残った。妻の手で織られた美しい色合いの布地を広げ、雨粒から身を守っていた。帆のまわりで忙しく立ち働いている二人の船乗りに、ヴィミトリ・ダミスが大声で呼びかけた「おい、これからどうする?」船乗りが応答した「前に進むさ。南に向かって、カラブリアを目指す。今よりひどい嵐に遭わなけりゃ、明日には目的地に着くはずだ」

船体の木材や黒い海面に、雨が容赦なく降りかかる。水の上に水が重なる。反吐と水が重なり合い、男たちの足下でしぶきを上げる。あるときは遠ざかり、またあるときは近づいて、べとべとした悪臭をそこらじゅうに撒き散らす。昨日につづき、いつ終わるともしれない夜が始まる。海は漆黒の闇に包まれている。桶をひっくり返したように、黒い空から大量の雨水が落下してくる。ヴィミトリ・ダミスは祈った。彼はパパスであり、祈ることが彼の務めだった。ほかの男たちは咳をしたり、意味のとおらない言葉をぶつぶつと呟いたりしていた。おそらく、冒瀆の言葉を吐いていたのだろう。とうとう、東の空に陽が昇った。暗い水底に永久に呑みこまれるのではないかという恐怖は、雨露もろとも吹き払われた。ずぶ濡れになった布地を甲板の隅に置き、パパスは女と子供を呼びに行った「あと少しで岸に着く。雨はもう降っていないよ」パパスはそう言ってから、妻のアネサに声をかけ、具合はどうかと彼女に尋ねた。優しく腹を撫でながら、アネサは答えた「わたしたちは、大丈夫」

船乗りの長が望遠鏡を覗いて海岸の様子を探っていた。しばらくしてから、今なら岸に近づけると船員たちに合図を送った。砂浜にひとけはなく、いささかも危険は感じられなかった。

船乗りは逃亡者の下船を手伝い、進むべき方角を指さした。「この先の山あいには、耕されていない土地があちこちにある。すべて同じ領主の土地だ。この道をずっと進むと、領主の家来がお前たちを待っている。ここの住人は温和だし、余所者にもそれなりに親切だ。俺たちと同じ言葉を話している集落もある。そいつらがきっと、お前たちを助けてくれる」

打ち寄せる波が、逃亡者たちの脚に当たり砕け散った。いまだ眠気を振りはらうことができず、岩のように波打ち際でじっとしていた者たちも、冷たい水しぶきを浴びると一息に目を覚ました。岸からほんのわずか離れた場所に、見慣れた御柳の木立ちを見つけ、大人たちは強い驚きを覚えた。何人かは、もといた浜辺に戻ってきたのかと錯覚したほどだった。すると、逃走の傷がまたも胸の裡で疼きはじめた。気分は晴れず、胃にちくちくと痛みを感じた。けれど多くは、胃の痛みを空腹と取り違えていた。

「ヴェミ！」ヴィミトリ・ダミスが号令をかけた。村人たちは祭りの行列のようにして、先導役のパパスのあとについていった。けれど、誰ひとり口を開くものはいなかった。パパスの隣を歩く妻や、小さな少年たちでさえ、なにも喋らずに黙っていた。船出の前は威勢の良かった若者たちも、今ではすっかりおとなしくなっていた。誰の声も聞こえなかった。逃亡者たちは周囲をきょろきょろと見まわしていた。草の茂みも、そこに咲く花々も、自分たちの土地のものと変わらなかった。オリーブも、樫も、峡谷も、石ころだらけの地面も、目に映るのは見覚えのあるものばかりだった。けれど、空気は違った。この土地で生きる住人も、自分たちとは違っていた。ごくまれにすれ違う人々は、物珍しそうにこちらを見つめ、時おりラティラ［イタリアのこと］の言葉で挨拶してきた。アルバレシュの女たちが着ている服は、ラティラの女たちのそれよりも美しく、華やかで、気品があった。

老人や、子供や、妊娠している女のために、途中でしばしば休息を取らなければならなかった。おかげで、船乗りに教えてもらった領主の土地にたどりつくまで、徒歩での道行きがじつに三日半もつづいた。すでに行き先が分かっているような足取りで、ヴィミトリ・ダミスは力強く進んでいった。彼もまた、歩いているあいだはもう、なにも話そうとしなかった。唖者の行列のようだった。干上がりかけている細い川の岸辺に添って、家畜用の小道を歩いていった。日中は暖かな陽光に恵まれた。蜜蜂があたりを飛び交い、花びらのなかに飛びこんでいった。あたりの土地は、パパスの髭と同じように、手入れがされていなかった。雑草がたっぷりと生い茂り、土埃にまみれていた。

夜は、林の小道から外れ、その脇の草地で休息を取った。火を熾《おこ》し、ひと切れの固いパンを干し無花果といっしょに食べた。食事が済むと、故郷から持ってきた貴重な布に身を包み、草の上で眠ろうとした。家長たちは交代で、即席の野営地の見張りをした。パパスの求めに従ってのことだった。「ここはわれわれにとって見知らぬ土地だ。夜の闇にいかなる危険が潜んでいるか定かではない。用心のため、夜を徹して見張りをしておいた方がいい」草地を取りかこむ林のなかは、梟や、いたるところを駆けまわる目に見えない動物でいっぱいだった。ぐっすりと眠れたのは子供たちだけだった。

明け方、一行はふたたび歩きだした。復讐に燃えるトルコの兵に、なおも追いかけられているかのごとくに、びくびくと怯えながら急ぎ足で進んでいった。やがて三叉路に差しかかると、馬にまたがる二人の男がパパスたちの前に現われた。「お待ちしていました」男たちはラティラの言葉で話し、パパスはそれをリヴェタに訳させた。リヴェタは若いころ、兵士としてプーリアに赴き、スカンデルベグとともに戦ったことのある人物だった。そうした経験のおかげで、彼はラティラの言葉をよく知っていた。二人の男はパパスに説明した。彼らの目の前に広がる土地は、視界に映る範囲であればどこであれ、すべてサンタ・ヴェンネラ侯が所有している。もしパパスたちが望むなら、自分たちが生き、働くための場所として、好きな土地を選んで構わない。パパスはあらためて周囲を見まわした。峡谷が境界線の役割を果たしているいくつもの小高い丘から、そのふもとを流れる谷川までの土地は、どこにも人間の手が加えられていなかった。

「クァンドロミ・カトゥ」パパスの返事を、リヴェタが二人の男のために訳した「長く留まるつもりはありません」

そこは美しい土地で、近くの川ではいくらでも鰻が取れた。「カリヴェ」と呼ばれる、葉の茂った小枝で作る掘ったて小屋を、パパスたちはいくつも建てた。食べ物は、森に狩りに行ったり、領主の土地で働いたりして手に入れた。けれど、そこに長く留まりはしなかった。かまど税を払わずに済ませるため、まずはピガードへ居を移し、その後も色々な土地を転々としつづけた。はじめのうちは、はっきりとした目的を持つ逃亡者というよりも、流浪の民のような生活を送っていた。風がきれいに吹き消すだろうカリヴェの灰を除くなら、放浪者たちは移動の痕跡を何ひとつ残さなかった。

そして、夏の終わりのとある一日、クリスマの谷あいに位置する仮の宿りをあとにした一行は、新たな土地を求めて小高い丘を登っていった。パパスたちの放浪はここで終わった。その丘はほかのどこより、故郷の丘に似かよっていた。丘のいただきの、茨や金雀枝《えにしだ》に覆われた丸い草地にたどりつくと、そこで歩みをとめるようにヴィミトリ・ダミスが身振りで示した。「さぁ、着いたぞ」パパスが言った「ここからなら海が見える」彼はシャン・ヤニ・パガゾルのイコンを手に取り、それを野生の無花果の枝のあいだにもたせかけた。息を強く、深く吸った。教会の祭壇の前にいるときと同じように、厳かに語りたかった。

「ここにわたしたちの家を建てよう。あたりを耕し、実り豊かな土地にしよう。これまでつねにそうであったように、懸命になって働こう。全員でだ。わたしたちのあいだに、分け隔てはないのだから。ここには貧者も富者もいない。力を合わせて、わたしたちの教会を建てよう。ここにいる身内はもちろん、近くの土地の住人とも相争うことをせず、この地で平穏に生きていこう」

妻アネサや、これまで彼についてきた人々の瞳のうちに、パパスは狼狽の色を見てとった。皆はあたかも、このときになってはじめて、故郷から遠く離れた土地にやってきたことを理解したかのようだった。

「どうか笑顔を見せてくれ」ややあってパパスが言った「今日まで生きてこられたことを、わたしたちはシャン・ヤニ・パガゾルに感謝しなければいけない。生きているだけではない、そう、わたしたちは自由なのだ。大切なのはこのことだ。わたしたちは誰なのか、わたしたちはどこから来たのか、その記憶を失わずにいるかぎり、これまでも、この先も、わたしたちが道に迷うことはけっしてない」

こうしてホラが、僕たちの村が生まれた。正確な年は分からないけれど、一四〇〇年代の終わりごろ、十月のとある一日のことだったと伝えられている。海の向こうのもうひとつの丘、睡蓮の咲きこぼれる湖のほとりに帰ったのは、すべての逃亡者のうち二人だけだった。一人は、旅のあいだ母親の腹のなかにいた、パパスの息子のヤニ・ティスタ・ダミス。そしてもう一人が、かつてスカンデルベグとともに戦った老リヴェタだった。リヴェタは、自らの生まれた土地で死にたいと望んでいた。この二人は、ホラを目指してホラを去った。彼らについては、これ以上のことは分かっていない。記憶は薄れ、やがて消えた。反対に、湖のほとりの村の記憶は、いつまでも長く残った。その場所はずっと、「ホラ・ヨネ」と呼ばれていた。「わたしたちの村」という意味だった。四世代、五世代と時が流れるにつれ、父親たちのホラと新しいホラはたがいに融け合い、混ざり合い、透きとおった記憶を分かち合うひとつの場所となった。ヴィミトリ・ダミスの子孫を除けば、はじめの世代についてホラの村人は、痛ましい印象しか持っていなかった。頭に浮かぶのはたいていの場合、あいまいでぼんやりとした姿ばかりだった。ピントの外れたフィルムの一コマを覗きこむようなものだった。トルコ人の侵略を逃れ、自らの土地であるアルバニアから逃げてくる人々のほか、そこにはなにも映っていなかった。

ホラ・ヨネとホラ・ヨネは、今ではひとりの人間とその影のごとくに、たがいに分かちがたく結びついていた。

ダミスの末裔、とりわけダミスの男たちは、村人からは自惚れ屋として見られていた。彼らは利発で、ビザンティンの王侯を思わせる容姿をしていた。けれど僕たち若い世代は、ダミスの人々についてなにも知らなかった。男たちは一人、また一人と、ある者は北アメリカへ、またある者は南アメリカへ、そして最近ではフランス、ドイツ、スイス、オランダへと旅立っていった。渡り鳥のようなものだと村人たちは言っていた。ダミスの男は口先では、自分たちは野生のオリーブの根っこのように、この土地に固く結びついているのだと吹聴していた。たしかに、彼らのなかには、ホラで死を迎えた者もいた。けれどそうした連中も、よその土地へ旅立つ「今」と、栄光に満ちた「過去」のあいだを、たえず往き来しつづけていた。そして、村ではもはや誰ひとり、ダミスの家系の者でさえ、そのような過去など覚えていなかった。

ホラに残っていたダミスの末裔のうち、もっとも若いのがアントニオ・ダミスだった。すべてのはじまりの物語を事細かに知っている村人は、彼しか残っていなかった。アントニオ・ダミスがまだ幼い少年だったころ、祖父がその物語を話してくれた。祖父もまた、遠い昔に自分の祖父から、同じ話を聞かされていた。孫から祖父へ、そしてまたその祖父へ、歳月を連綿と遡った果てに「モティ・イ・マヅ」がある。偉大なる時。はじまりのパパスであるヴィミトリ・ダミスは、その物語を自らの孫、すなわちヤニ・ティスタ・ダミスの息子に伝えた。父たちは、いっさいなにも語らなかった。彼らは仕事に追われたり、戦争に行ったり、外国に移住したりして、忙《せわ》しく落ちつかない日々を送っていた。子供と過ごすための時間はまったく、あるいはほとんど持つことができなかった。暗誦しなければならない祈禱を聞くときのように、アントニオ・ダミスは目を閉じてその物語に聴き入っていた。そのころから、僕たちの海の向こうの、睡蓮が咲きこぼれる湖のほとりの村に帰りたいという思いが、アントニオ・ダミスの胸に住みつくようになった。それは容易には抑えられない、腹の底から湧きあがる願いだった。「ぜったいに諦めないぞ」夢見がちな年頃を過ぎてからも、アントニオ・ダミスはいつもそう言っていた。彼はすでにホラの役場で働きはじめていた。地元の若者たちからしてみれば、妬ましく思わずにいられない安定した役職だった。「生きるか死ぬかの問題なんだ」ドリタを知ってからというもの、アントニオ・ダミスの決意はなおのこと強まった。時折、その旅について友人たちと語り合うこともあった。けれど決まって、哄笑や偏見の壁にぶち当たった。こいつらには、すべてのはじまりの物語を聴かせる価値はないと、じきにアントニオ・ダミスは確信した。黙っていた方がいい。話したところで、どうせ誰にも理解できないのだから。こうして彼はその物語を、秘められた愛のごとくに、胸の奥底にしまっておくことにした。

けれど二〇年前の朝、手遅れになる前に、彼はそれを語ろうと決めた。古いトラックの荷台に乗った友人たちを驚かせつつ、風に向かって告げ知らせた「なにもかもうまくいったら、俺は八月の頭に出発する。フィアラ・アシュト・フィアラ、言葉は言葉だ。海の向こうで、あの村が俺を待ってる」

偉大なる時のモザイク

1　金色《こんじき》の髪の娘

　広場は男たちの視線でごった返していた。気の毒に、彼女はバスから降りるなり、あまりにもたくさんの好奇の眼差しを全身に浴びることになった。雪のように白い顔から、長旅で汚れたスニーカーにいたるまで、すべてが広場の男たちの注意を引きつけていた。あとになって多くの村人が言っていたとおり、背の高い、ほっそりとした美人だった。重たいリュックサックを背負っているせいで、いくぶん前かがみになっていた。風になびく金色の長い髪が、はちみつの滝のように見えた。昼下がりの陽光が、腹を空かせた蜜蜂のごとくに、金色の髪に群がっていた。あのとき僕は、彼女の髪から目をそらすことができなかった。

　生まれてはじめて見るような、まぶしいほどに輝く黄金の髪だった。彼女に近づきたいという思いに駆られた。柔らかな光の輪に、指を通してみたかった。実際には、僕はほかの男どもといっしょに、遠くから彼女に見惚れていただけだった。それからふと、僕たちはもうひとりの存在に気がついた。栗色の巻き毛を生やした小さな男の子が、ひっきりなしに目をしばたかせ、瞼の下の青い瞳に、戸惑いの色を浮かべていた。男の子は彼女の隣で、身動きもせずにじっとしていた。「気をつけ」をしているブリキの兵隊みたいだった。

運転手がトランクから、ひどく大きな濃い青のスーツケースを降ろしたあと、バスはふたたび出発した。彼女は男の子と二人きりで、広場の真ん中に取り残された。驚嘆と皮肉と好奇が入りまじったような、なんとも判読しがたい表情を浮かべながら、彼女はあたりを見まわしていた。眠ったまま知らない土地にやってきて、今になってようやく目を覚ましたかのような素振りだった。それからついに、僕たちの方へ顔を向けた。少しも表情を変えないまま、彼女はじっと僕たちを見つめていた。気まずくなって、僕らはたまらず顔を背けた。すると、僕らのうしろにいた年寄りが、土地の言葉で僕らをどやしつけた「おい、こら、なにを干物みたいに固まってんだ。さっさとあの娘《こ》を助けに行け。手伝ってほしくてお前らの方を見てるんだろうが！」

彼女が笑った。年寄りの言葉が分かったか、あるいは少なくとも、その言わんとするところを察したのだ。はじめは外国人かと思ったけれど、勘違いだったのかもしれない。プヘリウやシャン・コッリのような、近隣のアルバレシュの村の住人ということも考えられる。それなら、停留所を間違えたか、ホラにいる親戚に会いにきたか、そのどちらかだろう。もちろん、彼女がホラの出身でないことは確かだった。自分たちの村の娘であれば、北イタリア生まれだろうと外国生まれだろうと、僕らはその全員と顔見知りだった。

僕たちはためらいがちに近づいていった。急ぐことなく、ゆっくりと。僕も含めて、三人か四人だった。ちびすけが彼女の前に立ちはだかった。眉根を寄せて、険しい顔つきを作っていた。まるで、信用の置けない見知らぬ男どもから、彼女を守ろうとしているみたいだった。

彼女はその場を動かなかった。相も変わらず僕らをじっと見つめていたけれど、その視線はさっきまでより和らいでいた。瞳の色は、灰色のようでもあり、空色のようでもあり、海辺に打ち寄せる水の色のようでもあった。

「手伝おうか?」髭を撫でつけ、軽く笑いを浮かべながら、僕は彼女にイタリア語で声をかけた。彼女が答えた「あぁ、どうもありがとう。ちょっと待ってね」そう言って、ジーンズのポケットから一枚のメモを取りだした「えっと、パラッコ通りの六五番地がどこにあるか知りたいの。今からそこに行かなきゃいけないから。わたしの父の家なのよ。鍵も持ってきてるわ」

彼女が話すイタリア語には、かなり強い外国語の訛りがあった。きっと英語の訛りだろうと僕は思った。僕らは彼女にパラッコの方角を指し示した。彼女の父親とは誰なのか、どこの家に暮らしているのかと僕らが自問していたその瞬間、ちびすけがばねのように彼女に向かって飛びあがった。彼女のシャツをよじ登り、胸のあたりに顔を預けて、そのまま動かなくなってしまった。両手でしっかり彼女の体にしがみつき、足を大の字に広げていた。雷に打たれたような格好だった。

僕らは咄嗟に、うしろへ一歩だけ体を引いた。

「この子はゼフ、わたしの弟」彼女が言った「怖がりで、知らない人が相手だといつもこうなの」ゼフを落ちつかせるために、彼女は弟の額にキスをした。

そこで僕は前に出て、手の甲でゼフの頬を撫でてやった。ゼフはお返しに、怯えた一瞥を僕に寄こした。

彼女が僕に笑いかけた。きれいに並んだ真っ白な歯がちらりと見えた。「パラッコまで、連れていってもらってもいい？」

「もちろん。すぐに行こう」きらめきを放つその髪に、僕はすぐそばから見惚れていた。「パラッコなら、ここから歩いて二分もかからないよ」

道はずっと下り坂だった。彼女は僕の隣をぎこちなく歩いていた。坂を転げ落ちないよう、必死に均衡を保とうとしているみたいだった。エマヌエーレが重たいスーツケースを、コジモがリュックサックを、そして彼女はゼフを運んでいた。彼女の腕のなかでちぢこまっているゼフは、空や、燕や、カーネーションや、薔薇や、窓敷居の上のバジリコの鉢植えを、おずおずと眺めていた。

パラッコ通りの端にたどりつくと、僕は番地を調べはじめた。通りの左側に歩を移し、ほんの数メートル進んでから僕は立ちどまった。「ここが六五番地だ」満足気に僕は言った。

家の前には、三段の小さな階段が伸びていた。玄関前の足もとは、「キアトレ」という、川辺で採れる平らな石に覆われていた。通りに面している古ぼけた壁からは、四、五株の金魚草が勢いよく生い茂っていた。栗材の扉は古いけれど頑丈そうで、両開きになるよう側柱が添えられていた。扉の上の小窓は普段から開け放しにされ、通りを行き交う声や、光や、猫の様子が、家の中からも分かるようになっていた。ここに住んでいたのはツ・ニコラとツァ・リーナの老夫婦だった［「ツ」は「おじさん」、「ツァ」は「おばさん」の意］。僕は二人のことをよく覚えていた。子供のころから、広場へ行く途中にこの家の前を通るたび、僕は二人に挨拶をしていた。ツ・ニコラとツァ・リーナは、互いに入れ違うようにして、一年足らずのあいだに二人とも亡くなってしまった。夫妻には三人の子供がいた。この子供たちはドイツだか別の国だか、ともかく外国に暮らしていた。ツ・ニコラの葬式の日、僕は学校に行っていた。ツァ・リーナのときは葬式に参列し、娘一人と息子一人を見ることができた。二人ともだいぶ年をとっていた。取り乱した様子もなく、静かに涙を流していた。そのためにこの二人は、あとあとになって近所に暮らす女たちから、悪口を言われることになった。とくに、娘にたいする村人たちの批判は手厳しかった。

「それじゃあきみは、ツ・ニコラとツァ・リーナの孫なのか?」僕は彼女に尋ねた。

彼女は頷いた。胸にこみあげてきた感情を、どうにか抑えこもうとしているようだった。彼女はバッグから大きな鍵を取りだした。けれど、それを鍵穴に差しこむ前に、拳で扉をこつこつと叩いた。

エマヌエーレが不審げに問いかけた「なぁ、きみの祖父さんたちが亡くなったこと、知ってるよな?」

彼女はまた頷いた。扉を開け、ゼフを抱えたまま玄関の内側に入っていった。僕らはためらいがちにその後にしたがった。

長いあいだ閉めきられていた部屋に特有の、鼻をつく臭いがした。とはいえ、家のなかはきれいに整頓されており、清潔であるようにさえ見えた。家具はほんの少ししか見当たらず、いずれも純白のシーツがかけられていた。どの壁も、最近になって白く塗りなおしたばかりのようだった。彼女は窓を手当たり次第に開け放ち、昼下がりの熱気を部屋のなかに導き入れた。そのときになってはじめて、僕らは全員、おそらくはゼフも含めて、家のなかのあらゆる物が、白く透きとおった埃の膜に覆われていることに気がついた。天井の片隅に、蜘蛛の巣が張っていた。よくよく考えてみれば、ツァ・リーナが亡くなってからというもの、葬式のときに見かけた息子と娘は、滅多に村を訪れなくなっていた。一年のうち、たいていはクリスマスの季節に、両親が遺した家で二、三週間ほど過ごすだけだった。

エマヌエーレは、まずは僕とコジモに目で合図して、それから彼女にこう言った「よかったら、家の掃除を手伝うけど」

「そうだな、喜んでやるさ」コジモが急いでつけくわえた。僕はにっこり笑った。われながら情けなくなるほどの、媚びへつらうような笑いだった。自分もまた、隣にいる二人のご機嫌取りと同意見であることを、彼女にしっかり伝えたかった。

彼女は僕らに礼を言った「ありがとう。あなたたちって親切なのね、すごく助かったわ。掃除は明日、ひとりでゆっくりやることにする。今はとにかく休みたいから。もうくたくたなの。乗り換えも合わせると、三五時間の旅だったのよ。向こうとは気温もまるで違うし、もう足が動かなくて。わたし、オランダから来たの。わたしよりもゼフの方が、もっとくたびれてるみたいね」

実際、ゼフは早くもソファーの上で、猫のようにぐったりと寝そべって、瞳を半開きにしたまま動かなくなっていた。

彼女は僕たちを玄関まで見送ってくれた。通りにつづく古い家並みを眺めてから、彼女はついと深呼吸した。「きれいなところ。気に入ったわ」そう言って、彼女は真っ白な微笑みを浮かべた。「またね。

今日はほんとうにありがとう」

　僕たちは意気揚々と家を離れた。彼女に好印象を与えたことを確信し、いかにも頭の軽そうな若者らしく、互いの影の上を跳ねるようにしながら歩いていった。僕らはすぐに、広場へとつづく坂道にさしかかった。そのとき、彼女が慌てて玄関まで駆けてきて、大きな声で僕たちを呼びとめた「ごめんなさい、ちょっと待って！」

　僕らは驚いて振りかえった。陽の光が彼女の髪を、まぶしいほどに明るく照らしていた。金魚草が生い茂る壁の上に、彼女の体の輪郭が柔らかに映しだされていた。

「ごめんなさい、せっかく手伝ってもらったのに、名前も言ってなかった。わたしはラウラ。アントニオ・ダミスの娘よ。父はここで、この家で生まれたの」

2　待つあいだ

　その日の夕方、僕らはずっとラウラのことばかり話していた。僕らの村で、彼女はなにをするつもりだろう？　僕らは広場や、扉の閉ざされたモザイクの工房の前を、当てどもなくうろついた。それからコナへとつづく通りを進み、ついにはホラの村はずれまでやってきた。そのあいだも、答えの出しようのない問いを、むなしく重ねつづけていた。ラウラについてばかりでなく、どこか淋しげなあのゼフという子供や、ラウラの父親のことも、友人たちはあれこれと話し合っていた。そして、雑誌の広告でも見たことがないようなラウラの髪や、胸や、腰や、完璧な歯や、キスの感触を想像させずにはいない唇について、延々と言葉を交わしていた。僕はややうんざりしながら、一言も口を挟まずに友人たちの話を聞いていた。これはもう、否定しようのないことだった。誰もがラウラに好感を抱いていた。むしろ、抱きすぎているくらいだった。

この時期いつもそうしていたように、僕は深夜に家に帰った。通りを歩いているあいだ、友人たちの言葉が尾を引いて僕を追いかけてきた。アントニオ・ダミスの娘、ブロンドの美人、小さな子供を連れた彼女、外国の女、ラウラ、目の覚めるような美女が、僕たちの村にいる。

泥棒のように用心深く、僕は玄関の扉を開けた。寝ている両親を起こさぬよう、明かりはつけなかった。真っ暗な居間に入ると、ひじかけ椅子のあたりで煙草の火が、ちらちらと赤い光を発していた。父さんのつっけんどんな声が聞こえた「エ・シェフ・ヘラン！」父さんが言った。父さんの黒い輪郭が、ぼんやりと浮かびあがってきた。しかめっ面をしているだろうなと、僕は思った。でも、怒っているわけじゃない。父さんはただ、僕の帰りが遅くなったことに、父親として不満を伝えているだけだった。なにか僕に伝えたいことがあるのに、どうやって始めたらいいのか分からないとき、父さんはいつもこうやって回り道をした。そこで僕は、父さんが坐っているひじかけ椅子の、隣の一脚に腰をかけた。

「まだ寝てなかったんだね」僕は笑みを浮かべた。もっとも、僕の笑顔はたぶん、父さんの目には見えていなかった。

「暑いからな」

たしかに暑かった。居間に坐っていては、息をすることもためらわれるほどだった。暗闇のなかで僕は待った。父さんは言った「あのゴヤーリめ、〈金の口〉が聞いて呆れる。あいつはただの〈大口〉叩きだ。ビュエン・スィ・ムッリリ・パ・ウィア、水なしに水車を回そうとするようなもんだ。要するに無駄口だよ。黙っておいた方がいい名前や昔話ばかり喋りやがって。眠っている蛇を起こしてもろくなことはない。あいつにはそれが分からねぇのか」

「ゴヤーリは物語を話しただけだろ」とげとげしい比喩を使って父さんが何を伝えようとしているのか、僕にはさっぱり分からなかった。

「物語を話す人間は、正しく話してるかそうでないかのどちらかだ」

「ゴヤーリは、自分が知っていることを話してるんだ」

「いいや、あいつは自分に都合のいいことを喋ってるだけだ。ダミスのくそ野郎とまるきりいっしょさ」

「じゃあ、ゴヤーリが話そうとしない、ゴヤーリに都合の悪いことって何なんだよ?」

「たとえば遠い昔、ホラにでかい教会を建てるために、村人から財宝を集めたときの話だな」

「へぇ。それ、もう少し詳しく聞きたいな」

「物語が上手なゴヤーリさまに話してもらえ。お前は四六時中あいつのまわりをうろちょろしてるみたいだからな。アルバニアじゃ騾馬《らば》が空を飛んでると聞かされても、ゴヤーリの言うことなら信じるんだろうが」

そう言って父さんは立ち上がった。

僕は父さんの挑発には乗らなかった。「アントニオ・ダミスの娘がホラに来たんだ。この話、もう誰かから聞いた?」

「残念ながらな」父さんが答えた「俺はもう寝る。お前と話してってもしようがない。あと二、三時間もしたら、俺は畑に出て働くんだ」

丸くて小さな赤い光が寝室の方へ移動し、やがて僕の視界から消えた。僕はひどく疲れていたから、居間のソファーで眠ってしまった。


翌朝は九時ごろに目を覚ました。「どうしたの、ミケ、どこか悪いの?」僕の顔を見るなり母さんが言った。頭にもやがかかったようで、なかなか目が開かなかった。母さんがほんとうに心配しているのか、それとも皮肉を言っているのか分からなかった。僕はここ三週間、すなわち大学を卒業した日からずっと、毎日のように昼までベッドのなかでぐずぐずとしていたから。そしてたいてい、目を覚ますなり昼食を手早く済ませ、友人に会いに出かけるのだった。

「べつにどこも悪くないよ。今朝は用事があるからさ」

「用事? 朝の九時に?」

「約束をしてるんだよ」

「誰と? また適当なこと言ってるんじゃないでしょうね」

「ゴヤーリだって」母さんの尋問を打ち切って、僕は浴室に向かった。なにはともあれ、冷たいシャワーを浴びてすっきりとしたかった。汗をきれいに流してしまうと、派手な赤のラコステと白のズボンを身にまとった。ひと息にコーヒーを流しこみ、急ぎ足で外に出かけた。

ラウラの家の窓は閉じられたままだった。僕は通りを行ったり来たりしはじめた。尻尾をくわえてうずくまっている犬が、気のない様子で僕のことを眺めていた。一秒でも早くラウラに会いたかった。何を話したらいいのか分からないけれど、とにかく言葉を交わしたかった。けれどラウラは、扉も窓も開けようとしなかった。ぐっすりと眠りこけているのだと僕は思った。無理もない、すごく疲れていると言っていたもんな。通りはしんと静まりかえっていた。眠るには打ってつけの場所だった。エリカの枝で作った箒がどこかのテラスを掃いている柔らかな音や、昼前の空を気持ち良さそうに飛びまわる燕の鳴き声、それに布地のサンダルで落ちつきなく歩いている僕の足音のほか、なにも聞こえてこなかった。

「おはよう、ミケグ［ミケーレの愛称］、こんなところでなにしてるんだい？」箒を持った年寄りのゾニァ［土地の言葉で「女性」の意］が、テラスから声をかけてきた。

「友だちを待ってるんだよ、ツァ・マウレリア」僕は行儀よく返事をした。

正午になっても、ラウラはまだ起きてこなかった。まぁ、別に焦る必要もない。ラウラがホラにいるかぎり、顔を合わせるのは時間の問題だった。そしてこの夏、僕にはいくらでも時間があった。夏のあいだの計画は二つしかなかった。ひとつは、大学の卒業を祝うパーティーを七月のはじめに開くこと。もうひとつ、より重要な計画は、羽目を外してひたすら夏を楽しむことだった。太陽や、海や、同年代の女の子たちを、思いきり満喫してやるつもりだった。気楽に過ごせる時間はこれが最後だということを、僕はよく自覚していた。季節が移ろい秋になれば、職探しを始めなければならなかった。

それは要するに、暗黒だった。幸い、村の人間は誰ひとり、僕にこの質問をしてこなかった「それで、この先どうするつもりなんだ?」両親でさえ、僕がこの問いに向き合うのは遠い未来の話だと考えていた。今はひとまず、父さんも母さんも、僕の卒業に満足していた。「大卒の息子なんて鼻が高いね、パーティーが待ち遠しいよ」二人はよくこんなことを言っていた。

憂愁の秋を待つあいだ、僕はパヴェーゼの本を何冊か読んでいた。とくに繰り返し読んだのが『働き疲れて』と題された詩集だった。このタイトルが、皮肉の利いた旗となって風にひらめき、仕事という悪霊を祓い清めてくれるような気がした。あるいは、ジューク・ボックスの前に陣取って、恋の歌を浴びるように聴いたりもした。けれどいちばん気が晴れたのは、ゴヤーリに会うためにモザイクの工房を訪ねているときだった。僕にとってはゴヤーリもまた、未来にかぶせられた薄いヴェールだった。ゴヤーリは大切な友人で、人生の歩み方を知っていた。ゴヤーリなら、きっと僕に助言を与えられた。けれど、僕がゴヤーリから聞かされたのは、過去をめぐる物語ばかりだった。僕らにとっては現在や未来より、過去の方がよほど大切なのだと言わんばかりだった。僕の日々はこのようにして過ぎていった。

僕はいったん、坂道をのぼって広場へと足を運んだ。バールでコーヒーを飲んでから、来た道を引き返した。

時計は午後の一時をまわっていた。ラウラはまだ寝ていた。自宅のテラスでのんびりしていたツィア・マウレリアが、からかうような調子で僕に言った。

「待ってるあいだ、コーヒーでもどうだい? 昼はもう済ませたのかい? コーヒーが嫌ならリキユールもあるんだよ」

僕の返事は毎回いっしょだった「遠慮しとくよ、ツァ・マウレ。どうもありがとう」さっさと家のなかに入って、僕を一人にしてほしかった。通りを行ったり来たりするのにもいい加減うんざりしてくると、僕はその場に立ちどまり、片手で鬚をしごきはじめた。ずっと同じ方角を見つめていた。六月の暖かな陽光と、ツァ・マウレリアの好奇の眼差しにさらされた、一体の彫像だった。

ありがたいことに、母方の従兄のジョヴァンニがその場を通りかかり、バールに行かないかと誘ってくれた。僕は喜んで彼についていった。からっぽの胃に三杯目のコーヒーを流しこんだあと、僕は魔法から解けたような気分になった。

夕方近く、僕はまたラウラの家の前に戻ってきた。昼食を取ったあとはソファーで昼寝をしたのだけれど、目が覚めるとすぐにラウラとゼフのことが気になって、いてもたってもいられなくなったのだった。扉と窓はいまだに閉ざされたままだった。僕はもう、その日は二人に会えないものと観念した。年寄りのツァ・マウレリアが、テラスの上でじっとしていた。脚の短い椅子に腰かけ、胸の前で腕を組んでいた。ツァの体をくるぶしまで包みこんでいる黒い喪服が、風に扇がれひらひらとはためいていた。静かでひとけのない路地に置かれた、一体の置き物みたいだった。僕は心配になってきた。ツァ・マウレリアは僕をちらとも見ようとしなかった。死人のごとくに、瞳から光が消え失せていた。

「こんばんは、ツァ・マウレ」ツァが生きているかどうか確かめるため、僕は大声で呼びかけた。

たちまち、ツァの視線に生気が戻り、またもや僕をからかってきた「あの娘は世界がひっくり返っても起きやしないよ。ときたま、ちっちゃな坊やが扉をひっかいてる音が聞こえたけどね。気の毒に、閉じこめられた子猫みたいなもんだ。たぶん、外に出て風を浴びたいんだろうねぇ」

死んでいるどころじゃない、この老婆はなにもかもお見通しだった。小さな路地に入りこんできた二つの魂を、ツァ・マウレリアはしっかりと見張っていた。

聞くところでは、ツァは僕の母さんと同い年ぐらいの娘と同居していた。その娘はけっして家から出ることがなく、日がな一日風呂に浸かって、石鹸の泡に顔をひたしてばかりいるのだと村人たちは噂していた。僕の母さんもその娘を、「だいぶ普通とは違った人」と評していた。ツァ・マウレリアは遥かな昔から未亡人だった。適齢期の娘三人と妻を残して、夫は北イタリアで命を落とした。家を出た二人の娘とその孫たちは、ホラの多くの村人と同じように、外国で働いていた。

ツァ・マウレリアは、僕が戻ってきたことを愉しんでいるようだった。


広場で友人たちと顔を合わせた僕は、実りなく過ぎていった一日について報告した。「見れば分かるよ。くたびれました、がっかりですって、顔に書いてあるもんな」とはいえ、いつものようにあれこれとお喋りするだけの元気は戻ったじゃないかと、友人たちは僕を冷やかした。僕らはしばらくのあいだ、広場とコナのあいだを目的もなくぶらぶら歩いた。それから、全員で連れ立ってモザイクの工房を訪ねた。ゴヤーリは、僕らに挨拶するあいだも、青のモザイク片を板に貼りつける作業をつづけていた。外から戻ってきたばかりなのだと言っていた。その日は、チフティの教会にある古いイコンを修復するため、長く骨の折れる仕事に取りくんできたという話だった。

「オランダから、アントニオ・ダミスの娘が来たんだ！」やや度を越した熱をこめ、僕はゴヤーリに言った。とっておきの知らせでもって、ゴヤーリを驚かせてやるつもりだった。

「あぁ、もう聞いたよ」ゴヤーリが答えた「えらい美人らしいな、そうだろ?」

「そう、ミケーレも同じこと言ってたよ。でも俺は、あの子が連れてきたちびの方がかわいいと思ったけどな」僕を挑発しようとして、ジョルジョが割って入ってきた。僕はあいつの鼻先に、勢いよく中指を立ててやった。ただし、ジョルジョが本気にしないよう、口許に笑みを浮かべながら。

全体を見わたすために、ゴヤーリはモザイクから三歩ほど距離を取った。満足している様子だった。緑と青を基調としながら、さまざまな色合いが陰影を織りなしていた。始まりも終わりもなしにもつれ合う、色彩の競演だった。けれどよくよく目を凝らすと、丸い船の舳先のあたりに、霧の中から浮かび上がるようにして、コンスタンティノープルの聖母に似た丸顔と、長い鬚をたくわえたパパスと思しき男性が姿を現わした。二人の瞳は恐れより、むしろ希望に満たされているように僕には思えた。

父さんから聞かされた、教会を建てるための財宝の収集の件が、僕の頭をふとよぎった。けれど、それについて尋ねるタイミングがつかめなかった。モザイクの前に坐ってくつろぐようにと、ゴヤーリは僕らに勧めた。

「さてと」仕事を再開しながらゴヤーリが言った「アントニオ・ダミスについて、俺が知っていることをぜんぶ話すよ。約束する。ただし、彼は今も生きているのか、それともすでに死んでいるのか、どうか俺に訊かないでくれ。それは俺にも、まだ分からないことなんだ。まずは、彼とドリタの出会いから始めよう。きっとお前たちも気に入るはずだ。早く聞きたくてうずうずしてるんだろ? お前たちは若いからな。それに、お前たちの目を見れば分かる。アントニオ・ダミスと同じさ。お前たちはみんな、脇目もふらずに恋してるんだ」

3　ティラナの踊り子

その土地の人々は、トルコ人やら、石像やら、あるいは埃やらに姿を変えたわけではなかった。今でも僕たちの言葉を話していた。ただし、アクセントはだいぶ異なり、ほとんど外国語のようなものだった。その人たちの言葉を理解するには、よくよく注意深く耳を傾ける必要があった。けれど、フィアラ、ジウハ、ブカ、ヴェラ、ウィア、ブクル、ミルなど、僕らのものとまるきり同じ言葉もたくさんあった。

どちらの土地にも、スカンデルベグをめぐるさまざまな伝説が、ほとんど同じ形で伝わっていた。どちらの土地の民謡も、同じように胸を打つ旋律をたたえていた。輝きを放つ眼差しさえもが、僕たちのものにそっくりで、けれどおそらく、僕らの瞳にはない不信と失望に満たされていた。あまりにも長い年月、不当に虐げられてきた人びとの瞳だった。けれどそれは、完全に膝を屈した人間の瞳でもなかった。

八月のとある昼下がり、この人たちはホラにやってきた。コニチェッラの入り口で、村長を先頭に、村じゅうの人間がその来訪を待ち受けていた。楽隊の陽気なマーチがあたりに鳴り響いていた。

「誰だこいつら?」

「アルバニア人だよ」

「あぁ」

「俺たちと同じアルバニア人か?」

「俺たちはアルバレシュだろ」

「あん?」

「いや、だから、俺たちはアルバニア系イタリア人だろ。あそこにいる連中はアルバニアから来たんだよ」

「アルバニアって、今のアルバニアか?　海の向こうの?」

「あぁ、そうだよ」

アントニオ・ダミスは苛立ちを募らせながら友人たちの問いかけに答えていた。なんてこった、こいつらはアルバレシュとアルバニア人の区別もつかないのか!　あのとき彼は、全身に鳥肌が立つのを感じていた。むき出しになった腕や、衣服の下の素肌から、無数の針が顔をのぞかせていた。自分の目が信じられなかった。はじまりのパパスであるヴィミトリ・ダミスが仲間とともに故郷を去り、風ふきすさぶ丘の土を踏んだときから、すでに五世紀を超える歳月が流れていた。そして今、海の向こうに残った者たちの子孫が、ついに生きてこの土地を訪れたのだ。

バスから降りてくるあいだ、アルバニア人たちは笑顔を浮かべていた。なかには、ステップの上でほんの少しだけ立ちどまり、拍手する群衆やマーチを演奏する楽隊をうっとりと見つめてから、葉のように軽やかに地面に降りたつ者もいた。こんなにも熱のこもった歓待を、アルバニア人の一行はまったく期待していなかった。アントニオ・ダミスはむしろ、音のない夢のように、宙吊りになった静寂のなかでその光景を眺めていたかった。友人たちの下品な声やくだらない感想に、どうしようもなく腹が立った。

「カーニバルの衣装みたいだな」

「見ろよ、男どものかぶってる帽子。頭に筒でも載せてんのかね」

「歌やら踊りやらを披露しに来たんだろ。楽しませてくれるといいんだけどな」

「しかし女たちは、コパ・レシュ、別嬪ぞろいだぜ。前も後ろも見事なもんだ」

アルバニア人は二人一組になって列を作り、ゆっくりと歩いてきた。ホラの村長は行列の先頭に立ち、シュカンディーヤの藝能グループの責任者たちに同行していた。そのうしろには、ローマからやってきたアルバニア大使館の職員や、「高名な詩人ラザール・スィリチ」として紹介された禿頭の老紳士、さらに、作家でありジャーナリストでもある、シュプレサ・ヴレトという感じの良い女性らがつづいていた。そして、労働党のメンバーに違いない二人の男が、ハイエナのように残忍な微笑を浮かべつつ、アルバニア人たちの一挙手一投足を監視していた。疲れを知らない楽隊のマーチが、アルバニア人とアルバレシュの声やお喋りに覆いかぶさり、両者の差異を和らげていた。コナに立ち並ぶ家々のバルコニーでは、女たちが一家でいちばん上等な布を広げていた。そこには、この地に最初に足を踏みいれた人びとがデザインした、海の向こうと同じ双頭の鷲が描かれていた。鷲の背後に咲きこぼれる赤い花も、その奥に広がる青い丘も、海の向こうとまるきりいっしょだった。

「ミル・セナ・エルヴィト」女たちはそう叫んで、行列に向かって花を投げた。不安げな微笑みを浮かべながら、美しい娘たちが声援に応えていた。

ドリタも微笑んでいた。けれど、はじめにアントニオ・ダミスの心を打ったのは、彼女の微笑みでも、波打つ黄金の髪でも、海辺の水の色をした光り輝く瞳でもなかった。彼の心を捉えたのは、静かで堂々とした足取りと、女王のごときその身振りだった。ドリタが着ている舞台衣装は、アントニオ・ダミスが子供だったころに、ホラの女たちが祭りのあいだ身につけていた古風な礼服にそっくりだった。ひだ飾りのついたスカートの裾が大きく広がり、歩くたびに軽やかに揺れ動いていた。彼女の豊満な胸は緑のビロードのボディスにしっかりと締めつけられ、上気したその顔からは輝きが放たれていた。ドリタはふと、自身へ注がれる射抜くような視線を感じた。眼差しに宿る感情はなおも昂り、気後れを覚えさせるほどだった。ドリタはゆっくりとあたりを見まわした。バルコニーに掲げられた色とりどりの布や、低いところを滑空している何匹かの燕が視界を横切り、やがて一人の若者が目に留まった。日焼けした肌、真っ黒い髪の毛、内気な瞳、細く丁寧に整えられた髭。青年は、彼女からキスをかすめとろうとするかのように、そっと唇をとがらせていた。アントニオ・ダミスは頬を赤らめ、ほんの数歩だけ離れた場所からドリタに声をかけた「スィ・アシュト・ヌミ・ヨト?」ドリタは、彼が何を言っているのか分からなかった。そこでアントニオ・ダミスは言い直した「スィ・チュ・ティ?」

「あぁ」ドリタは言った「ウナ・ヤム・ドリタ。ヴェ・ティ?」

「ウ・ヤム・ントニ、アントニオだ」

それが、夕方までに二人が交わした唯一の会話だった。広場までやってくると、雑踏にまぎれて二人はおたがいを見失った。アルバニア人たちは抱擁の嵐に見舞われた。そのまま窒息しかねないほどの有り様だった。

夕方、シュカンディーヤの一座のメンバーとともに舞台に上がったドリタは、人だかりのなかに彼の瞳を探した。広場には何百という観客がいたから、見つけだすのは容易ではなかった。ところが彼女はすぐにアントニオの居場所を突きとめ、彼に向かって微笑んでみせた。ドリタはその瞬間から、彼のためだけに踊り、彼のためだけに愛の歌を唄った。ドリタの一座はアルバニアの歌だけでなく、「オ・エ・ブクラ・モレ」のようなアルバレシュに古くから伝わる歌や、さらにはカラブリアの民謡「カラブリゼッラ」まで披露してくれた。

それは忘れられない一夜となった。ホラではこれまで、こんなにも質の高い演奏家、ダンサー、歌手による舞台が催されたことは一度もなかった。興奮した村人たちは、一座に心からの称讃を伝えるため、長く、熱のこもった拍手を送りつづけた。ほかの聴衆に立ち交じり拍手を送っているあいだ、アントニオ・ダミスは視線や笑顔をとおしてドリタとやり取りしていた。自分の隣で、時おり手を握りしめてくる女性のことを、彼は気にも留めていなかった。

出し物が終わると、アントニオ・ダミスは舞台の下に急ぎ駆けつけ、多くの村人たちがしていたように、アルバニアの踊り手に讃辞を送った。その場でしばらく粘っていると、ついにドリタと握手する機会が訪れた。アントニオ・ダミスはもう、二度とその手を離したくなかった。彼は尋ねた「テ・ク・ヴェニ・メナト?」ドリタはその言葉の意味を察し、彼に答えた「ネサル・ド・テ・ヴェミ・

ナ・プヘリ」。「よし」彼は言った「なら、明日はパッラゴリオで会おう」それからようやく、演奏のあいだ隣にいた女性のもとに戻り、彼女を家まで送っていった。あくまでも義務としての行為であり、余計な思いやりなどは示さなかった。別れ際、彼女の口許にそっけなくキスをしたあと、アントニオ・ダミスは急ぎ足で広場へと去っていった。彼女にたいして、こんなにも冷ややかで礼を欠いた態度を示すのは、これがはじめてのことだった。けれど女性は、なにも不審に思わなかった。彼女はアントニオ・ダミスの婚約者だった。中学生のころから、おたがいに好意を抱いてきた仲だった。そんな相手を疑えるはずがなかった。彼女はあと一年もしないうちに、アントニオ・ダミスと結婚する予定だった。心のなかでは、すでに自分をダミス夫人と呼んでいた。彼女はこの日も、心穏やかに眠りについた。

次の日の晩、アントニオ・ダミスはパッラゴリオでドリタと再会した。一日目の夕方と同じ感情が胸を満たした。バスの到着、粟立つ肌、楽隊の行列、バルコニーに垂らされた古風な布、ドリタの青い瞳、喧騒のなか取り交わされる短い挨拶、固い握手、ドリタの手への荒っぽい愛撫、針の上のビロード、ビロードの上の針。そして別れの微笑みと、次の晩に再会する約束。

シュカンディーヤの一座は二週間にわたりカラブリアを巡業し、十二にのぼるアルバレシュの村を訪ねた。アントニオ・ダミスは一座の舞台を、ひとつ残らず見てまわった。従兄のジョヴァンニに声をかけ、彼が運転するバイクに二人乗りして旅をした。フラスニタ、ウングラ、スピザナ、シャン・ミトリ、フィルモザ、カナ、シャン・ヴァズィリ、プッラタニと、どこまでも一座を追いかけつづけた。ホラの二人の若者とアルバニア人たちは、今ではすっかり顔馴染みだった。一座のメンバーは二人のことを、自分たちの熱烈なファンなのだと思っていた。二人と顔を合わせるたびに、アルバニア人は嬉しそうに挨拶を送った。いちばん親切だったのは労働党の職員たちで、その口許にはどんなときでも、例のハイエナの微笑が貼りついていた。ドリタにとって、アントニオ・ダミスのそばで長い時間を過ごすことは困難だった。というよりも、むしろ不可能だった。けれど二人は、傍らで過ごす時間をともに望み、握手につづく愛撫は今や、たがいの両手を巻きこむほどになっていた。満たされぬキスへの渇望が、二人から呼吸を奪っていた。まだ照明の落とされていない舞台の上、美しく輝きを放つドリタの体は、愛を交わしたばかりのように火照っていた。ブロンドの巻き毛が二本だけ、額の前でくるくると踊っていた。

シュカンディーヤの一座は最後の晩を、クロトーネの「ホテル・ティツィアーナ」で過ごした。ホテルのレストランでは、シャン・コッリの若い村長が別れの宴を催した。この村長は、アントニオ・ダミスのかつての級友だった。厚かましくも、村長から招待状をせしめていたアントニオ・ダミスは、別れのパーティーにちゃっかり顔を出していた。

アルバニア人とアルバレシュがいっしょになって、細長いテーブルを囲んでいた。アルバニア人たちは、さして故郷を懐かしむ様子もなく、酒と料理を存分に堪能していた。とりわけ酒が気に入ったらしく、「メ・フンド、メ・フンド」と気勢を上げ、まるで水でも飲むかのように、チロのワインが入ったグラスを次々に空にしていた。デザートが出るころには、すっかり酔いがまわっていた。一杯目の食後酒を飲みほしたあと、「オイ・モイ・コルチャレ・サ・エ・ブクル」とアルバニア語で歌い、二杯目を空けたあとには、「青が、あまりにも青い昼の空が、わたしの前に果てしなく広がっている」とイタリア語で歌った。それも終わると、少女たちが裸足になって、ディスコで踊るような現代風のダンスを披露した。羽目を外した踊り子たちを前にして、労働党の職員の顔つきがむっつりと険悪になった。詩人のラザール・スィリチは、シャン・コッリ出身のとある詩人といっしょに、アルベリア［アルバニアの古名］に捧げられた詩節を大きな声で読み上げた「クル・ウ・ニスティン・ジィサ・アニタ／ヴェラト・タナ・イクティン・カ・スィタ」

ドリタはアントニオ・ダミスの隣に坐っていた。いちども口を開かなかった。ドリタは席を立ち、目で彼を呼んだ。驚きに打たれつつ、彼はその呼びかけに従った。二人はエレベーターのなかでキスをした。キスをしながらエレベーターを降り、キスをしながらドリタの部屋に入っていった。服を引き裂くようにして、二人は急いで裸になった。裸体のドリタを目にした瞬間、アントニオ・ダミスは思わず震えた。彼は自分に言い聞かせた。落ちつけ、落ちつくんだ。けれどその数秒後には、欲望に喘ぐ豊かな乳房に飛びかかり、薔薇色の乳首や白い肌や金色の恥丘にキスをしていた。ドリタは荒々しい動きで彼を迎えた。盛りのついた猫のように、思いきり叫びたかった。

いつしか夜が更けていた。アントニオ・ダミスの体から身を離すとき、胸に強い痛みを感じた。ドリタは泣いた。ホテルのレストランからは、もうなんの物音も聞こえてこなかった。出発の時刻が迫っていた。アントニオ・ダミスは手のひらでドリタの涙をぬぐい、手の甲で彼女の暖かな頬をさすった。服を着てから、彼はドリタに住所を尋ね、自分の住所を彼女に伝えた。

「手紙を書いて。約束して」そう言うあいだ、ドリタは一本の指をアントニオ・ダミスの唇に押しつけていた。彼はその指にキスをした。立ち去る間際、ひとつひとつの言葉を区切るような口調で、アントニオ・ダミスは彼女に応えた「約束する。きみに会うため、俺はアルバニアに行く」

約束を守るのは容易ではなかった。薬莢のなかのメモやトラックの事故より先に、故郷の婚約者が彼の前に立ちはだかった。

「どうしたの、ねぇ、なにがあったの?」二人きりになるとかならず、彼女はアントニオ・ダミスに問いかけた。彼の唇にキスを浴びせ、ひたすら同じ質問を繰り返した「どうしてなにも言わないの? どうしてなの?」

返事の代わりに、彼は素っ気ないキスを返した。そのたびに胸が疼いた。どう言えばいいのか、どんな言葉を使えばいいのか分からなかった。心から申し訳なく思っていた。彼はこれまで何年にもわたって、目の前のこの女性を想ってきた。彼女を捨てることは今となっては、あまりに大きな苦しみを伴う一歩だった。海峡の渦の縁へと、引きずりこまれていくような思いだった。彼女からしてみれば、ほんのわずかも予期せずにいた、悪夢のなかでさえ起こってはいけない出来事だった。背中に突き立てられた短剣と変わりなかった。いったい何が起きたのか、ついに彼からすべてを詳しく聞かされたとき、彼女はたしかに、背中に刺さる短剣の痛みを感じていた。出会った瞬間に生まれた恋に、彼が深い意味を与えようとすればするほど、彼女の痛みはますます耐えがたいものになった。祖先のパパスに率いられた逃走の物語に耳を傾け、いつの日か海の向こうにその村を探しに行こうと決めたとき、すでにこの恋は自分の運命に書きこまれていたのだとアントニオ・ダミスは言いたげだった。

旅立ちの時が来たことを、彼は確信していた。

アントニオ・ダミスは残酷なまでに正直だった「彼女のことを、愛してるんだ」彼は言った「ずっと前から知っていて、ずっと前から愛していたように思えるんだ。俺にはもう、彼女のいない人生は考えられない」

二人はその晩、アントニオ・ダミスの家にいた。外はどしゃ降りで、家のなかにはほかに誰もいなかった。彼女は窓の方に視線を向けた。窓ガラスをつたってしたたり落ちる雨の雫が、大粒の涙に見えた。彼女はなにも言わず、泣かず、男の目玉を爪でえぐりとることもしなかった。扉を開けて、雨のなかに出ていった。彼女の生を焼きつくそうとしている炎を、雨で鎮めようとするかのごとくに。


そう、アントニオ・ダミスにとって、約束を守ることは容易ではなかった。けれど、察しのとおり強情なこの男は、やがてほんとうにアルバニアへと旅立ってしまった。まずは列車でバーリに向かい、そこから船に乗る予定だった。列車のなかで、アントニオ・ダミスは鞄を開き、空の薬莢を取りだした。その日の朝に、郵便受けのなかに見つけたものだった。彼はそこからメモを抜きとり、厭わしげに文面に目を通した。ここに書かれているメッセージは、もはや自分にはたいしてかかわりがないのだと、アントニオ・ダミスの表情が語っていた。

「どうやらトラックの教訓は、お前の役に立たなかったようだな。お前はしつこい男だよ。しかしあいにく、俺たちはお前に輪をかけてしつこいのさ。これが最後の警告だ。せいぜい残りの人生を楽しめよ、屑野郎！」

それから彼は、薬莢もろともメモを風のなかに放り投げた。

4 哀しい子供

　翌日、僕はまたラウラに会いに出かけた。前の日と同じか、あるいはむしろ、もっと大きな興奮を感じていた。頭のなかで、ラウラの姿をドリタのそれと混同している自分に気がつき、僕は何度も驚きに打たれた。僕が思い描くドリタは、ラウラと同じ瞳を持ち、ラウラと同じ髪をたなびかせていた。ゴヤーリは口にしなかったけれど、二人が母と娘であることは確かだった。

　家の窓が開け放たれていた。なら、ラウラはもう起きているのだ。どこにいるのか、僕にはすぐに分かった。ツァ・マウレリアの家の方から、賑やかな話し声が聞こえてきたから。たくさんの言葉と笑いが、解きほぐしようもないほどにもつれ合っていた。開かれたままの玄関の扉に、僕は近寄っていった。玄関の傍らの小さな部屋で、何人もの女や子供たちが輪になって、真ん中に腰かけているラウラを取り囲んでいた。ラウラの膝に、小さなゼフがちょこんと坐っていた。

「おはぁり、ミケグ、こわかぁないよ」僕の姿に気がついて、ツァ・マウレリアが声をかけてきた「どうさね、かぁいいぼうがうちにいるだろ、ゼフていうんだ、がいこくのなめえだなぁ」今にも崩壊しそうなイタリア語で、ツァ・マウレリアが僕を迎えいれた。アルバレシュ語でなくイタリア語で喋っているのは、もちろん、ラウラにも理解できるようにという心遣いのためだった。ラウラは僕の方へ振りかえり、僕に向かって笑顔を浮かべた。膝の上の小さな子供も、僕のことを見つめていた。哀しげな眼差しをひどく長いあいだ、じっと僕に注いでいた。助けを求めているみたいだった。いくつもの手が、ゼフを撫でようと躍起になっていた。誰もがしつこく、ゼフの首筋に息を吹きかけていた。ゼフは拗ねた子猫のように、ラウラの腕のなかへ姿を隠した。興味の的になっていることにうんざりしていた。

「ほんとうにかわいいねぇ」

「すごいやわらかい!」

「ゼフ、ほら、笑えよ。こっち向けって」

「わたしも抱いてみていい?」

「キスしていいかな?」

「なんかくせぇぞ。こいつ、漏らしたんじゃないか?」

ラウラは辛抱づよくイタリア語で対応していた「みんな、お願い、この子は人形じゃないのよ。知らない人が相手だと、すごく乱暴になるんだから。あなたたちの顔、爪で引っ掻くかもしれないわよ」けれど子供たちは、ゼフの危険性とやらを気にも留めていなかった。首を撫でたり、栗色の巻き毛に指をつっこんだり、シャツを引っぱったり、めいめいが好き放題にやっていた。やがて、子供たちは大きな声でゼフに呼びかけた「ゼフ、来いよ、いっしょに遊ぼう。原っぱに連れてってやるからさ。ほら、早くしろって」

「ねぇ、ミケグや」ツァ・マウレリアが僕の腕をぐいと引いた「あんたはしっかり勉強したから、よく知ってるだろ。ホラのこと話してる本はあるかい？　おじょうちゃんに聞かれたんだよ。だけどあたしは、教会のお祈りだって読めないんだから。年金もらいに、きたない字で名前かくのがやっとだもんね」

「本のほかにも、古文書や、あとは村の伝承とか」ラウラが付け足した「わたし、社会学科の三年生なの。卒業論文では、ホラとその起源について書きたいのよ。だけど、ほんとうにこのテーマで書くなら、夏休みのあいだにいくらか資料を集めておかないといけないから」

腕に小さな女の子を抱いているゾニァが、ラウラの話に口を挟んだ「ここには古くから伝わる素敵な物語がたくさんあるよ。涙なしには聞いてられない愛の歌もね。もちろん、料理はとびきりおいしくって栄養もたっぷりだよ。外国人は誰だって、アリー・パシャみたくこの土地の食べ物に夢中になるんだ。オリーブや無花果《いちじく》なら、どんな色の実でも揃ってるからね。それにサルチッチャ、ソップレッサータ、サルデッラ……」

「なに言ってんだよ、この間抜け」ツァ・マウレリアが割って入った「あんたの耳はどうなってんだい？　食べ物の話をしてどうすんだよ？　失礼だけどあたしはね、読み書きも知らないあんたみたいな女でなく、ミケグッツォに聞いてるんだよ。それともなにかい、あんたの名前はミケグッツォなのかい？」

「うん、少ないけど、あるにはあるよ。アルベリアや南イタリアについての本のなかに、ホラの名前はちょくちょく出てくる。よかったら、役に立ちそうなページをコピーして持ってくるけど」僕はラウラの瞳のなかに、感謝のきらめきを見てとろうと必死だった。あるいはせめて、感じの良い微笑みを浮かべてほしかった。とはいえ、誰も知らない秘密を特別に明かしたわけでもないのだから、これはいささか虫の良い話ではあった。

ラウラの返事はきっぱりとしたものだった。尊大とさえ言いたくなるほどだった。「何冊かの本に断片的な記述があることは、ここに来る前に調べてあるの。だから、本のコピーは必要ないと思う。たぶん、わたしも知ってる内容だろうから。それより、編集も刊行もされてない資料に興味があるの。そういうものがあればの話だけど。あとは村の人たちの証言ね」

僕は少しのあいだ、視界のどこかに資料が隠れているとでも言うように、部屋のなかをぐるりと見まわした。僕がロザルバを、ツァ・マウレリアの娘を目にしたのは、そのときのことだった。浴室の扉の向こうから、彼女は僕たちを見つめていた。部屋着のブラウスを身につけて、洗面台の前に立っていた。顔はクリームのような泡に覆われ、肩の高さまで両手を持ち上げていた。鏡に映る泡だらけの亡霊から、わが身を守ろうとしているみたいだった。僕はラウラに言った「じゃあ、村の資料館に行くといいよ。それか、もし中に入れてもらえるようなら、ウンブリアティコやカリアーティの司教館に行って、図書室の資料を調べてみたらいいと思う。二つとも、ずっと昔にホラを治めていた土地だからね」

僕はツァ・マウレリアといっしょに、裏庭の菜園に面したガラス窓に近づいていった。「あそこだよ」そう言って、丘の向こうにある二つの村を指さした。浴室の近くに来たので、僕はロザルバと目を合わせようとした。ぴくりとも動かないロザルバの瞳に、ほのかな驚きの色が浮かんだ。その直後、浴室の扉は勢いよく閉じられた。

ツァ・マウレリアが顔を輝かせた。「イエスさまヨハネさまマリアさま！　あすこだったらいくらでも調べるものが見つかるよ、山羊でも食べきれないくらいにね！」そう言って、ツァ・マウレリアはガラス窓の取っ手を回しはじめた。まだ扉が開ききらないうちに、ついに自由を得た囚人のようにして、小さなゼフがするりと隙間から出ていってしまった。外の空気を思いきり吸いこみながら、アスファルトで舗装された道路に向かって、おぼつかない足取りで駆けていった。

僕らは全員、ゼフのあとを追って外に出た。菜園を横切り通りに出ると、下り坂を数メートルにわたって転げ落ちていくゼフの姿が見えた。「ゼフ！」不安に満ちた声でラウラは叫び、ゼフを追いかけ走っていった。ちびすけはバランスを取り戻し、けれどうしろを振りかえることはなく、土に汚れた体のまま、力のかぎり走りはじめた。

血のような色の果実がいっぱいに実った桑の木の下で、ラウラはゼフに追いついた。太く逞しい枝からちぎりとった桑の実を、ラウラは二、三粒だけ味見した。それから、ゼフの鼻をハンカチで拭いてやり、ひとつかみの果実を彼に与えた。ようやく一息ついたあと、ラウラはゼフの手を引いて、小さな丘に伸びる坂道を登っていった。

丘の頂上にたどりつき、その場にのんびり腰を落ちつけた二人は、たがいに身を寄せあって坐っていた。僕たちからは、二人の背中しか見えなかった。遠くの海の方角に、二人とも顔を向けていた。ラウラとゼフはしばらくのあいだ、まるでふざけあっているみたいに、軽く体を揺らしていた。

「どうしてこっちに戻ってこないの？」子供たちが聞いてきた。

「そっとしておいてほしいからだよ」僕は答えた。ほんの少し、苛立ちを覚えていた。周りに挨拶もせずに、僕はその場を立ち去った。

「ミケグ、ミケグ、待ちなよ、待ちなったら」ツァ・マウレリアが僕を呼んでいた。びっこを引きながら走っている音が、うしろから聞こえてきた。けれど僕は、お構いなしに歩きつづけた。「ミケグ、とまっておくれよ、あんたに話があるんだよ」

追いつかれないよう歩を速め、僕はまっすぐに家を目指した。僕だって、そっとしておいてほしかった。なにやら急に、胸がざわついてきた。卒業パーティーの準備をしないといけないのに、僕はなんの計画も立てていなかった。友人たちと散歩をしたり、ゴヤーリの物語を聴いたり、ラウラのことを考えたりしているうちに、いつの間にか時が過ぎ去っていた。僕はいまだに、パーティーの日取りも、大まかなプログラムも、食事のメニューも決めていなかった。なにもかもが白紙だった。

家に着くと、僕はすぐに台所に向かった。ポルペッタ［肉団子のこと］を味見してみろと、母さんが言った。摘みたてのトマトで作ったソースのなかに、ポルペッタが浸かっていた。母さんは料理をしているところだった。「すごく旨い」僕は言った「いつもどおりだね」母さんの作るポルペッタは世界一だった。僕はそれを二つ平らげ、そのあいだ、壁にかけられたカレンダーをちらりと見た。

「そう言ってもらえると助かるわ。あなたのお父さんはわたしのポルペッタが大嫌いだから。なんにも食べずに、煙草を吸ってばかりいるんだもの。あの人が食べるのは煙だけ。昼も夜も関係ないしね。煙草は体に悪いって、あなたからも言ってあげてよ。息子の言うことなら、あの人もおとなしく聞くだろうから」

僕は少し笑いたくなった。父さんは誰の忠告にも耳を貸さなかった。母さんだって、そんなことは百も承知のはずだった。僕は言った「卒業パーティーは、七月四日に開こう」

「だめよ、四日はだめ。その日はエゲヌッツァの結婚式でしょ。ほら、従兄のジュリオの娘さんよ。パーティーは七月十日にしましょう。その日なら、ほかになんのお祝いもないわ。ちゃんと調べておいたんだから」

「じゃあ、それでいいよ」僕は言った「明日に村をまわって、友だちや親戚を招待してくる」

「よしなさい、それはだめ」母さんが答えた「明日は金曜日よ。縁起が悪いわ」

そんなのは迷信だと説いたところで、なんの効果もないことは明らかだった。僕は素直に母さんに従った「なら、日曜日に行ってくるよ」

皿の上のポルペッタをもうひとつ、ナイフで突き刺しそのまま口のなかに放りこんだ。肉の味を噛みしめながら、僕はまた外に出かけた。

5　モザイク列車

次の日の昼、僕は片手にグラニータを持って、「バール・ヴィオラ」の正面に建つ背の低い壁に腰かけていた。散歩しようという気は起きなかった。広場が夏の無気力に覆いつくされていた。人も犬も猫も、すべてがへとへとになっていた。遠くから、アブの群れの単調な羽音が聞こえた。腹立たしいほどにゆっくりとアイスキャンディーを舐めている友人たちが、坐り心地の悪いプラスチックの揺り椅子の上で、白い陽光の重みにつぶされぺしゃんこになっていた。暑くて息もできなかった。

「なぁ、明日の夕方にあちこちまわって、村のみんなを卒業パーティーに招待するんだ。いっしょに来るだろ？　少しは気晴らしになるだろうからさ」まったく熱をこめずに僕は言った。コジモ、エマヌエーレ、そしてジョルジョは、溶けてしずくを垂らしているアイスキャンディーを舐めながら、しんどそうに頷いた。三人は、小さな揺り椅子の背を壁にもたせかけて坐っていた。はだしの足を前に投げだし、危うい均衡を保っていた。そうとは意識せぬままに、僕たちの人生を模倣していた。それはホラと、じきに僕たちを呑みこんでいくだろう別の土地のあいだで、絶え間なく揺れ動きつづける生だった。ひとりはミラノ、ひとりはドイツ、またひとりはヴェネトへと去っていく。かばんの中の免状や卒業証書が、僕らの出発になおも苦い味を添える。とりわけ僕らの家族にとって、その旅立ちはひどく苦い。

僕は顎髭や口髭を、指でごしごしとしごきはじめた。ほとんど目を閉じていた。暑さで鈍った頭のなかに、ふと未来の情景が浮かんだ。僕の目つきはたぶん、不安の色に染まっていた。そのとき、僕はラウラに気がついた。ブロンドの髪の毛が光の筋を引いていた。ラウラは広場を横切って歩いていった。うしろから眺めていると、ラウラの背の高さがあらためて実感された。よく引きしまった長い足が、軽やかなミニスカートの下からすっくりと伸びていた。小さなゼフが、くたびれた様子の犬を追いまわしていた。犬は見るからにうんざりしていた。二人はコナの方角に向かっていた。ラウラの足どりはどこか冷ややかで、早く家に帰りたいと願っている観光客を連想させた。無理もない、この村には見るべきものなどなにもないのだから。

友人たちは舌ではアイスを、目ではラウラを味わっていた。

ラウラが村の散策に出かけるのは、たぶんこれが初めてだった。できることなら、重い腰をなんとか持ち上げ、ラウラについていきたかった。けれど僕は動きだす前から、友人たちのしかめっ面と皮肉の利いた冷やかしを思い浮かべた。あいつらはみんな、ラウラが僕に魔法をかけたと決めつけていた。グラニータを飲み干すまで、その場に坐ってじっとしている方が賢明だった。いずれにせよ、僕は目の端でラウラの後ろ姿を追いかけていた。ラウラが視界からいなくなると、代金を払いに行くと言い訳して立ち上がった。

僕の心は動転していた。けれど、その理由を突きつめて考えないように用心していた。バールの店員とぼんやり会話を交わしつつ、外の景色をじっと見つめた。揺らめく影と陽光に、広場はくまなく満たされていた。しばらくして、ついにラウラが戻ってきた。今度はきっぱりとした歩き方で、クリキの方角を目指していた。前に一歩を踏みだすたびに、髪が荒波のように大きく揺れた。モザイクの工房の前にたどりつくと、彼女はゼフを腕にかかえて、ノックもせずに中に入っていった。

よし、と、僕は思った。これで口実が見つかった。

「おい、ゴヤーリのところに行こう。工房の中なら、少しは涼しいかもしれないだろ」僕は友人たちに提案した。

「あそこはここよりよっぽど暑いよ。窒息したっておかしくないね」コジモが答え、三人はもとのまま、揺り椅子の上にだらしなく寝そべりつづけた。畑の土を耕してきた帰りなのかと思うほど、全身からすっかり力が失われていた。

僕は笑った。「じゃ、またあとでな」そう言って、暑さにだらけきった昼下がりの広場を横切っていった。

工房の扉はいつもどおり開け放しにされていた。僕は外から声をかけた「入るよ？」返事も待たずに敷居をまたぐと、自分のなかで何かがひっそり弾けたのを感じた。心のざわめきはようやく粉々に砕け散り、手つかずの幸福が体を満たした。

最初に僕の目に留まったのはゼフだった。床に坐って、色とりどりのモザイクの欠片で遊んでいた。真剣そのものの表情だった。静寂のなか、眉間に深いしわを寄せていた。

ラウラとゴヤーリはモザイクの前にいた。やわらかな抱擁を交わし、その場にじっと動かずにいた。あたりを照らすラウラの髪が、僕の瞳に強烈なショックを叩きこんだ。何を言えばいいのか、何を考えたらいいのか分からなかった。

僕の存在に気がつくと、二人はゆっくり体を離した。取り乱している気配はなさそうだった。打ちとけた笑みを浮かべて、ゴヤーリが僕に挨拶をした「やぁ、ミケーレ。入ってくる音が聞こえなかったよ」

ラウラが僕の方を向いた。目が赤らみ、左の頬には涙のとおった跡があった。僕を見つめるラウラの瞳に、不安と困惑の感情が宿っていた。まるで、見知らぬ他人の幻覚に出くわして面食らっているような顔つきだった。

「二人はもう、知り合いなんだろ？」ゴヤーリが尋ねた。

「ポ」ラウラはアルバニア語で答え、それからすぐに言い直した「そう」そのあいだ、僕は首を縦に振っていた。

「聞いてくれ、ミケーレ。俺は今日まで、ラウラにいちども会ったことがなかった。それなのに、すぐさま彼女だと分かったんだ。髪の毛も歩き方も、すべてが母親にそっくりだからな。とくに目だよ。海辺の水の色をした、この瞳だ」

ラウラはどうにか微笑みを浮かべようとしていた。けれど視線は定まらず、不安そうな顔つきに変化はなかった。ゴヤーリはそのことに気がつくと、おそらく誤解の芽を摘みとるために、簡単な説明を付け足した「さっきまで、アントニオ・ダミスのことを話してたんだ」

「あぁ」物分かりよく僕は応じた。けれどほんとうは、話の中身を聞きだしたくてうずうずしていた。

そのとき、小さなゼフが声を上げた。二、三の言葉を、物悲しいリズムに乗せて繰り返していた。彼は今、自分の遊びについて解説しようとしていた。栗色のモザイクの欠片が列車だった。客車と比べていくぶん大きすぎる機関車両は、青のモザイクで作られていた。うず高く積まれた緑色のモザイク片は、春の丘のようでもあり、そのあいだを栗色の列車が蛇行していた。

「トゥレン・ルアミ・トゥ・トゥ・トレン……」

ゼフの声を聞いたのは、このときがはじめてだった。優しくて、身を切るほどに哀しい声だった。

「トゥ・トゥ・トゥレン・トゥ・トゥ……」僕はゼフの隣に膝をつき、赤のモザイク片で自分の列車を作りはじめた。ゼフの視線をわが身に感じた。小さな子供は、同志を注意深く見つめていた。機関車両を作るため、青の大きなモザイク片をゼフは僕に渡してくれた。それから、本腰を入れて自分の遊びを再開した。

「バール・ヴィオラで、旨いジェラートを買ってくる。ちょっと待っててくれ」ゴヤーリが言った。

「僕はいいよ、ありがとう。グラニータを食べてきたばっかりなんだ」工房から出ていくゴヤーリに向かって僕は叫んだ。けれどゴヤーリは、僕の言うことなど聞いていないようだった。

僕はラウラの方に視線を上げた。すると、モザイクを背景にして立つラウラの姿が目に映った。モザイクの前景に配された男性をラウラは見つめていた。背の高い堂々とした体躯が、横向きに描かれていた。果てのない郷愁をたたえた瞳が、はるか遠く、僕たちの海の向こう側を見つめていた。

「ヤニ・ティスタ・ダミスだよ」僕は言った「アルベリアに戻る途中なんだ」

ラウラが勢いよく振りかえった。その拍子に、ラウラの胸が軽く揺れた。ラウラは僕に、力のこもった視線を投げかけてきた。ラウラの頬が火照っていた。床から見上げる彼女の姿は、途方もなく大きくて美しかった。

「どうして知ってるの?」ラウラはひどく驚いていた。まるで、口にしてはいけない秘密を、僕から出し抜けに聞かされたかのようだった。

「ゴヤーリが……アルディアン・ダミサが話してくれたんだ」

「ゴヤーリでいいさ、気にするな。別に怒らないよ。良いあだ名だろ?」ゴヤーリが口を挟んだ。ジェラートのカップを四つ持って、ゴヤーリは工房に戻ってきていた。

ゼフと僕は床に坐ったままアイスを食べ、それからまた遊びはじめた。その横ではゴヤーリが、ラウラと二人でモザイクを眺め、今はまだ目に見えない物語をラウラに説明していた。あんなにも幸福そうなゴヤーリの顔を、僕はそれまで見たことがなかった。

ゼフはときおり遊ぶのをやめ、ゴヤーリの手の動きをうっとりと、そして少しだけびくつきながら見守っていた。宙に船を描いたり、影の形を表現したり、ゴヤーリは両手をいっぱいに動かしていた。モザイクのまだ白い部分に描かれるだろう影の塊が、ゴヤーリの手の先で怪しげにうごめき、空白の海に向かって滑っていった。

僕たちは少なくとも一時間にわたって、ゴヤーリの話にじっと耳を傾けていた。聞こえてくるのはゴヤーリの声と、ときたまゼフの手からこぼれ落ちるモザイク片の音だけだった。ラウラが時計に視線を落とし、そわそわした口調で言った「ごめんなさい、もう行かないと。だいぶ遅くなっちゃった。オランダから電話がかかってくる約束なの」ラウラはゼフの手を乱暴にひっつかみ、そのまま外に引きずっていった。

「ああいう若い娘のことを、ホラじゃ〈ロッサニーザのような美女〉って言うんだよな。だけどラウラは美人なだけじゃない、賢いし度胸もある」このときのゴヤーリの口ぶりは、僕も気がついていない僕の長所を誉めようとしているみたいだった。それだけでは終わらなかった。ゴヤーリは愛おしげに、僕の髭や巻き毛を指でかきまわしてきた。それから、少しばかりの嫉妬をこめて、話題と口調を変えつつこう言った「若いころは俺だって、お前みたいにふさふさした巻き毛が生えてたんだ。髪が抜けたのはホラに来てからだよ」言い終わると、ゴヤーリは僕に背中を向けて、ふたたびモザイクの仕事に取りかかった。

ゴヤーリがホラにやってきた当時、僕はまだ子供だった。けれど、僕はそのときのことをはっきりと覚えていた。ゴヤーリは亡命者のなかでいちばん背が高く、麻屑のような巻き毛を生やしていた。何週間も風呂に入っていない人間の頭だった。ゴヤーリと、そのほか二一人のアルバニア人は、広場の群衆に出迎えられた。人だかりのなか、背の高いゴヤーリはひときわ目立っていた。アルバニアからの亡命者たちはカリタス［カトリック系の慈善団体］の小型バスでやってきた。ゴヤーリたちは、慈善団体が勝ち取ったトロフィーのように、広場に集まった人びとの視線にさらされていた。アルバニア人を連れてきたのは、コゼンツァ県のアルバレシュの村でパパスを務める鬚もじゃの男性だった。一九九〇年の八月のことだった。ホラの村長は、自治体が個人から購入し改修したパラッコの家々を、亡命者の住居として提供した。はじめのうち、村人たちは熱をこめてアルバニア人を歓待した。けれどその熱は次第に薄れ、やがておたがいへの興味が尽きると、疑り深い冷ややかさが村を覆った。夕方、アルバニア人たちは広場をぶらつき、寄る辺ない眼差しであたりをぼんやり見まわしていた。外国に移住した経験のあるホラの多くの村人は、この眼差しをよく知っていた。アルバニア人は日中は畑に出て、二束三文の報酬のために日雇いで働いた。あるいは、マリーナの建築現場で、石工の下働きとして闇労働に従事した。仕事がなければ、日がな一日家のなかに閉じこもり、ずっとテレビばかり見ていた。こうして、一年のあいだに一人、また一人と、亡命者たちはこの土地を去っていった。自分の目指す場所はホラのような穴倉じゃない、こんな場所はアルバニアにだっていくらでもある。亡命者はそう言っていた。北の都市が自分たちの目指す先だ、そこには親戚や友人がいる、賃金の高い仕事もきっと見つかる。最後にホラを去ったのは、滞在許可証を持たずに石工の下働きをしていた五人の青年だった。誰かが匿名でカラビニエーレ［イタリアの憲兵］に告発したため、青年たちはアルバニアへ強制送還された。

　ホラに残ったのはゴヤーリだけだった。ゴヤーリは三ヶ月で流暢なアルバレシュ語を話すようになり、一年とたたないうちにイタリア語も習得した。ただしそれは、僕らの土地に特有のアクセントがある、サルデーニャ方言のようなイタリア語だった。たいへんな苦労を重ね、何年ものあいだ不安定な職を転々としたあと、ゴヤーリはついにモザイクの工房を開くにいたった。ゴヤーリの腕前は評判を呼び、まずはアルバレシュの村々に、やがてはカラブリア全土にその仕事が知られるようになった。各地のパパスは引きもきらずに、モザイクの修復や制作をゴヤーリに注文した。ときには、教会の聖画像の制作を依頼されることもあった。

　ラウラが出ていったほんの数分後、ゼフが息を弾ませて工房に戻ってきた。小さな子供は手を差しだし、暖かなモザイク片を僕の手のひらに置いた。それから、走って外に出ていった。それは青のモザイクだった。僕は拳を固く握った。しばらくあと、家までの帰り道を歩いているとき、僕は自分の青い機関車を短パンのポケットに滑りこませた。

6　村の財宝

　つまりは、風だった。シーラ山から、僕らの海から、北から、南から。ホラの丘は、風が行き交う十字路だった。吹き荒れる風は季節に応じて、冷たいこともあれば暖かいこともあった。けれどいずれにせよ、それは僕らの髪をかき乱し、僕らの思考を頭から引き剥がした。「ここは風の丘だ」はじまりのパパスであるヴィミトリ・ダミスが言った「良きにつけ悪しきにつけ、われわれは風の丘を選んだのだ」ときおり、とりわけ秋には、コンスタンティノープルの方角へ向けられた木製の宝座が、シャン・ヤニ・パガゾルのイコンや礼拝堂、さらには信徒たちといっしょに、旋風に巻きこまれ空へ吹き飛ばされそうになった。いつもどおり美しいバリトンの声を響かせて、パパスはビザンティンの歌を唄いはじめた。若き日は風とともに飛ぶように過ぎてゆき、今となっては声だけが、パパスのかつての姿を偲ぶよすがだった。長く伸びた白い髭が、歯の抜けた口の前で鳩の羽のようにはためいていた。パパスは六十歳だった。けれどその風貌は、実際よりもよほど高齢に見えた。パパスは思った。生きることは闘いであるとよく言われる。けれど自分と、自分についてきた人びとの生は、闘いというよりも戦争だった。昼となく夜となく、夜となく昼となく、いつまでも休戦は訪れなかった。異国の地で生きぬくため、子供たちにパンとおかずを与えるため、肉体だけでなく魂もまた健やかに自由に育てるため、ヴィミトリ・ダミスたちはつねに戦いつづけてきた。けっして屈服しなかった。けっして「ベサ」を、すなわち約束を、誇りを、未来をないがしろにしなかった。今、風の声が狼たちの陰鬱な遠吠えに重なって、人々の歌を脅かしていた。けれどパパスは、もう慣れていた。ともかくも歌を終え、風に合わせて巧みに体の向きを変えながら、村人たちに道を説いた。

「本当の教会を建てるべき時がやってきた。われわれにふさわしく、われわれの信仰にふさわしい教会を。この土地にやってきてから、すでに三〇年近い歳月が流れた。いささかでも分別のある者ならば、もはや本気でわたしたちの村に帰ろうなどとは思わないだろう。ホラ・ヨネはここなのだ。この先ずっと、この土地がわたしたちの村なのだ。われらはここで子供を生み、ここで家族を看取ってきた。もう、じゅうぶんだ。われわれの過去の上に、新たな教会のはじまりの石を置こうではないか。この土地は、今ではわれらの土地でもある。近隣のラティラの民はわれらの流儀に理解を示し、われらを重んじ、わらと交易するようになってきた。われわれの子と孫には、自信と夢が必要だ。自らの足が踏みしめる大地に、たしかな信頼を寄せることが必要なのだ」

風にはためく髭を少しのあいだ手で押さえ、パパスは五人の子供たちを見つめた。息子が三人、娘が二人だった。その隣に孫たちの姿があった。ときに名前を混同してしまうほど、パパスはたくさんの孫に恵まれていた。けれど、パパスの長男であるヤニ・ティスタ・ダミスだけは、そこに居合わせていなかった。彼はもう何年も前から、ミサに参加しなくなっていた。ほかの多くの若者たちと同様に、楡の巨木の影の下で、僕らの海を眺めて過ごしていた。父の説教よりも老リヴェタの物語の方が、ヤニ・ティスタ・ダミスにはよほど興味深かった。リヴェタはスカンデルベグを直接に知っている唯一の村人だった。スカンデルベグによって選ばれた、腕が確かで信義に厚い、勇猛果敢な三千人の兵士たちからなる軍団の一人として、若き日のリヴェタは剣を振るった。兵士たちはスカンデルベグのすぐそばで生活を送り、食事をともにすることさえあった。リヴェタは一度、スカンデルベグの命をその手で救った。それはスヴェティグラドの平原での出来事だった。リヴェタが記憶しているかぎり、もっとも激しい血みどろの戦《いくさ》が繰り広げられた場所だった。敵の軍団は少なくとも二万の兵を擁していた。敵軍を率いるはアルバニアの同胞、不実なる裏切りの将バラバンだった。背信と引き換えに富と地位を与えると約束され、バラバンはトルコのスルタンに魂を売り渡した。あのとき、五人のトルコ兵を相手に、スカンデルベグは獅子のごとく奮戦していた。大ぶりの剣で次々と敵の体を刺し貫き、目の前の戦いを完全に支配していた。けれど、いかにスカンデルベグといえども、背後までは見えなかった。一人のトルコ兵がスカンデルベグの首に腕を巻きつけ、喉元に短剣を近づけた。リヴェタは間一髪のところでそれに気がつき、トルコ兵がスカンデルベグの首を掻き切る前に、長太刀で敵の喉ぼとけを真っ二つに切り裂いた。苦痛の叫びも悔恨の身振りもないままに、トルコ兵は大地にばたりと倒れた。

翌日、戦に勝利したあと、スカンデルベグはリヴェタを呼び、全軍の前で感謝を捧げた。リヴェタはスカンデルベグに促され、大将の杯から酒を飲んだ。それだけではなかった。スカンデルベグは報償として、自身の短剣をリヴェタに授けた。貴重な褒美をリヴェタはおそるおそる両手で握り、細やかな象眼細工の施された黄金の短剣を、驚嘆の面持ちでまじまじ見つめた。感銘と誇りの入り混じった声でリヴェタが言った「ありがたき幸せに存じます。しかし、わたしにこれだけの価値はありません」するとスカンデルベグはこう答えた「われわれの命は黄金の短剣より、はるかに価値のあるものなのだ」そう言って、スカンデルベグは心からの微笑を浮かべ、リヴェタを暖かく抱擁した。かかる親愛の仕種を示されたリヴェタは、死でさえ侵しようのない忠節の誓いを胸に固く刻みこんだ。

リヴェタはその後、数知れぬ勝ち戦とただ一度の負け戦を、スカンデルベグとともに戦った。きわめて厳しい時節にあっても、つねにスカンデルベグの傍らに留まりつづけた。なにがあろうと、けっしてわが身から黄金の短剣を離さなかった。けっきょく、ありふれたマラリアがスカンデルベグの命を奪った。リヴェタにはどうすることもできなかった。というのも、風の影に狙われた命は、さしものリヴェタにも救いようがなかったから。風の影は人の時に終わりを告げる。それに抗うすべはない。スカンデルベグが死んだあと、アルバニアの軍勢はひと息に潰走した。腕と魂に傷を負い、リヴェタは故郷の村に戻った。村のパパスや仲間たちを海の向こうに連れていくため、力になろうと心に決めた。リヴェタはかつて、イタリアを訪れた経験があった。まだ若いころ、一四六一年八月から一四六二年二月にかけて、反乱軍に手を焼いていたナポリ王フェッランテを助けるため、海を渡り戦に臨んだ。だからリヴェタは、イタリア半島の地理に通じていた。リヴェタはヤニ・ティスタ・ダミスに語りかけた。自分は老いた。嘆きと痛みがこの体を満たしている。生まれた土地に帰りたい。あそこで、海の向こうの楡の木の下で、忌わしき風の影を待ちたい。

「向こうでは年ごとに状況が悪化している。われらの同胞が大挙してこの地に詰めかけていることを、皆もよく知っているだろう。故郷の村には誰も残さず、わたしたちがしたように、ここに新しい村を創ろうとしているのだ」はじまりのパパスであるヴィミトリ・ダミスが言った。それはあたかも、長子のヤニ・ティスタに向けられた言葉のようだった。パパスはしばしば、息子を相手にこの手の事柄を話していた。けれど、風に向かって話すのと変わりなかった。ヤニ・ティスタ・ダミスの頭は河べりの石より固く、彼が発つというのなら誰であろうと、この世でいちばん強い風でさえ、その思いを曲げられなかった。

「かつての村に建っていたものと同じ教会を、われわれはここに建てなければならない。堅固で広々とした、三廊式の教会だ。高貴なモザイクと、わたしたちが持っているのと同じような聖者のイコンで教会を飾るのだ。ラティラの民や、われらが兄弟であるほかのアルバレシュたちのあいだに、羨望の念を引き起こすような教会だ。ここでわたしが言っているのは、良き羨望、すなわち挑戦のことであり、永久《とわ》なる象徴を意味している。というのも、皆もよく分かっているとおり、マラリアよりも多くの人間を殺す悪しき羨望など、わたしはついぞ知らないのだから」

人々は意を強くして頷いた。とりわけ、パパスの妻である美しきアネサの思いは強かった。彼女も今では齢を重ね、痩せ細り青白くなっていた。それでもアネサは美しかった。風に揺れる百合のような、純白にして繊細な一輪の花だった。パパスはアネサに笑いかけ、彼女を妻として迎えられたことを主に感謝した。

「それぞれが、できる範囲で貢献しよう。もちろん、教会のために子供たちの口からパンを奪うようなことがあってはならない。かつての教会からこの地に持ち出してきた一握りの財宝のほかに、われわれはまだ、一族の黄金や宝石、ヤナケ、耳飾り、指輪、髪飾り、胸飾り、それにヴェネツィアの金貨などを必要としている。一人あたりの寄付はわずかでもかまわない。足りない分は、サンタ・ヴェンネラ侯に貸し付けを頼もう。妻が婚資として持参した財宝を、わたしは教会のために差しだすつもりだ。これにはアネサも賛成してくれている」

信仰篤き村人たちは、感動のあまり力いっぱい手を叩いた。すると、拍手の音は風に乗って、楡の巨木の下まで届いた。ヤニ・ティスタを頭目とする若い男たちは、自惚れ屋に似つかわしい不遜な笑みを浮かべていた。ずいぶん前から、彼らはパパスの説教を真面目に聞かなくなっていた。過去を振りかえってばかりいる人間に、若者たちは我慢がならなかった。ホラの村人はずっと、葉の茂る小枝で作った掘っ建て小屋や、ほら穴の中のみすぼらしいあばら家に暮らしていた。レンガ造りの家を建て、土地の領主から自治を許され、少しずつまともな生活を送れるようになってきたのは、ようやく最近の話だった。大きな教会を建てるなど、狂信に駆られたパパスの気まぐれとしか思えなかった。道理に外れた、あまりに度の過ぎる浪費だった。

けれど、その日の晩やつづく数日のあいだに、村のあらゆる家族はパパスの家を訪れ、それぞれの富に応じて財宝を譲り渡した。必要とあれば、人足として無償で働くことを、誰もがパパスに請け合った。あのリヴェタも、黄金の短剣を携えてパパスのもとにやってきた。けっして膝を屈しない兵士らしく、力のこもった猛々しい声で、厳かにパパスに語った「わたしはここを去る。この短剣はわたしより、あなた方にとって必要なものだ。ちょうど一ヶ月後、わたしはあなたの息子とともに出発する」

パパスは深く心を動かされていた。もちろん彼は泣かなかった。パパスは男であり、隣では妻のアネサが、彼の手を固く握りしめていたのだから。とはいえ、パパスの心が二重に揺れ動いているのは確かだった。スカンデルベグの短剣のため、そしてとりわけ、長男の出立のためだった。リヴェタの言葉を耳にするまで、パパスはそれを、朝になれば消えてしまうぼんやりした夢であってほしいと願っていた。もっともそれは、うつろな夢というよりも強迫であることを、パパスはよく知っていた。その強迫を振り払えるのは、胸に心を持たない風だけだった。

翌日、パパスと数人の男たちが、村のすべての家族を代表して、どこに教会を建てるべきか決めた。はじめてこの土地にやってきたとき、野生の無花果《いちじく》の枝のあいだに、シャン・ヤニ・パガゾルのイコンを置いたあの場所だった。残念ながら、はじまりのパパスであるヴィミトリ・ダミスは、教会はほんとうに完成したのか、彼が集めた財宝はどうなったのか、最後まで見届けることができなかった。パパスはある晩、自分の体が枯れ葉となって、空へと永遠に呑みこまれていく感覚を抱いた。ほどなくして、パパスは眠りのなかで息を引きとった。いつも心から望んでいた、もっとも安らかな死に方だった。

「これが、財宝の収集についてゴヤーリが聞かせてくれた話だよ」僕は父さんに言った。父さんは煙草を吸いながら僕の話を聞いていた。僕らは夕食を済ませたばかりだった。あの日の食卓の真ん中には、とびきり旨いポルペッタが山のように積まれていた。僕はそれを一人ですべて平らげた。父さんは、グラスのなかの赤ワインをぐいと飲みほし、顔を覆う嫌悪のヴェールをぬぐいさるため、額から唇までを手のひらで強く撫でた。それから、おもむろに話しはじめた。

あの野郎はお前らに、村を焼く炎のことを話したんだろ。地獄の石の上に置かれたパンみたく、あたりの野っぱらを焼き払った炎だよ。このままじゃ次の秋には、干し草を食って川の水を啜るしかないってほどの、恐ろしい燃え方だったそうだな。なら、すべてを吹きはらう風の方がよっぽどましだ。そうさ、風だったら問題ない、なにせここは風の丘なんだからな。風は悪くないんだよ。季節ごとにオリーブの枝を揺らし、夏には暑さを和らげてくれるんだ。しかし残りはどうなる？　いったいどうすりゃ、すべてそのとおりでしたと言えるんだ？　誰が言うんだ？　ゴヤーリか？　たしかにあいつは大卒のインテリだ、まったく立派だよ、たいしたもんだ。他人に売っ払うための作り事を、頭にたっぷり溜めこんでやがる。俺だって一つまみなら買ってやるさ、なにしろよくできた話だからな、つまらないとは俺は言わんよ。自分の人生を好きなようにでっちあげられるなら、そりゃ誰だって立派に飾り立てようと望むだろうさ。でもな、俺の脳みそが確かなら、あいつは俺より四つ年下で、まだ五十歳にもなってない。五百年前から生きてるわけじゃないんだよ。あいつの話す忌まいましい風の影とやらは、すべてをきれいに吹き消すんだろ？　あとにはなにひとつ残らないんだろ？　言葉も記憶も残りゃしない。お前は俺に、アルバレシュは自分たちの言葉で書くことができなかったと言ってただろうが。ここには骨も残っちゃいないさ。アルバレシュの祖先が遺したのは埃だけだ。それだって、俺たちの立派な風がどこやらへ吹き飛ばしたんだ。

それでも、ひとつだけ残ったものがある。時の流れにもびくともしない代物だ。そう、村人が集めた財宝だよ。ここにあるパンと同じくらいでかい宝の山だ。その財宝が、誰かのポケットに入れられたままなんだよ。

ゴヤーリの話じゃ「ララゾティ」は、はじまりの司祭のダミスは、教会が建つ前に死んだんだろ？　それじゃあ聞こう。黄金のパンはどこに消えた？　誰がそれを平らげた？　いつ、どうやって？　いちどにぜんぶ食いつぶしたのか、それとも少しずつくすねたのか？

ゴヤーリは自信たっぷりに言うだろうさ。そんなことは俺は知らない、俺は自分が知ってることを話すんだってな。じゃあ俺が言おう。お前とゴヤーリにとっちゃ面白くない話だろうが、あいにく俺にも物を考えるための頭はあるんでな。俺はここで、俺たちの土地で生まれた。この土地の食い物を食いながら、アントニオ・ダミスといっしょに育った。俺たちのつながりは兄弟のように深かった。

あいつと連れ立って、女を口説きに行ったこともあった。言わせてもらえば、あいつはえらい女好きだったよ。もちろん、俺たちの海の向こうにあるもうひとつのホラの方が、女よりもよほど大事だったようだがな。もうひとつのホラの話をするとき、あいつはまるで、食べることも飲むことも小便することもヤルことも忘れちまうみたいだった。早い話が、あいつは財宝の在り処を知っていた。ガキのころに自分の祖父さんから聞かされてたんだ。だからあいつは、どこを掘り返せばいいのか分かってた。俺や友人はあいつに頼まれ、あいつといっしょに二ヵ月近くも、財宝の隠し場所を探しつづけた。その財宝はホラに生まれた全員のものだからとあいつは言うのさ。俺たちはアントニオ・ダミスの言葉を信用した。まったくもって、気の毒な間抜けどもだよ。やがてある晩、あいつは誰にも知らせずに、一人で宝を掘り出した。しばらくして、ほんとうに長い月日が過ぎてから、あいつはここを去ることを決めた。ホラじゃ誰もが知ってる話だ。俺と同年代の連中や、もっと年喰った村人なら、誰だってそれを知ってる。しかし、お前らみたく若い奴らは、年寄りの話なんぞ聞きやしないからな。お前らの頭のなかにあることはひとつきりだよ。おたがいさまだと思ってるか？　そうだよ、柘榴《ざくろ》の実だよ、真っ二つに割れて旨そうな汁を垂らしてるやつが、若い連中は欲しくてたまらないんだよ。アントニオ・ダミスもいっしょだ。むしろあいつこそがその見本だ。この方面にかけちゃ冗談なぞ口にしたこともない俺だって、あの男には敵わないね。だけどあいつには相手がいた。村の娘で、きれいな女だった。二人は同じ通りに暮らしてた。ご近所どころの話じゃない、娘は向かいの家に住んでたんだからな。あれはほんとうに上玉だった、あの女の近くを歩くと、磁石に引きつけられる鉄粉よろしく、男はついふらふらと近づきたくなるんだ。ところが今じゃ、年増の独身女に落ちぶれちまった。失くしたのは目玉なのに、必死に眉毛を探してんのさ。村中が昼寝してる時間か夜更けでなけりゃ、家から一歩も出なくなった。娘の名前はロザルバだよ。稲光のようにいっときだけ花開いた、ツァ・マウレリアのきれいな娘だ。

アントニオ・ダミスの野郎は、どこの誰とも知れない踊り子に夢中になった。たしかにあの女は美人だった。ひょっとしたら、あるいはひょっとしなくとも、ロザルバより美人だった。しかし、どっちにしたって余所者だ。あの男は気が触れたんだ。あいつはすべてを放りだした。今の家族と未来の家族、その両方を打ち捨てた。そしてここを発つと言って、村全体に喧嘩を売った。あらゆる信義を踏みにじり、誰の言葉にも耳を貸さず、目の前に道もないのに進んでいった。ひょっとしたら、あるいはひょっとしなくとも、あいつの脇には黄金のパンが抱えられていた。あいつの親父さんが死んだとき、あいつは慌てて村に戻ってきた。だがすぐに、逃げるように去っていった。それからはもう、二度と戻ってこなかった。お袋さんが死んだときさえ、村に顔を出さなかった。

くそ野郎だよ、要するに。

だからここには、あいつを殺してやりたい人間がごろごろいるのさ。

7　なんでも飲みます、ありがとう

僕たちは午後の六時から村をまわりはじめた。エマヌエーレ、コジモ、そして僕の三人で、村中の家を訪ねた。ジョルジョはあとから合流する予定だった。僕らは行儀よく、笑顔を浮かべながら挨拶した「スィ・ヤ・シュコニ、スィ・ヴェミ、ミル？」それから、自分の卒業パーティーについて告知した「七月十日、土曜日の晩です。来てもらえると、すごく嬉しいです」新卒業生という立場柄、少し形式ばった挨拶だった。滅多に言葉を交わしたことのない親戚や村人が、僕の肩をぽんぽん叩き、顔に満面の笑みを貼りつけて祝ってくれた「もちろん行くよ。欠席というわけにはいかないな。うちの若い連中を行かせるさ。楽しい時間は若者のためにあるんだから。おめでとう、おめでとう。お前は立派な若者だ、メ・ヴァイア・エ・メ・クリパ、油も塩もしっかり利いてる。お前の道はすっかり開けてるよ、父親のカルルッツォみたく賢くて、母親のフィロメーナみたくきれいな顔をしてるんだから。さて、若者たち、飲み物はなにを出そうか？」僕らは答えた「なんでもいただきます、ありがとう」

僕たちはあらかじめ、出されたグラスはつべこべ言わず、ぜんぶ飲んでやろうと決めていた。どんな酒も拒まないつもりだった。それは一種の遊びであり、おそらくは挑戦だった。「水でなければなんでも飲みます、ありがとう」

「サンブーカを一杯どうだ？　コニャック、マルティーニ、ルカーノの苦味酒、グラッパ、アマレッツリのリクイリツィアもあるからな。ウィスキーのロックがいいか？　つまみも食べるだろ？　アーモンドミルク、コーヒーソーダ、オレンジサイダー、コカコーラは？　果物を搾ってやろうか？　きんきんに冷えたリモンチェッロもあるぞ。冷たいエスプレッソは？　それとも熱いやつにするか？　そうだ、うちで作ったワインを一杯飲んでけ。中身が分かってるから安心だ。買ってきたワインみたいに頭が痛くなることもないからな」

「なんでもいただきます、ありがとう、乾杯！　十日、土曜日の晩にお待ちしてます、シへミ！」

一ダースほどの家を訪ね終えたころには、僕はすでに目をまわしていた。さすがにまだ、地面に倒れこむほどではなかった。でも、エマヌエーレの頭がコジモの体に、コジモの頭がジョルジョの体にくっついていた。ジョルジョはさっき、コナの突き当たりで僕たちに追いついたところだった。頑丈そうな歯を覗かせて、友人たちの頭が笑っていた。アマーロ・デル・カーポ［カラブリアのリキュール。濃い茶色をしている］でも飲んだのか、唇の色がくすんでいた。げらげら笑い、僕の代わりにパーティーへの招待の言葉を口にしていた。というのも、僕はちょくちょく訪問の目的を忘れてしまったから。僕はほうけた目つきで人々の顔を見つめていた。僕らの土地では「クラチ」という、中に穴の空いた柔らかいパンをよく食べる。あの日に訪ねた人たちの顔は、クラチみたいに丸くておいしそうだった。いっそのこと、ソップレッサータを挟んで食べてしまいたかった。チロのワインと合わせたらさぞかし旨いだろうと僕は思った。この人たちのなかの誰かが、アントニオ・ダミスに悪事を働こうとしたなんて、そんなことは有りえなかった。頭のなかで考えるだけならまだ分かる。悪意ある考えは、完全には追いはらえないものだから……だめだ、やめよう、今はただ、抗いようのないこの質問を待ち受けるだけにしよう「チドニ・タ・ピニ、ファックネ？」

「なんでもいただきます、ありがとう」もう限界まで飲んだあとだと、一目見れば分かりそうなものなのに、誰もが僕らにアルコールを差しだしてきた。たぶん僕らが、あんまり陽気に、呑気に、幸せそうに酔っぱらっていたからだろう。あるいは単純に、僕らの村では客人が神聖な存在と見なされているせいでもある。客人を、胃が空っぽのまま帰すのは禁忌なのだ。たとえ客人の胃が空ではなく、むしろはち切れんばかりであったとしても、そこにはなにかしら詰めこんでやらなければならない。そのせいで、部屋が胃液まみれになろうと関係ない。客はなにかを飲むべきだし、訪問したのが夕食の時間なら、なにかを一口つまむべきである。では仕方ない、さあ乾杯、皆さまの健康を祈って、こいつはどうも、こんにちは、こんばんは、さようなら。

僕らは走ってコナの道を引き返していった。広場に着くと、犬のように気取りなく、楡の木の幹に向かって小便をした。面白がって僕らを見ている村人がたくさんいたけれど、少しも気にならなかった。それからまた走りだし、ゴヤーリの工房のなかへ駆けこんでいった。ゴヤーリだけは、なにか飲むかと僕らに訊いてこなかった「どうしたお前ら、なにかあったか?」

「パーティーなんだよ……土曜日に……ピカを飲もう、一杯やろう、そしたら嬉しいよ、だってゴヤーリは友だちだから」ゴヤーリは笑っていた。笑いながら、禿げた頭を揺らしていた。ゴヤーリの背後でモザイクの人物像が揺れ動いていた。彩り豊かな虹のなか、誰ひとり笑いを浮かべず、それでも生き生きと動きまわっていた。はじまりのパパスであるヅィミトリ・ダミス、その妻アネサ、まだ腹のなかにいる長男のヤニ・ティスタ。その隣では、すでに大人になったヤニ・ティスタが、リヴェタとともに海を渡る時を待ちかまえている。モザイクのなかの人物が、僕らの周囲をまわっていた。一歩前に進むごとに、僕らをじっと見つめてきた。誇り高く、堂々とした、はるか先を見晴るかす眼差しだった。熱と湿気を孕んだ旋風に、飲みこまれていきそうな思いだった。僕らは汗だくだった、喉が渇いていた、汗をかいた分なにかを飲まなければいけなかった、ゴヤーリは笑っていた、なにも出してくれなかった、水道の水さえも出てこなかった、そんなもの出されても僕らはどのみち拒んだだろう、蒸し暑い風が僕らをモザイクの工房から追いはらった、シヘミ、ゴヤーリ、チャオ、シヘミ・メナト、僕らはパラッコの坂を下った、酔っ払った玉のごとく転げてしまわぬように用心しつつ、ラウラの家を目指して進んだ。

扉を開けに出てきたのはゼフだった。そのあと、暗がりからラウラが姿を現わした。居間に通された僕たちは、断りも入れずに肘掛け椅子に坐りこんだ。肘掛け椅子が、遊園地のコーヒーカップのようにくるくる回転していた。ラウラは立ったままだった、輝く金色の染みだった、陽の光を浴びる小麦畑だった、柔らかそうな唇がさかんに動いていた、一秒でも動きがとまれば、飢えた僕がそこに噛みつきかねなかった。「なにか飲む、飲む、飲む……なにか、あなたたち、なにか……」「なんでも、きみが、きみの出すものなら、なんでも、ありがとう」僕は言った。それから僕はどういうわけか、胸に手を当て、僕が知っている唯一の英語のフレーズを大声で叫んだ。アルバレシュ語訛りの英語で、酔いもまわっていたけれど、声の調子は真剣だった「アイ・ラヴ・イゥ、キスミ・プリス、ベビ、グットゥバイ・マイ・ラブ・グットゥバイ」その場に居合わせた全員がどっと笑った。ほかの酔っ払いどもだけでなく、ゼフまでいっしょになって笑っていた。それから、ゼフは僕をじっと見つめ、僕についてなにか考えをめぐらしていた。でも、それは暖かな想いだった。僕はそれを、ゼフの視線から感じとった。子供の瞳は嘘をつけない。優しさでいっぱいの、涼やかな眼差しだった。一方で、ラウラの視線はなかなかつかまえられなかった。渚《なぎさ》でそっと砕け散る、空色の波のような瞳だった。僕の心は水びたしになった。僕は突然、自分でも身震いするほど感傷的になった、泣いてしまいたいほどだった、できることなら、喜びと苦しみの涙をいっしょくたに流したかった、プセ・ウ・ナニ・ドゥア・タ・フィアス・セリウ、メ・ギウハン・エ・ザムラス・チャ・ティ・ディゴン、ウ・タ・ドゥア・ミル、チャ・クル・テ・カム・パラ・エ・ンガ・ディ・プセ、カム・ペンザルトゥル・セ・ケ・アルヅル・カトゥ・パル・ムア、オ・ヨ? これは僕の愛の告白だった。滑稽だけれど、あやふやなところは少しもなかった。けれどラウラの寄越した返事は、本心からのものとは思えなかった「ポ、カム・アルヅル・ヴェタム・パル・ティ」ホラに来たのは僕に会うためだなんて、冗談もいいところだ。実際ラウラは、真っ白い歯を見せて楽しそうに笑っていた。とまれよ、笑うな、とまってくれ、きみに噛みついたりしない、キスがしたいだけなんだ。

「だけどわたしはじっとしてるわ、ここはわたしの家だもの。別の世界にいるのはあなたの方でしょ」ラウラが笑った。心優しい仔犬の瞳で、ゼフが僕を見つめていた。僕はワンワン吠えはじめた。肘掛け椅子から立ち上がり、まっすぐに窓へ向かった。頭を小刻みに打ちつけて、犬のように吠えながら窓ガラスを開けようとした。窓の内側の板戸を手で下ろし、頭で持ち上げ、下ろし、持ち上げ、何度も同じことを繰り返した。頭に怪我はしなかった。僕はただ、あまりにも錯綜としている自分の思いを叩きつぶしたいだけだった。あんな状態の自分では、とても抱えきれない思いだった。それに僕は、もう一人きりだった。友人たちはいつの間にやら、それぞれの自宅に吐きに戻っていた。僕はというと、喉に二本の指を突っこむことさえままならなかった。

ツァ・マウレリアの家まで僕を見送り、ようやくラウラは僕から解放された。僕の体は今にも破裂しそうだった。「パーティーだよ、ツァ・マウレ、僕はほんとに嬉しいよ、ツァ・マウレも来なきゃだめだよ」それから僕は、浴室の前まで行って扉を叩いた。中にロザルバがいるはずだ、鏡の前で、石鹸の泡につつまれた自分の顔に見とれているに違いない。「あんたもだよ、ロザルバ、招待するから、たまには出てきなよ、きっと気持ちいいって、楽しいパーティーになるよ、みんなで踊ろう」ツァ・マウレリアが笑みを浮かべて、僕を浴室の前から引っぱっていった。「もちろん行くとも、あたしらは親戚みたいなもんだろ。かならず行くよ、約束する。しっかり祝ってやらないとね」子供のように手を引かれ、僕は自分の家の方へ連れていかれた。ツァの手のひらはざらざらしていた。僕はその握力に驚嘆していた。「すごいね、ツァ・マウレ、ポパイみたいな力してるね」すると老婆は、ますます強く僕の手を握りしめた「エ・クシュ・アシュト・キ・ポパイ？　そんなやつ知らないよ」そうこうするうち、僕らは家にたどりついた。

台所で、ツァ・マウレリアは僕を母さんに引き渡した。「ほら、愛しいフィロメや、あんたの立派な息子さんだよ」少しのあいだ、目を閉じたまま、ツァ・マウレリアと母さんのお喋りを聞いていた。頭がふらふらした。何を言っているのか分からなかったけれど、二人ともなんだか楽しそうだった。あたりにはバジリコや唐辛子や大蒜や、たっぷりのオリーブオイルで炒められた挽き肉や生のトマトの匂いが充満していた。母さんは僕を寝室まで連れてゆき、苦労しながら丁寧に服を脱がせてくれた。父さんは煙草を吸い過ぎだとか、せっかくポルペッタを作ったのにとか言っていた。仕方ないから猫に食べさせるわ、かわいそうに、もうちょっと頭を使いなさい、飲む前にポルペッタを食べておけばこんなに酔っぱらわずに済んだのに。そのあとはもう、母さんの言葉はなにひとつ分からなかった。僕にはもう、いっさいなにも分からなかった。僕が最後に耳にしたのは、おでこへのキスの弾けるような音だった。かつて自分が、心優しき仔犬だった頃のことを思い出した。僕が最後に目にしたのは、ベッドの脇に置かれた洗面器だった。

あの晩、僕は夜どおし吐きつづけた。

8　二日酔い

「おい、お前は恥ずかしくないのか?」僕の顔を見ようともせずに父さんが言った。一晩中煙草を吸っていたらしく、声がざらついていた「はらわたも魂も、いっしょくたに吐きだしてるみたいだったな」父さんは新しい煙草に火をつけた。それから、僕の反吐《へど》のはねる音がうるさくて昨日は眠れなかったとつけ加えた。

いいや。酒に酔ったこと自体は、少しも恥ずかしくなかった。けれど返事は控えておいた。僕はベッドの上で丸くなっていた。身につけているのは短パンだけで、上半身は裸だった。朝っぱらから父さんと口論するには、頭と腹の痛みが激しすぎた。

「放っておいてあげなさいよ」母さんが僕を擁護した「若いころはあなただって、さんざん酔っぱらってたじゃないの。ねぇ、カルルッツォ、わたしの家のベランダの下であなたが下品なセレナータ「男が夜に、恋人の家の窓の下で歌う求愛の歌」を歌ってたこと、今でもちゃんと覚えてるのよ」

「俺は学士さまじゃない。守らなきゃならん名誉も教師になる未来も、昔の俺には関係なかった」

「この子はあなたに似たのよ。元気な若者はいつの時代も、芝居じみたことをやりたがるものですからね。だからわたしはあなたを好きになったのよ、忘れちゃったの？」

父さんはいくぶん気が晴れたようだった。煙草のけむりを思いきり吸いこんで、鼻からゆっくり吐きだした。それから、立ち昇るけむりを穏やかな瞳で見送っていた。愛しいフィロメーナのベランダの下にいる、若き日の自分の姿が見えているのかもしれなかった。陽が昇るのを待つあいだ、彼はどれほど幸せだったことだろう。朝になれば彼女と二人で、誰にも知られず秘密の場所で過ごせるのだから。煙草がすっかり灰になると、父さんはまた不機嫌になった。「俺は行くぞ、フィロメ、腹は減ってないからな」朝食をとらずに家から出ていこうとする父さんが、皮肉っぽく言葉を足した「そいつはどうせ、誰を招待したかも覚えちゃいないさ」

残念ながら、父さんは間違っていた。ラウラの家でのどたばたを含め、僕はすべてを覚えていた。あのときラウラは笑っていた。きっと、僕の言葉は冗談と思われただろう。「寒い」こう言って、僕は母さんに毛布を頼んだ。顔色ひとつ変えずに母さんは毛布を持ってきた。開かれた窓から外を見やると、白い太陽が僕らの海の上で照り輝き、あたりに熱を撒き散らしていた。それでも僕は寒かった。寒かったし、眠かった。僕は夕食の時間まで眠った。

眼を覚ましても、食欲は少しも湧かなかった。けれど母さんは、焼きたての小さなクラチを食べるよう僕に強要した。クラチには、とびきり辛いサルデッラ［イワシの稚魚と唐辛子を混ぜてペースト状にしたもの。カラブリアの郷土料理］が挟んであった。「いっしょにワインを飲みなさい。一杯じゃなくて二杯がいいわ」母さんが言った「アルコールがアルコールを追い出してくれますからね。胃が膨れたら、頭のなかの靄も晴れて、しっかり目が覚めるわよ」食事の用意がされているのはテーブルの一角だけだった。父さんはすでに夕食を済ませ、煙草を買いに外に出かけたあとだった。

「さっき、お友だちがあなたに会いにきたわ」母さんが僕に告げた「あなたがどんな様子か知りたがってた。あなた、ものすごい鼾をかきながら寝てたのよ。部屋に猪がいるのかと思ったくらい。台所や家の外まで寝息が響いてたんだから。あれじゃ、通りを歩いてる人にも聞こえたでしょうね。可哀想だと思ったから、起こさないでおいたわよ」

「あいつら、元気そうだった?」

「まぁ、どうにか両足で立ってたわ。でも、墓場から抜けだしてきた死体みたいに血の気のない顔だったけど。今のあなたの方がちょっとはましよ。ワインのおかげで頬に赤みがさしてるし、クラチといっしょに燃えるようなサルデッラも食べたしね」

僕は笑った。母さんは、ほかにもなにか余計な報せをほじくり出そうとするみたいに、頭を軽く掻いていた。「ツァ・マウレリアも来てくれたのよ。外国から来た、あのかわいらしい坊やといっしょに」

「なんで? 僕に会いに来たの?」

「用事ってわけでもなさそうだったわ。二人で散歩してたのよ。あの若い娘さん、今日は郵便バスでクロトーネまで行く用事があったんですって。坊やはツァ・マウレリアとお留守番だったのね。女二人でお喋りしてるあいだ、あの子は半開きの扉の前でじっとしてた。ベッドで横になってるあなたのこと、黙ってずっと見つめてたの。あなた、あの外国のお嬢さんのこと好きになったんでしょう?」

「あぁ、もう、ツァ・マウレはしようもないことばっかり話すんだもんなぁ!」僕は慌てて返事をした。つっけんどんな口調を出そうとしたのに、うまくいかなかった。僕の声は狼狽のために小さく震えていた。

「広場まで聞こえるような声で、女の子に告白したのよね」

「酔ってたんだよ、ただの冗談だよ」

「酔った人間の言葉に嘘はないわ。わたしも一度だけあの子に会ったの。この家の前をあの子が通りかかったときに、一分ぐらい立ち話をしたのよ。〈フィロメーナさん、こんにちは〉って挨拶されたわ。あなたの母親だって知ってたのね。それからわたしに笑いかけてくれて。わたしはまだ、きれいな子だとしか言えないわ。とりあえず、父親には似てないわね」

「母さん、あの子の父親のこと、よく知ってるの?」思いがけずに話題を変えるチャンスが訪れ、僕はベッドから身を起こした。

「知らないわけないでしょう? あなたのお父さんの大の親友だったんだから。若者たちで徒党を組んでたのよ。全員がなにかしら楽器を弾けてね。ギター、マンドリン、アコーディオン、それにクラリネットだったかしら。若い娘のいる家のベランダの下で、夜な夜な演奏会を開くわけ。楽器はすごく上手だった。歌の方は、まぁ、尻尾を踏んづけられた犬の鳴き声に似てたわね。みんなでたらふくワインを飲んで、夜中の三時にアーリオ・オーリオ・コルニチェッリのスパゲッティを食べるのよ〔「コルニチェッリ」はこの土地の言葉で唐辛子のこと〕。アントニオは、傍から見たら病気かと思えるくらい、海の向こう、アルバニアへの旅に執着してた。鶏でさえ、影であの人を笑ってたわ。でも、アルバニアのことがなければ、ホラのほかの若者たちと変わらなかったのよ。わたしにしつこく言い寄ってきた時期もあったの。だけどわたしは相手にしなかった。友だちはアントニオのことを、リトル・トニーみたいで素敵だってよく言ってたけど。額にかぶさる黒髪の巻き毛や小さな白い歯が、トニーにそっくりなんですって。しかも本家より背が高いしね。わたしにとっては、たとえあの人が王子さまだろうと、本物のスカンデルベグだろうと関係なかった。わたしの目には、あなたのお父さんしか映ってなかったから。それはたしかに、アントニオは会計士の資格を持っていたし、役場で働いていたし、安心して将来を任せられる男だったわ。歳は二七かそこらだった。生真面目な娘さんにとっては最高の結婚相手よ。今よりもあの頃の方が、その手の男はずっと貴重だったから」

「どうして父さんはアントニオ・ダミスのことを、いつも悪く言うのかな」

「それはあの人たちの問題よ、わたしには関係ないわ。噂によると、あの人たちのあいだで揉め事があったらしいけど。アントニオ・ダミスがほかの仲間を裏切って、昔の村人が集めた財宝をくすねたとかでね。でも、その財宝を自分の目で見た人はひとりもいないの。わたしが思うに、夢見がちな人間の空想の産物でしょうね。そういうものがあればいいなって、みんなで思っているだけなのよ。そのうち、アントニオ・ダミスはここを去ることを決めた。わたしも、それで良かったと思ってる。二十年前のこの村は、間違いを犯した人間にほんとうに厳しかった。たったひとつの落ち度のために、人の頭を西瓜みたいに叩き割りかねない土地柄だったもの」

「トラックの事故に、父さんもかかわってたと思う?」

母さんは唖然として僕の顔を凝視した。なにかまずいことを言っただろうか？

「今なんて言ったの？　自分の耳が信じられない！　あなた、まだ酔っぱらってるのね、でなきゃそんなこと口にできるはずないわ！　自分の父親でしょう？　たしかに口は乱暴だけど、蚊の一匹、南京虫の一匹にも悪さできないような人なのよ。生まれてこの方、あの人に顔を叩かれたことが一度でもあった？」

「いや、ない」僕は自分の質問を後悔していた。

「ならどうして？　あの人の息子で、たっぷり勉強して賢くなったはずのあなたが、どうしてそんなばかげたことを訊いてくるの？」

僕は小さな子供のようにしょげかえっていた。

「少し外の空気を吸ってきなさい。そうすれば頭もすっきりするわ。海の風が広場まで届いてるから、今夜は昨日より過ごしやすいわよ」

僕は謝罪の笑みを口許に浮かべた。外に出ると、母さんの言ったとおり、気持ちの良い風が通りを吹きぬけていた。

ラウラに会いに行きたかった。でも、彼女の家に向かう途中、昨日の顚末を思い出した。とりとめのない英語の台詞とアルバレシュ語による愛の告白、それにラウラの笑い声がいっしょになって、頭のなかに鳴り響いた。

ラウラと顔を合わせるのを避けるため、迷路のように入り組んだヴァシャリア地区の小路を抜け、そこから広場に向かって歩いていった。

細い路地に建ちならぶ背の低い壁の上に、年配のゾニァたちが腰かけていた。自分たちのギトニーア［アルバレシュの共同体に特有の小さな広場。円形に建ちならぶ家屋に囲まれた空間で、地区の住民の社交場として機能している］にいきなり現われた僕を見て、老婆の集団はひどく驚いていた。「おや、ミケグッツォじゃないか、卒業したての秀才だよ。ここらじゃ長いこと見かけなかったね！ ずいぶん男前になったもんだ。坊や、恋人はできたのかい？」

僕は微笑みを浮かべながら、というより、微笑みを浮かべようと最大限の努力をしながら、皮肉っぽく言葉を返した「うん、今のところ二人いるよ」そのまま僕は前に進んだ。

バール・ヴィオラの前にたどりつくと、友人たちを探しだし、あいつらといっしょにテレビゲームのできる部屋に移動した。僕らはコーヒーソーダを啜った。少しは気分が良くなるのではないかと、空しい期待を抱いていた。腹のなかではいまだに酸性の波が泡立っていた。その臭いは喉をつたって、しまいには口まで立ち昇ってきた。

酒を浴びるように飲んでから、まだ二十四時間かそこらしかたっていなかった。けれど僕らは早くもそれを、神話時代のごとく遠い過去の出来事として語っていた。僕らと気の合いそうなぼんやりした英雄が、いつかの時代に羽目を外して飲みすぎたというような、そんな口ぶりだった。

そのあとで僕たちは、モザイクの工房を訪ねた。

9　ヤニ・ティスタとリヴェタの旅立ち

開口いちばん、ゴヤーリは僕らをからかってきた「まさしく泥酔だったな。まだ吐き足りないような顔してるぞ」それから、僕らの瞳に宿る願いを汲みとったかのごとくに、いつもより長くアントニオ・ダミスの話をしてくれた。一度だけ、モザイク画のすでに仕上がった部分を説明するため、話が脇道に逸れた。そこには、今にもアルバニアへ旅立とうとしている、リヴェタとヤニ・ティスタ・ダミスの姿があった。

ヤニ・ティスタ・ダミスは毎日のように、楡の巨木の下でリヴェタと話しこんでいた。まるで父親と息子のように、二人は固く結びついていた。老リヴェタは頻繁にスカンデルベグの話をした。その語り口には悔恨が滲んでいた。ヴィミトリ・ダミスに黄金の短剣を託す以前、リヴェタはヤニ・ティスタと語らうあいだ、いつも短剣を愛おしげにさすっていた。「俺は発つべきじゃなかった」老人は言った「俺はこの地で、塩も油も利いていない毎日を送っている。夜になると、故郷をあとにしてきた苦しみが短剣になって、俺の体を苛むんだ」

リヴェタに妻を娶る気はなかった。「足はこの地に、頭は海の向こうにある俺のような男が、嫁を迎えたところで仕方ない」そう言って、いかなるゾニァも相手にせず、暇さえあれば近隣のアルバレシュの村々を訪ね歩いた。新たに流れ着いた逃亡者たちから、アルベリアにかんする直近の報せを仕入れるためだった。村への帰途では、いつも肩を落としていた。トルコ人にたいする反乱はことごとく鎮圧され、多くの同胞が命を落としているという話だった。スカンデルベグの息子であるジョン・カストリオティもまた、一四八一年に反乱軍の指導者として立ち上がっていた。故郷を追われた多くの男たちがジョン・カストリオティに合流し、さらには、アルベリアの将クロコンディラ・クラダスの率いる騎兵の大軍がそこに加わった。けれど、ジョンはスカンデルベグではなかった。わずか数ヶ月のうちに、彼の軍は打ち負かされた。ジョン・カストリオティは生き残った兵を連れ、ガラティーナとソレートにある自身の領地へ引き返した。一方のクロコンディラ・クラダスは、命の尽きるまで戦いつづけた。一四九〇年の黒い一日、酷薄な運命が彼を捕らえた。奸計に陥ったクラダスは、生きたまま皮を剥がれて絶命したと言われている。

こうした報せを耳にするたび、ヤニ・ティスタ・ダミスは腰に差した短剣の柄を強く握った。もし自分が海の向こうにいるのなら、もうひとつのホラをトルコ人から救うため、すぐにでも駆けつけるのに。「時機を待つんだ」リヴェタが諭した「俺たちだけで海を渡れば、クロコンディラ・クラダスの二の舞になるかもしれない」

ヤニ・ティスタ・ダミスはぞっとした。死ぬためにアルベリアに戻る気はさらさらなかった。もっとも、なんのために戻るのか、彼は自分でもうまく説明できなかった。誰かに自らの決意を伝えるとき、とりわけ妻や、当時はまだ健在でかくしゃくとしていた父を説得するとき、ヤニ・ティスタはこんな言葉を口にした「生きているうちに一度だけでも、睡蓮の咲きこぼれる湖を見ておきたいんだ」

あるいは、こう「虐げられた同胞たちに、手を貸してやりたいんだよ」はたまた、こんな風に言うときもあった「自分の影を、迎えに行かなきゃならないんだ。俺がこの世に生まれたときから、あいつはずっと向こうで俺を待ちつづけてる」最後の説明を聞かされた村人は皆、ヤニ・ティスタは気が触れたのだと決めつけた。とはいえ、面と向かってそれを口にする度胸は誰にもなかった。ただ一人、父親だけは別だった。「お前は狂ってる。わたしの息子は狂人だ。命を無駄に捨てたくてたまらないのだ。家族のことも子供たちのこともいっさい気にかけようとしない、身勝手きわまりない愚か者だ」

「なにを言ってるんだよ、俺はここに戻ってくるんだぞ？　俺がいないあいだ、息子のヴィミトリとコラントニの面倒は父さんに見てもらおうと思ってる。父さんなら、あの二人をしっかりと導いてやれるはずだ」

「もちろんわたしは、二人の精神を導く師になるつもりだ。ヴィミトリはお前と同じで、手のつけられないやんちゃ小僧だが、コラントニは見込みがある。あの子はきっと、ホラの新しいパパスになるだろう。それに、子供たちの飢えを満たすためのパンぐらいは用意できる。ありがたいことに、お前の妻の親族は、葡萄畑や牛を持っているからな。だが、父であるお前の代わりを務めることはわたしたちにはできない。小さいころ、お前がわたしを必要としていたように、お前の息子たちにも本当の父親が必要なのだ」

「ほんの数ヶ月くらいなら、俺がいなくてもやっていけるさ。妻に任せておけば大丈夫だ。父さんも母さんも、ここにはみんないるんだから。なにも子供たちを道端に放りだそうというわけじゃない。それに俺は戻ってくる。俺のベサを父さんに預けるよ。俺はかならず戻ってくる」

ヤニ・ティスタ・ダミスの言葉は本心からのものだった。旅立ちが秘める悪意を、彼はまだ知らなかった。旅立ちの眼差しは刃物のように鋭利で、抗いがたく蠱惑的だった。この眼差しは誰にも気づかれないうちに、旅人があとにしてきたあらゆる橋を切り落とし、吹雪のごとくにその足跡を消し去ってしまうのだった。はじまりのパパスであるヴィミトリ・ダミスは、こうしたことすべてを弁えていた。なぜならパパスは、かつて身をもってそれを学んだから。ヴィミトリ・ダミスはリヴェタとは違った。現在に災禍をもたらす過ちを避けるため、そうした記憶を大切に保管していた。

残念ながら、ヤニ・ティスタは父の助言に耳を貸さなかった。旅立ちの日がやってきたとき、彼はただこう口にした「フィアラ・アシュト・フィアラ」言葉は言葉だ。そして、言葉は旅となり、涙となり、短剣の刃となった。世紀も終わりを迎えようかという、一四九九年の出来事だった。ヤニ・ティスタはかならず戻るつもりで出発し、リヴェタは僕たちの海の向こうで死ぬために出発した。二人とも決意は固く、旅の行く末を楽観していた。「スカンデルベグの孫、ジェルジ・カストリオティ・イ・リと力を合わせて、俺たちの土地を救いだすんだ」

ホラや近隣のアルバレシュの村落へ、その知らせは瞬く間に広がった。ヤニ・ティスタの二人の息子、ヴィミトリとコラントニには、どういうことか分からなかった。僕たちの土地？　だって、僕たちの土地はホラじゃないの？　本当のところを言ってしまえば、リヴェタとヤニ・ティスタがなにを考えているのか、大人たちでさえ分かっていなかった。

「アルベリアのカペダンたちがもう一度、トルコ人への大がかりな反乱を企てている［カペダンはアルバニア語で「軍団の将」の意］。諸侯はジェルジ・カストリオティ・イ・リに全軍の指揮を頼んだそうだ。彼のもとで戦うために、ほかのアルバレシュといっしょに海を渡ろう」

ヤニ・ティスタとリヴェタを見送るため、村のほとんど全員がパードレテルノまでついてきた。そのなかには、ホラからほど近いシャン・コッリの村人の姿もあった。その場にいないのは父のヴィミトリと息子のヴィミトリ、それにもう一人の息子コラントニだけだった。皆、三人が見送りにこないのは当然だと納得していた。誰も口を開かなかった。大地を踏みつける賑やかな足音と、吹きすさぶ風のくぐもった声しか聞こえなかった。埃が渦になって舞いあがり、細かな砂塵をいっぱいに孕んだ風が人ごみのあいだに潜りこんだ。涙をこぼしてしまわぬよう、村人たちは目を両手で守っていた。それは葬式のような光景だった。ただし、見送られているのは棺ではなく、生きた二人の男だった。差し当たり、この二人は陽気でさえあった。瞳には、狂信者に特有の取り憑かれたような微笑みが宿っていた。

こうしてリヴェタとヤニ・ティスタは、旅立ちの一歩を踏みだした。ティンパレッロに背を向けるなり、それまで吹き荒れていた風がぱたりとやんだ。僕らのホラでは、その後の二人の消息はなにひとつ知られていない。けれど海の向こうのホラでは、どこからともなく二人の出発の報せが届き、かすかな希望が芽生えはじめていた。

息子の旅立ちから数日後、はじまりのパパスであるヴィミトリ・ダミスは、贔屓の孫のコラントニにひとつの物語を話して聞かせた。やがて教会が建つであろう開かれた空き地に、二人は並んで腰かけていた。そこは現在のコナの始点に当たる場所だった。はじまりの逃亡者たちが運んできた古いイコンが、コナという地名に残響を留めている。眼下には、サンタ・ヴェンネラ侯の所有するオリーブ林や葡萄畑が広がり、傾斜地の途切れたその先で、海原がさざ波を立てていた。少年の瞳のなかで、太陽が輝いていた。風のそよぎが、山査子《さんざし》や針金雀枝《はりえにしだ》、野生の薔薇の香りを運んできた。新たな春の訪れを告げる芳香だった。

「この物語が、すべてのはじまりだ」孫のコラントニ・ダミスに向かって、パパスが言った「お前はこの物語を、けっして忘れてはいけないんだ」パパスはそう前置きしてから、おもむろに語りはじめた。平野にたどりつくと、村人たちは川床の砂利を踏みしめた。怯えた鳥のようにして、幾百もの眼差しが空を向いた……

すでに僕の頭からは、深酔いの最後の残りかすまで一掃されていた。ようやく分かった。モザイクの欠片を一枚ずつ重ねながら、ゴヤーリは僕らの記憶を掘り返し、僕らがそれを思い起こすように仕向けていた。なぜならゴヤーリの物語は、目を凝らして見れば分かるとおり、海の底に沈む財宝のように僕らの内側に埋まっているから。ゴヤーリの声と巧みな手さばきが、その財宝を海面に浮かびあがらせる。現在という時のなかで、その物語を無視するか、気の向くままに役立てるかは、僕たちにかかっている。ゴヤーリは「現在」を、「まやかしとごまかしの時」と呼んでいた。けれど、たとえそうであったとしても、それは僕たちの生きる「時」にほかならないのだ。

「ちくしょう、リヴェタとヤニ・ティスタがもうひとつのホラを見られたのかどうか、知りたいよなぁ！」エマヌエーレが心底残念そうに言った。彼はそういう男だった。少し感傷的なところがあり、まだドイツへと発ってさえいないのに、早くも郷愁の念に駆られていた。異国の地で、ホラへの帰郷をたえず夢見るであろう日々を、あらかじめ頭のなかに思い描いていた。

ゴヤーリは返事をする代わりに、満足気な笑みを口許に浮かべた。この状況からすると、皮肉のようにも思える笑顔だった。それから仕事を再開し、せっせと手を動かしはじめた。

僕らが別れの挨拶を口にしたとき、ゴヤーリはモザイク画の白い箇所に、光り輝く欠片を貼りつけていた。それは太陽の光であり、朝日を浴びる青い眼差しだった。ついに故郷へ帰りついた喜びが、瞳から溢れていた。次なる旅立ちの暗がりに、いまだ気がついていない瞳だった。少なくとも、コナの通りをぶらぶらと歩いているあいだ、いまだ鮮やかな記憶のなかでは、モザイクに描かれた人物はそのような表情を浮かべていた。明るい歌の旋律を口笛で吹きながら、僕らは少しだけ言葉を交わした。いったいなにを話したのか、散歩を終えたころには忘れていた。

10　アルバニアへ

けれど、バーリ行きの列車のなかで、アントニオ・ダミスの胸中に突然に湧きあがったという空白の感情なら、僕はその後も忘れなかった。ゴヤーリの話を聞きながら、自分もまた同じ空白を感じていることに僕は気づいた。六月の終わりごろから、ずっとくすぶりつづけている感情だった。その内部では、幸福という名のエネルギーが力ずくで押さえつけられ、いつ爆発してもおかしくない状況だった。剥き出しになった腕や肘を夏が這い、髭や髪に熱がこもった。それでも暑さは、いちばん深い場所にはまだ入りこんでいなかった。ラウラと顔を合わせるのが怖かった。ラウラの眼差しとまっすぐに向き合う自信がなかった。厳しい目つきで睨まれるのではないだろうか。冷ややかな表情で嗤われるのではないだろうか。「熱も光も通さない牢獄のような壁が、その空白を取り囲んでいたんだ」ゴヤーリはそう言っていた。僕にはゴヤーリの言っていることがよく分かった。首を縦に振って同意を示し、頭のなかでモンターレの一節を唱えた〈…その頂きに、陶器の破片が散らばる壁…〉

列車は午後六時にバーリに到着した。港へ向かう道のりを、アントニオ・ダミスはうつむきざまに歩いていた。考えごとをしていたせいで、何度か車に轢かれかかった。どうすればドリタに会えるのか、どうすればひとつめのホラにたどりつけるのか……けれど答えは見つからず、たどるべき道筋を思い浮かべることさえできなかった。

それはイタリア・アルバニア文化協会が主催する、イタリア人観光客向けの二度目の団体旅行だった。アルフォンソという名の責任者が、港湾監督事務所の前で一同を出迎えた。アルフォンソの説明はじつに明快だった。まるで、アントニオ・ダミスの激情を瞬時に見抜き、彼の魂を宥めようとしているみたいだった。「注意してくださいよ。アルバニアにいるあいだ、好きなところを出歩けると思ってもらっては困るんでね。向こうではイタリア語を話せるガイドが、ずっとわれわれを見張っとるんです。影のような連中で、けっして離れようとしないんですわ。先方の望む場所にわれわれは連れていかれる。それだけです。どっちにしたって、九日間のうちの大半は、ドゥラスの美しい浜辺で過ごすことになるでしょうな。あとはホテルでじっとしてることです。だけど食事については請け合いますよ。旨いものがたらふく食えるはずだ。それに、アルバニアの甘味は最高でしてね」

アントニオ・ダミスはこの言葉を聞いて、皮肉と失望が入りまじった返答を口にした「そりゃよかった。いちばん大事なのはそこだからな」

アルフォンソは微笑んだ。四十がらみの男性で、大きな腹を包みこむダブルのジャケットがぱんぱんに膨れていた。アルバニア料理の素晴らしさについて語るときも、アルバニアの美しさや社会主義政体を讃えるときと同じように、並み外れた熱意でもって長広舌をふるっていた。アルフォンソは締めくくりに、自分たちの船はユーゴスラヴィアのドゥブロヴニクに入港することを告げた。というのも、アルバニアのドゥラスには、「ニェゴス」のような大きな船を係留しておける港が存在しないからだった。アントニオ・ダミスらイタリア人観光客は、ドゥブロヴニクからバスに乗って旅をつづける手筈になっていた。

船は二十三時きっかりに出港した。船尾のデッキに置かれている坐り心地の悪い椅子に、アントニオ・ダミスは身を沈めた。部屋の寝台の熱気で窒息しそうになるよりも、デッキで夜風に吹かれていた方がよほどましだった。夜半、何度も眠りから覚め、そのたびに自分がどこにいるのか分からなくなった。八月十三日の夜だった。漆黒の夜空のなかで、星の群れが房をなして輝いていた。目に見えない波を砕きながら、船が暗闇を切り裂いていた。海面から響く単調な水の音には、眠りを誘う力があった。アントニオ・ダミスはまた眠り、そうかと思うと唐突に目を覚まし、これは帰りの船だと強く思った。はじまりの逃亡者たちの旅に思いを馳せた。夏の夜、暗がりのなかで祖父がその物語を話してくれているあいだ、天井に設えられた四角い窓から、星の輝く夜空を眺めていた。窓の向こうに、はじまりのパパスであるヴィミトリ・ダミスや村人たちの姿が見えた。炎に包まれた故郷から逃げだし、小さな舟で荒れ狂う波を乗り越え、風吹きすさぶホラの丘へたどりつくまでの旅が、アントニオ・ダミスの視界を横切っていった。

「ダミスさん、おはようございます。じきに七時になりますよ。あと一時間もしたら下船します。荷物をまとめて、朝食をとっておいてください」分厚い手のひらがアントニオ・ダミスの肩を叩いた。声の主はアルフォンソだった。きれいに髭の剃られた顔から、ローションの香りを漂わせていた。

「おはよう」アントニオ・ダミスは眠たそうな声で返事をした。椅子から起き上がり岸を眺めた。波にゆらめく海岸が、地平線を細やかに砕いていた。浴室に行ってシャワーを浴びてから、船内のバールでコーヒーを飲んだ。

アントニオ・ダミスは誰より早く船を降りた。少しでも早くアルバニアに着きたくて、気が急いていた。

アルフォンソは、ドゥブロヴニクの港に降りたったばかりのイタリア人観光客を、国境へ向かうバスの乗り場まで案内した。バスは一時間後に発車する予定だった。

短く快適な旅だった。停車したのは、トイレ休憩のために売店に寄ったときだけだった。午後二時ごろ、観光客は一列になって無人地帯を徒歩で進み、アルバニアの税関を目指した。

武装した税関職員は微笑みを浮かべつつ、あらゆる荷物を病的なほど念入りに点検した。雑誌の中身まで調べつくされ、けっきょくミラノの青年は、ヌード写真が満載の「プレイボーイ」を没収された。そのあいだに理髪師が、三十歳くらいのマルクス・レーニン主義者の髭と長髪を手早く処理した。

アントニオ・ダミスの口髭も、つづけざまにあっさりと剃られてしまった。髭や長髪は、アルバニア社会主義人民共和国の道徳や審美感と相容れないのだとアルフォンソが説明した。「相容れない毛」を刈りとられた道連れの顔を見て、ほかのイタリア人たちはげらげらと笑った。アントニオ・ダミスも笑った。苦い笑いだった。

ようやく税関を通過した一団を、アルベルトとジェルジというアルバニア人ガイドが迎えた。出会ったときから、親切で感じの良い二人だった。イタリア人は、さっきまでより小さなバスに案内された。ここで役目を終えたアルフォンソは、ほかのイタリア人と同様に一介の観光客となった。

そこから先の道は、ホラとマリーナをつなぐ穴ぼこだらけの道よりもさらにひどかった。時折、荷馬車や羊の群れとすれ違い、運転手はそのたびに速度を落とした。窓の外には岩だらけの荒野が広がり、あちらこちらに燃料庫が点在していた。それにくわえて、セメント式の丸屋根がいたるところに建ちならび、用心深く、それでいて愚鈍な瞳のごとくに周囲を監視していた。左手には見わたすかぎり山並みがつづき、栗色、灰色、緑色の色彩が層をなしていた。しばらくして、睡蓮の咲きこぼれる湖が、不意に姿を現わした。アントニオ・ダミスは息を呑み、それから大声で言った「リチェニ・イ・ヴォガルみたいだ」

「いいや、あれはシュコダル湖だよ」アルベルトが答えた「リチェニ・イ・ヴォガルはずっと南だ。アルバニアとギリシアの国境のあたりだからな」それから、不思議そうにつけくわえた「いったいどうして、あんな小さい湖のことを知ってるんだ？」

「プセ・ヤム・アルバレシュ・エ・ファミータ・トナ・カナ・アルヅル・アンデ」アントニオ・ダ

ミスが説明した。するとアルベルトは彼を抱きしめ、力をこめてこう言った「ジアク・イネ・イ・シュプリシュル、ちりぢりになった俺たちの血か！」

残りの道中、二人はずっとお喋りに興じていた。一人はアルバレシュ語、もう一人はアルバニア語で話し、言葉が通じないときはイタリア語を使った。

アントニオ・ダミスはアルベルトに、ホラについて語って聞かせた。ただし、自分がアルバニアにやってきた二つの本当の目的を気取られぬよう、用心することは怠らなかった。アルベルトの本職は機械工だった。けれど、夏の一ヶ月は国家のため、イタリア人やフランス人の観光客を案内するボランティアとして働いているという話だった。

ホラよりも小さな村々が車窓を通りすぎていった。ちょくちょく、通りのどまんなかにあぐらをかいて坐っている人たちを見かけた。煙草をくゆらし、なにかをのんびり語らっていた。このあたりを走っているのは、党の指導層を乗せた車だけだった。あるいは数年前からは、怖いもの知らずの観光客を乗せたバスも行き来するようになっていた。いずれにせよ、車と出くわすことは滅多にないため、道路に腰かけていたところでなにも危険はないのだった。

ようやっと、バスはドゥラスのホテルに到着した。まずは部屋でシャワーを浴びて、それから一日目の夕食をとった。アルフォンソが予告していたとおり、味も量も申し分なかった。ベッドに横になるころには、三六時間におよぶ旅のせいで、背中が割れそうに痛かった。

目覚まし時計が鳴ったとき、部屋にはすでに、開け放しにされた窓から光がなだれこんでいた。アントニオ・ダミスは九時すぎに、食事をとりに階下に降りた。「ミルディタ」熱のこもった挨拶とともに、アルベルトが温かく彼を迎えた。自分が朝食をとっていたテラスのテーブルに坐るよう、アルベルトはアントニオ・ダミスに勧めた。水着姿の観光客が、ひとり、またひとりと海辺にやってきた。ホテルの正面の浜辺にはひとけがないのに、その両脇はたくさんの男女でごった返していた。五〇年代にイタリア人が着ていたような、ひどく慎ましやかな水着を身につけていた。

「十時になったら、みんなでいっしょに泳ぎに行こう」アルベルトが得意気に言った「そのあとは、俺たちの浜辺で日光浴だ」

「海沿いを散歩してもいいのかしら?」ミラノから来た若い婦人が尋ねた。

「構いませんよ」ジェルジが答えた「ただし、ホテルの正面の浜辺だけです。それより先には行けません。ほかの浜辺は、わたしたちの同胞に割り当てられていますから。全国のアルバニア人が、十日間のヴァカンスのために順番にドゥラスにやってくるのです。費用は党が持つので、国民の負担はゼロです」

「素晴らしいわね、なんて幸せな人たちでしょう」婦人の返事は純真そのものだった。

アルバニア人観光客は、泳いだりバレーボールをしたりサッカーをしたり、あるいはきびきびと散歩したりして、たえず体を動かしつづけていた。ホテルの端から波打ち際、さらにはその先の水平線まで伸びる目に見えない境界線を、アルバニア人たちはけっして越えようとしなかった。日光浴をするためにじっとしている観光客は皆無だった。男たちは老いも若きも、小さな子供にいたるまで、細身で筋肉質の体をしていた。女たちの体には、一グラムたりとも余分な脂肪がついていなかった。外国人に好印象を与えるために、体格にもとづき海水浴客を選別しているのではないかと思えるほどだった。当然のことながら、外国人たちは好奇の眼差しでアルバニア人をじろじろと眺めていた。けれどそれは見たところ、一方通行の関心でしかなかった。アルバニア人と言葉を交わすことは不可能だった。アントニオ・ダミスは落胆してつぶやいた。これじゃ、どうしようもない。

その翌日、アントニオ・ダミスの落胆はさらに深まった。イタリア人グループが、ドゥラスの市街地まで観光に出かけたときのことだった。アントニオ・ダミスは二人の少年の写真を撮ろうとした。少年たちは靴を履いていなかった。二人とも大きな黒目で、鼻水を垂らし、白いタンクトップに半ズボンという出で立ちだった。子供のころのアントニオ・ダミスにそっくりだった。するとアルベルトが、あの善良なアルベルトが、カメラを降ろせと乱暴なしぐさで指図してきた「おい、だめだ、やめろ。史跡を撮れよ。いいか、あっちを撮るんだ」そう言って、みすぼらしいことこの上ない、鳥の糞まみれの彫像を指さした。「それか、あれだ」アルベルトの指先には、表門にレストランの看板を掲げた、たいへん美しい教会が建っていた。「こんなに立派なものがあるのに、お前たちは裸足の子供の写真を撮って、お前たちの国のいかがわしい雑誌にそれを載せるんだ。俺たちがいかに貧しいか、いかに絶望しているか伝えるためにな。アルバニア人がいっせいに、今にも祖国から逃げだそうとしていると言いふらしたいんだろう。だけどそれは事実と違う」アルベルトは息せき切ってまくし立てた。かつて彼は、あるイタリア人ジャーナリストのガイドをした。アルバニア人はそのジャーナリストを兄弟のように、「ヴァラ」のように歓待した。けれどジャーナリストは彼らを裏切り、イタリアの雑誌に醜悪な写真を発表した。そんな光景、アルバニアにはけっして存在しないはずなのに。

しばらくあと、一同が昼食をとっているあいだ、アルベルトはアントニオ・ダミスに、声を荒げて悪かったと謝罪した。けれど彼はこうも言った。自分はそのためにここにいる、社会主義国アルバニアのほんとうの姿を伝えるために。それとも、観光客が望んでいるのはおとぎ話なのか？　そのとき、ジェルジが二人の会話に割って入り、同志エンヴェル・ホヂャの偉業を讃えた。ホヂャのおかげで、ヨーロッパでもっとも貧しく、もっとも文盲の多かったこの国は、もっとも就学率の高い国に変貌した。富は公平に分配され、自分のような大学教授は、正当にも農夫と同じだけの給料をもらっている。優秀な生徒は無償で教育を受けられる。牢屋はからっぽで、民衆の阿片であるところの宗教は永久に廃止された。聖職者たちもほかの国民と同じように労働に従事し、教会は工場や、レストランや、体育館に姿を変えた。

アルフォンソは大げさに同意を示し、毛沢東主義者のボローニャ人カップルもそれに倣った。おそらくこの二人は、アルバニアと中国が一九七八年に国交を断絶したことなどすっかり忘れていたのだろう。コモから来た老人は、こうしたやり取りをいっさい気にかけていなかった。彼は戦争中、アルバニアの山あいで戦った経験があった。若き日に辛酸を舐めた場所をもういちどその目で見るため、老人はこの旅行に参加していた。老人はガイドの言葉を、聞こうとも分かろうともしていなかった。なにもかも、彼には関係のないことだったから。けれど残りのイタリア人は、アルバニア人ガイドの言葉に注意深く耳を傾けていた。観光客は帰国したのち、きっと周囲に語るだろう。ヨーロッパの最後の秘境で、修辞の砦で、隠匿された苦悩の要塞で過ごした数日間の体験を。

張りつめた神経を緩めるため、アントニオ・ダミスはイタリアの方角へ泳いでいった。目は固く閉ざしていた。海原が砂漠のように感じられた。

翌朝、ガイドの監視をすり抜けようとするあらゆる試みは無益かつ有害であることを、アントニオ・ダミスは思い知った。朝食をとりに階下へ降りると、軍服を着た男たちの集団が目に入った。彼らはアルベルトやジェルジと、しきりになにかを囁き合っていた。どうやら、コモの老人が失踪したらしかった。じっさいは、失踪というよりもたんなる遠出だった。老人は明け方に、若き日に足を踏み入れた山中を目指して、リュックサックを背負い心穏やかに出立したのだった。アルベルトは苛立ちを隠せない様子だった。「ぼけ老人め、面倒事を起こしやがって」アルバニア語でそう言っていた。

老人を捜索するため、ホテルから三台のパトカーが出発した。老人は見つからなかった。アルベルトとジェルジは受け付けの電話にかじりつき、上層部からの指示や情報を待っていた。はっきりと見覚えのある近道を、老人は迷いなく歩いていった。遠くの山々を眺めるとき、懐かしさに目が滲んだ。三、四時間ほど捜索がつづけられたのち、コルチャへとつづく路上で老人が発見された。いかなる説明も配慮もなしに、警官は老人を車のなかに押しこんだ。テロリストかスパイを相手にしているみたいだった。こうして、老人はホテルへと連れ戻された。

この日から、アントニオ・ダミスは態度を一変させた。ガイドの言うことにおとなしく従い、帰国を間近にして好奇心を募らせている、ごく平凡な観光客のように振る舞った。みやげを買い、絵葉書を送り、名所旧跡の写真を撮り、悪意のない質問をガイドに向けた「どうしてこのあたりは車が走っていないのかな?」ベラトという街を訪れ、壮麗な要塞を見学してきた帰りだった。イタリア人観光客は今、ティラナの巨大なスカンデルベグ広場を徒歩で横切り、国立博物館を目指していた。ガイドが彼の質問に答えた「われわれの国では、みんな自転車を持っているからね」

アントニオ・ダミスは瞳を閉ざした。〈ドリタに会いたい〉胸のうちで強く思った。

瞳を開くと、広場には元のままひとけがなかった。ときおり、自転車に乗ったアルバニア人が目の前を通りすぎていった。ゆっくりとペダルを踏みながら、自らの影をしんどそうに引きずっていた。ここにきて、アントニオ・ダミスは覚悟を決め、慎重にためらいを振り捨てた。ホラで目にした、シュカンディーヤの民俗藝能グループの舞台について彼は語った。そしてアルベルトに、一座の舞台を観にいくわけにはいかないだろうかと尋ねてみた。ちょうどうまい具合に、自分たちはティラナに来ていることだし……「それは無理だな」これから口にする返事に満足を覚えつつ、ジェルジが割りこんできた「シュカンディーヤは巡業中だ。昨日の〈ゼリ・イ・ポプリト〉にそう書いてあったよ。三日前にアルバニアを発ったらしい。フランスで二週間、ベルギーで一週間過ごすそうだ」

「ミル」アントニオ・ダミスが言った。そうか、ならいい。もちろん、いいはずがなかった。彼は思った。足りないのはそれだけだ、俺の望みはひとつだけだ。けれどあいにく、がっかりしたり打ちのめされたりする暇はなかった。なぜなら、そのとき突然、彼の人生を変えるであろう考えが頭のなかに閃いたから。アルバニアにいるあいだもホラへと帰るあいだも、アントニオ・ダミスはけっしてその考えを手放さず、知力と情熱のかぎりをつくして、細部にいたるまで計画を練りつづけた。そもそも、アントニオ・ダミスのなすべきことは、それひとつきりだった。彼にはほかの道は見えなかった。はじめから、ほかの道など存在していなかった。ひとつめのホラにかんしては、次の機会を待つことにした。どのみちこの政体は、余命いくばくもないだろう。ティラナの空気に漂っている非現実的な平穏が、彼にそう告げていた。人々は目に見えない拘束服を着ているようで、喉元まで出かかった叫びのために窒息しかかっていた。けれどそれには、もう少し待たなければいけない。これがアントニオ・ダミスの言葉だった。

11　ブリュッセルにて

もし、ホラの誰かがほんとうにアントニオ・ダミスを殺そうとしていたとしても、計画を準備するにはとても時間が足りなかっただろう。アントニオ・ダミスがこんなにも早く帰国するとは誰も予期していなかったし、一週間もしないうちに再び旅立つとは家族でさえ想像していなかった。

ホラの村人たちは帰国したアントニオ・ダミスを、帰ってきた放蕩息子のごとくに迎えいれた。彼がアルバニアにたいして抱いた印象を、誰もが心から知りたがっていた。「なぁ、聞かせてくれ。アルバニアはどんなところだった？　お前はなにを見てきたんだ？」アントニオ・ダミスと顔を合わせた全員が、似たような質問を彼に浴びせた。答えはいつも同じだった。アルバニア料理の素晴らしさ、ドゥラスの美しい浜辺、ベラトの壮麗な要塞、自動車の走っていないスカンデルベグ広場。それで終わりだった。彼は急いでいた。早く行かなければならなかった。

アントニオ・ダミスはただちに作業に取りかかった。誰より早く役場に入り、最後の一人になるまで出てこなかった。役場に顔を出さなかったのは一日だけだった。その日、彼はクロトーネまで行って写真を現像し、銀行に立ち寄り、旅行代理店でブリュッセル行きの航空券を購入した。

三日後、アントニオ・ダミスはラメツィアの空港から旅立った。両親には、ローマに行くと言っておいた。身に携えていったのは、小さな旅行鞄ひとつきりだった。ホラの村人たちは皆、アントニオ・ダミスは二度目の短いヴァカンスに出かけたのだろうとしか思わなかった。鞄のなかには彼の貯金や身分証明書、それにアルバニアの新聞「ゼリ・イ・ポプリト」の写しが入っていた。そこには、シュカンディーヤの一座の巡業ルートが記されていた。新たな旅の思いつきが、それまでずっとつきまとってきた夢を、彼の頭からことごとく追いはらっていた。その旅は今となっては、ためらいなく、いかなる悔恨もなしに実現すべき具体的な計画に変じていた。

ブリュッセルでは、晩に一座が出演する劇場の名前を突きとめるのに二時間、チケットを購入するのに一時間を費やした。あらかじめ思い描いていたとおりだった。それにくらべて、アルバニア人が投宿しているホテルを割り出すのは容易ではなかった。けれど、宿泊施設案内所の受け付けをしていた年配の女性は、絶望と憔悴の入り混じったアントニオ・ダミスの訴えを聞いて、思わず同情を覚えたらしかった。友人と同じホテルに泊まりたいんです。ティラナの民俗藝能グループで、踊り子と歌手をしている女性です。もう何年も会っていません。彼女にどうしても会いたくて、僕はイタリアからやってきました。

受け付けの女性は七回か八回くらい、どこかに電話をかけていた。首尾よく一人部屋を予約すると、ウィンクしながらアントニオ・ダミスに微笑みかけた「お探しのホテルはすぐそばよ。ここからなら歩いても行けるわ」女性がイタリア語で言った。思い描いていたよりも良い展開だった。

一時間後、アントニオ・ダミスはすでにホテルの部屋でシャワーを浴びていた。それから清潔な服に着替え、花束を買いに行った。手紙は前もって用意してあった。ホラを発つ前、アルバレシュ語とアルバニア語の両方で書いた手紙だった。綴りがあやふやな単語がたくさんあったので、アルバニアから持ち帰った辞書を何度も引いた。花のあいだに手紙をしのばせ、ホテルの前でタクシーを拾った。開演の三〇分前には、劇場の入り口にたどりついていた。

彼の席は前から四列目だった。正面の特等席に身を落ちつけ、舞台の幕開けを待った。そのとき、思いもしていなかったことが起こった。一秒ごとに鼓動が速まり、爆発の前触れのように激しいリズムを刻みはじめたのだ。幕が上がるまで、もう数分もなかった。そうしてはじめて、気を滅入らすあの不安が頭をよぎった〈もし、ドリタがアルバニアに残っていたら？　もし、俺のことを忘れていたら？　もし、俺に会いたいと思っていなかったら？〉

クラリネットとバイオリン、それにアコーディオンの胸を揺さぶる旋律が、アントニオ・ダミスの疑念を溶かし、高鳴る鼓動を鎮めていった。ほどかれた髪を肩にかけ、ドリタが最前列の踊り子とともに登場した。アントニオ・ダミスの体が、座席の上で硬直した。目の前で、ドリタが軽やかに飛びまわっていた。ホラで見たときとすっかり同じ、女王のごとき足取りだった。正面席の観客に、惜しみなく笑いかけていた。玄人らしい、作りこまれた微笑みだった。それでも彼女の笑顔はまぶしく、火花のようなきらめきを放っていた。生まれ故郷に伝わる哀愁に満ちた歌をドリタは歌った。アントニオ・ダミスの熱っぽい視線には、気がついていなかった。それで良かった。もしも目を合わせたら、ドリタは驚きのあまり声を失っていただろうから。

演奏が終わった。聴衆は立ち上がり、長いあいだ拍手を送った。四、五人の観客がステージに近づき、演者に向かって薔薇を投げた。舞台の上の踊り子たちが、花を投げ入れた客と握手していた。ただ一人、アントニオ・ダミスだけは花束を投げなかった。ほかの踊り子が誤って受けとらぬよう、彼はそれをドリタへまっすぐに差しだした。ドリタは感謝の笑みを浮かべて花束を受けとり、贈り主の男性に視線を落とした。すぐには彼だと分からなかった。彼であるはずがない。アントニオ・ダミスがブリュッセルにいるなんて、そんなことが有りえるだろうか？　視線の邂逅は数秒間しかつづかなかった。けれど二人の記憶のなかでは、その数秒は永遠だった。突如として、二人を静寂が包みこんだ。劇場はからっぽになり、二人だけが取り残された。キスへの衝動をどうにか抑えた。信じられないという面持ちで、すぐそばにあるたがいの瞳を見つめ合った。幸福だった。

賢明にも、ドリタはすぐにその場を離れた。片手に花束を抱えたまま、仲間たちの方に走っていった。あの夜の舞台にふさわしい熱烈な拍手を受けるため、ほかの演者といっしょにステージに戻ってきたとき、手紙はすでに花束から抜きとられていた。あらかじめ思い描いていたとおりだった。

アントニオ・ダミスは午前一時ごろにホテルに戻った。イタリア料理のレストランで夕食をとり、夜の街をあちこち歩きまわったあとだった。心は落ちつき、頭は澄みわたっていた。失敗する可能性も勘定に入れていた。かくも危険な選択に、ドリタがすぐさま賛同してくれるとは思えなかった。その場合はホラに戻り、あらためて計画を練る考えだった。いずれにせよ、彼にはドリタを諦めるつもりはなかった。

午前二時きっかり、アントニオ・ダミスがそっと拳を上げた瞬間、ドリタの部屋の扉が内側から開かれた。二人はすぐに、シェードの淡い光の下でキスを交わした。けれどアントニオ・ダミスは唇を引きはがした。ドリタの瞳をよく見たかった。彼女の決意を知りたかった。理解したように感じた彼は、ふたたび彼女にキスをして、乱暴に唇を吸った。はじめのうち、二人はいっさい言葉を交わさず、ひたすらに唇を求め合った。キスをしながら服を脱ぎ、体のバランスを崩してベッドの上に倒れこんだ。若さに付きものの逸る気持ちが、二人の愛を駆り立てていた。歳月とともに積み重なった欲望を、激情に変えて解き放った。飢えていた。始まりから終わりまで、ほんの数分だった。アントニオ・ダミスは最後、キスでドリタの口をふさいだ。彼女の悲鳴を抑えこむためだった。

「わたしたち、頭がおかしくなったのね」ようやく落ちつきを取り戻すと、ドリタが言った。彼女はアントニオ・ダミスの顔を優しく撫でた。

「いいや、少しもおかしくないさ。俺たちはただ、ずっと愛し合うだけだ。これまでも、これからも」アントニオ・ダミスが訂正した。深遠な台詞を言った気になっていた。そうして彼は、賢人のような雰囲気を漂わせ、くつろいだ笑みを浮かべた。それからドリタに問いかけた「手紙の中身、分かったか?」

「もちろん。アルバニア語よりアルバレシュ語の方が多かったけど、ちゃんと理解できたわ。あなたの書いていたとおりだと思う。わたしたちがいっしょにいるには、アルバニアから遠く離れた、どこか別の国に逃げるしかない」

思い描いていたよりも良い展開になったと確信した。ところが、アントニオ・ダミスがドリタを抱擁したとき、彼女はこうつけくわえた「でも、不安だらけなの。両親や、友人や、踊りや歌のことが頭から離れない。ここで逃げれば後戻りはできないわ。それが怖いのよ。もしなにか失敗したら、もしどこかで捕まったら、もし……」

「俺はぜんぶ考えたんだ、いいか」場違いなほどの自信をこめて、アントニオ・ダミスが言った「きみのために、完璧な身分証明書を作っておいた。判子も印紙も問題ない。写真だって本物だ。前にきみがホラに来たとき、とびきりきれいなやつを撮っておいたからな。サインは市長の直筆だよ。俺は役場で働いてるから、これぐらいはわけなかったんだ」

アントニオ・ダミスは証明書を取りだした。「これさえあれば、ヨーロッパの真ん中で安心して暮らしていける。きみはイタリア人で、名前はマリア・アヴァーティだ。気に入ったか？」

「いいえ」ドリタは正直に答えた「でも、わたしが不安に思っているのは別のことなの」

「きっとすべてうまくいく。俺はホテルのフロントに、偽の身分証明書を預けておいた。きみを連れて逃げたとしても、見つかりっこない」

「ほんとうに？」

「あぁ、つまり……連中からしたら、幽霊を探すのと同じことさ。どこにも俺たちの痕跡はないんだから。俺たちは五時発の列車に乗って、のんびり景色でも楽しみながらアムステルダムに行くんだ。もしアムステルダムが気に入れば、そのままそこで生活を始めたらいい。二人でいっしょに、家や仕事を見つけよう。気に入らなければ、また別の国を探すだけだ。当座の金は俺が持ってる。俺たちは若いんだし、愛する相手がすぐそばにいる。この世の不当な仕打ちにも、二人だったら耐えられる」

ドリタはアントニオ・ダミスにキスをした。「未来を信用してるのね。あなたのそういう考え方、すごく好きよ」そう言ってから、ドリタはふたたび唇を近づけた。「あなたの味が好き……でも無理よ、そんな、今すぐに決断するなんて……もう少し時間が欲しい」

「分かった。きみたちが出発する日の夜まで待つよ。俺と発つか、アルバニアに帰るか、そのときに聞かせてくれ。そろそろ休もう。明日の夜も、同じ時間に会いにくるから。おやすみ、ドリタ」アントニオ・ダミスはドリタの額にキスをした。彼女を安心させてやりたかった。用心深く扉を開け、廊下に誰もいないことを確かめると、階段を使って五階に上がり、自分の部屋に戻っていった。


それからの三日間、日中は観光客として振る舞った。ブリュッセルを散策し、美術館や博物館、欧州議会の議事堂、それに王宮を訪ねてまわった。朝はなかなかベッドから出ようとせず、朝食を取りに降りるのはいつも彼が最後だった。アルバニア人に姿を見られないよう用心していた。アントニオ・ダミスの顔を覚えている人物が、一座のなかにいないともかぎらなかった。

夜半は一転、恋に落ちた一人の男として時を過ごした。約束の時間きっかりに、ひとけのない廊下をこっそり進み、ドリタの部屋にすべりこんだ。どの夜も、一晩目と同じくらい激しく心臓が鼓動していた。

ベッドが軋みを立てないよう、マットレスをそっと床に移した。ゆっくりと、まずは瞼へのキスから始めた。たがいの肉体の味わいをすみずみまで記憶して、失われたあらゆる香りを取りもどしたかった。やがてたどりつく絶頂は、静やかな地震だった。愛を交わしたあとの会話も、やはり静かだった。囁き声による会話に慣れた二人は、自分たちの性格や、家族や、音楽や、踊りについて語り合った。冗談や笑い話さえ口にした。必死に笑いをこらえる姿は、すすり泣く小さな子供のようでもあった。最終的な決断には、敢えて触れようとしなかった。二人とも、最後の夜を待っていた。

押し殺した声でドリタが語りはじめた。痛ましい嘆きのようだった。アントニオ・ダミスは不安に駆られた。思い描いていた言葉とは違っていた。「両親や弟のことを思うと、考えが前に進まなくなるの。苦しいわ。こんな風に、心に短剣が刺さったまま決めるのは苦しすぎる」シュカンディーヤの一座が出発するまで、あと数時間しか残されていなかった。

「きみの家族は分かってくれるさ……みんな、きみの幸せを望んでるんだ」アントニオ・ダミスの声は、かぼそい吐息と聞き違うほどに弱々しかった。苦悶のあまり喉が震えた。

ドリタは返事をする前に、言葉よりも力強い息を吐いた。「わたしなりに、よく考えてみた。ほかに手はないと思う。わたしたち、誘拐を偽装しましょう。ただ逃げるだけではだめ。これまでに、たくさんのアルバニア人が国を捨てて逃げていったわ。でも、そのために厳しい報いを受けるのは、アルバニアに残された家族たちなの」

「誘拐？」ドリタの提案に驚きを覚えつつ、アントニオ・ダミスが訊き返した。声に希望が戻っていた。

「そう、誘拐。実を言うとね、アルバニアの若い娘が犯罪者や狂人にさらわれるのは、そんなに珍しいことじゃないの」

「しかし、きみの国の連中はそんな話を信じるのか？」

「いいえ、誰も信じないわ。でも、あの人たちは面子をなによりも大事にするから。自分の意志で逃げられるよりは、むしろさらわれてくれた方がありがたいのよ。あなたはどう思う？　わたしの友だちはみんな、叶うものなら逃げだしたいと言ってるわ。わたしたちの国に生活はない。あれは終わることのない窒息よ。昼も夜も関係なく、砂漠に顔を押しつけられているみたいなの。小さいころから、わたしは必死に歌や踊りを練習してきた。巡業の旅に出て、一年のうちほんの数週間でも息を吸えるようになるためにね」

「よく分かった」アントニオ・ダミスが言った「じゃあ、俺はきみをさらおう」そう言って、悪意のこもった一瞥を投げかけながら、ドリタの両脇を乱暴にわしづかみにした。

二人はそのまま、子供のようにベッドに倒れこんだ。取っ組み合う振りをして、シーツや枕をめちゃくちゃにかき乱し、大きな音を立てないように用心して床に落ちた。背中で椅子を押しやって、電気スタンドをひっくり返し、水のたっぷり入ったコップを割った。そのとき、おそらくは意図せぬうちに、ドリタは手に切り傷を負った。そこで彼女は、部屋着で血を拭きとってから服を着替え、念入りに化粧をした。

一足先に、アントニオ・ダミスが部屋を出た。かばんを取ってくるために、いちど自分の部屋に戻り、それから受け付けで支払いを済ませた。その隙に、できるかぎり素早く、さりげなく、ドリタがホテルから出ていった。ドアマンさえ、ドリタに気がついていなかった。アントニオ・ダミスは焦ることなく、普段どおりの足どりで彼女を追った。合流した二人は腕を組み、ブリュッセルの駅舎の方へ歩いていった。あたりに広がる街灯の光の下、二人は逃亡者というよりも、パーティーから帰る途中の気楽な恋人同士に見えた。

ホテルからじゅうぶん離れたところで、タクシーをつかまえた。「思い描いていたとおりだったな」アントニオ・ダミスが言った。ポケットには、アムステルダムへの片道切符が二枚入っていた。

12　重なり合う影

ゴヤーリが語り終えるなり、僕は物語の結末を聞きたいという衝動に駆られた。アントニオ・ダミスはひとつめのホラを見られたのか。まだ生きているのか、それとも死んでいるのか。僕の村やその周りには、彼をつけ狙う目に見えない敵がいた。けれど、ドリタとともに逃げたあとでは、アルバニアの恐るべき秘密警察「スィグリミ」もまた、二人に追手を差し向けたことだろう。このままただで済むとは思えなかった。

けれどゴヤーリは、モザイクの工房の明かりをすぐに消してしまった。声も表情も疲れ切っていた。「もうへとへとだ。一日中働きどおしだったからな」

外は日が暮れていた。広場の人影は普段よりまばらだった。

「みんなピッツェリアにいるんだよ。何日か前に、店が再開したんだ」そう言ってから、コジモが提案した「俺たちもピザ、食いに行ってみるか」

僕らは賛成した。ただし、ゴヤーリの強い求めにしたがって、店までは徒歩で行くことにした。「ずっと工房に閉じこもってたから、体をほぐしたくてな」こうして僕らは、黙って歩きはじめた。まんなかに、背が高くて少し猫背のゴヤーリがいた。弟子に囲まれる老いた賢者のようだった。

村の外にたどりついた。峡谷から吹きつける涼やかな風が、常盤樫《ときわがし》の林の先へ抜けていった。風に肌を洗われる思いだった。

「このあたりの、コニチェッラと運動場をつなぐ通りに出ると、故郷の景色を思い出すんだ。とくにここは、暗がりから聞こえる蟋蟀《こおろぎ》の合唱が、星の吐息に混ざり合ってるみたいだからな。見ろよ、ものすごい数の星だろ？　まるで、星が息をしているように見えないか？　俺の故郷とすっかり同じだ」そう語るゴヤーリの声には、耳を刺す望郷の念が宿っていた。僕らはひどく驚かされた。ゴヤーリがそんな声で話すのは初めてのことだった。僕らはしょっちゅう、ゴヤーリはホラで生まれたものと錯覚していた。遠く離れたほんとうの故郷へ、彼は滅多に帰らなかった。

「ジェルマネーゼ［アバーテの作品に頻出する用語。ドイツに出稼ぎ移民に行った南イタリア人を指す］の最初の世代が、一足先に来てるみたいだぞ」ゴヤーリが指摘した。故郷を懐かしむ口調が、なおも尾を引いていた。言われてみると、ピッツェリアの正面の空き地には、ドイツのナンバープレートをつけた車が何台か止まっていた。ホラの移民たちの車だった。そのとき、ゴヤーリがぽつりと言った。まるで、値打ちのない報せを伝えるような、気のない言い方だった「じきにアントニオ・ダミスも、この村に帰ってくるはずだ」

僕らは屋外の席に坐った。明かりの真下のテーブルだった。レストランの中庭には、ダンスをするための東屋が設えられていた。その傍らにラウラがいた。僕らはすぐに気がついた。ほとんど真向いのテーブルで、若い男どもが彼女を取りまき、音楽のボリュームに負けまいと、大きな声で笑い、話していた。全員が彼女の方を向いていた。ラウラは僕らに手を振って、あいさつ代わりに微笑んでみせた。ゴヤーリがラウラのテーブルに駆けよって、すぐ近くから言葉をかけた。否定しても仕方なかった。僕はあのとき、ラウラの顔を見られて嬉しかった。けれど同時に、モグラのように地中へ姿を消したくもあった。

ラウラと話しているあいだ、ゴヤーリはオーケストラの指揮者のように、優美に腕を振っていた。ラウラはテーブルに肘をつき、ゴヤーリの言葉を聞きながら笑っていた。黄金色に波打つ髪が、頬を支える片手を隠していた。男どもの眼差しは、一秒たりともラウラを放そうとしなかった。

正当化しようのない嫉妬の思いが湧きあがり、針で刺されるように体が痛んだ。腹や、胸や、頭を触ってみたけれど、どこがどうして痛んでいるのか、自分でもよく分からなかった。

ようやくゴヤーリが戻ってきた。「こっちのテーブルで食べないかって、ラウラを誘ってみたんだ。だけど断られた。先にラウラを誘ったのは向こうだからな。お前たちによろしくと言ってたよ」

僕らは揃って、「ホラ」というピザを注文した。ウェイターが立ち去りかけたそのとき、小さなゼフが子供の群れといっしょになって、僕らのテーブルの前を駆け抜けていった。子供たちはほとんどみんな、ゼフよりも大きかった。テーブルのまわりで追いかけっこし、三ヶ国語か四ヶ国語で叫びあいながら、やがて駐車場の方へ走り去った。

じきに、ラウラのテーブルにピザが運ばれてきた。時おりゼフは、ラウラの前で立ちどまり、口のなかにピザを入れてもらっていた。それから、もぐもぐと口を動かしつつ、またすぐに駆けだしていった。

ラウラはちっとも僕たちの方を見てこなかった。だから、嫉妬深い僕の眼差しに気がつくこともなかった。自分とゼフのためにピザを切り、ゆったりと落ちついて食事していた。同席している若者たちは、すでに自分のピザを平らげていた。手持ちぶさたになった彼らは、グリッシーニをかじったり、ビールやらコーラやらを飲んだりして時間をつぶしていた。

「ピッツァ・ホラ」は最高に旨かった。水牛のモッツァレラ、サルデッラ、自家製のサルシッチャがたっぷり盛られたその上に、僕らはめいめい一本の唐辛子を載せた。食べ進むほどに、飢えと渇きが募っていった。ゴヤーリは「モレッティ」のビールを注文していた。目をつぶり、きんきんに冷えたビールを喉に流しこむゴヤーリは、傍目にも幸せそうに見えた。壜は二口か三口で空になってしまった。

「ホラに来て、最初に飲ませてもらったビールがこれなんだ。あの日は死にそうに暑かった。俺はもう、精も根も尽き果ててたよ。でも、このビールを飲んでるときに悟ったんだ。俺はやり遂げた、俺はついに自由だってな」ゴヤーリが僕らに語った。新しい壜から、ひどく長い一口を啜った。「あぁ、旨い」口についた泡を手の甲で吹きながら、ゴヤーリが言った「このビールを飲むたびに、自由の味を思い出して胸が震える。俺は今夜、お前たちといっしょにいられて本当に嬉しいよ」

それは、もはや何度目かも分からない、ゴヤーリによる親愛の情の吐露だった。僕らはその思いに、心からの乾杯で応えた。派手にグラスを鳴らしたせいで、たくさんの客が僕らのテーブルの方を振りかえった。

ラウラは振りかえらなかった。ズッケロ「イタリアのミュージシャン」の曲のリズムに合わせて、束屋の下で踊る若者たちの様子を、熱心に目で追いかけていた。あいつらは何度か、大きな声でラウラを呼んだ「来いよ、ラウラ、来いって。こっちでいっしょに踊ろう」僕は祈った。行くな、ラウラ、行くんじゃない。きみを呼んでる連中は四人とも、目立ちたがりのくそ野郎だ。もし行けば、やつらはきみをぜったいに放さない。あいつらのことは放っておいて、僕のところに来てくれよ。きみの髪を近くから見たいんだ。その香りを嗅ぎたいんだ。それにたぶん、僕はきみと話したいんだ。

ラウラは立ち上がった。

「体の動かし方まで母親とそっくりだ。女王のように歩くんだよな」ゴヤーリが言った。ラウラは踊り場の中心に陣取り、非の打ちどころがない滑らかな動きで踊りはじめた。一度もステップを過たず、ささやかな失敗さえ犯さなかった。明らかに、ダンスを学んだことのある人間の動きだった。僕らはみな、さすが踊り子の娘だと感心していた。男どもはラウラのまわりで輪をつくり、彼女のダンスに見とれていた。手拍子を打ち鳴らし、ズッケロの曲のリフレインを歌っていた。ただし、歌詞は少しだけ変えてあった「バイラ、バイラ・ラウレーナ、ソット・クエスタ・ルーナ・ピエーナ」

音楽が終わり、ラウラはテーブルに戻った。すぐにゼフを探したけれど、どこにも見当たらなかった。するとラウラは立ち上がり、真っ暗な駐車場へ駆けていった。ピッツェリアの裏手を探しまわっているようだった。ラウラの叫び声が僕らまで届いた「ゼフ、ゼフ、テ・ク・イェ？　どこに行ったの？」

僕らはラウラのもとへ急いだ。

「いないの、ゼフがいないの！」ラウラが取り乱した声でゴヤーリに言った。

「心配するな、ほかの子供たちと隠れん坊して遊んでるんだよ。大丈夫、俺たちがすぐに見つける」ゴヤーリはラウラの顎を撫で、手分けしてゼフを探すよう僕らに指示した。

ピッツェリアのまわりは時間とともに、ますます暗くなっていった。今や道路を照らすのは、夜空に浮かぶ星だけだった。通りを渡った先では常盤樫の林が、暗がりのなかに沈みこんでいた。

「ゼフ、ゼフ、どこだ? テ・ク・イェ? 返事してくれ」

僕らの声が、あたりに空しく反響した。事ここにいたって、僕らも次第に不安になってきた。ピッツェリアで懐中電灯を貸してもらい、店の周囲を虱潰しに捜すことにした。

僕は直感にしたがって、通りに面した傾斜地ではなく、立ち並ぶ木々の葉を照らした。手始めに、ピッツェリアの敷地内の木を調べた。懐中電灯でゆっくりと円を描き、一本ずつ確かめていった。まだ小さかったころ、祖母の菜園に生える大きなアーモンドの木の下に、僕はよく隠れていた。誰も僕を見つけられず、けっきょく最後は、自分で木を降りて出ていったものだった。

「ゼフ、ゼフ、良い子だから出てきてちょうだい。お願いよ」少し前から、ラウラはむせび泣いていた。

僕は駐車場の裏手に広がる茂みに光を当て、つづけて斜面の上の木々を照らした。ゼフはいなかった。そこで僕は入り口に向かった。川床の石が敷き詰められた坂道を下り、ピッツェリアの塀と道路のあいだに生い茂る藪に懐中電灯の光を当てた。ついに見つけた。背の曲がった常盤樫の、幹の低い箇所から伸びる二本の枝のあいだに、一羽の鳥のようにうずくまっていた。ゼフは片腕で目を覆っていた。僕は傾斜地をよじ登った。山桃の低木を手でかき分け、常盤樫の根元までたどりついた。ゼフが僕の笑顔を見られるよう、僕は懐中電灯で自分を照らし、ゼフに向かって手を振った。両腕を広げてから、囃すような口調で言った「つかまえた、つかまえた」飼い主を信頼している仔犬みたいに、ゼフは僕へと身を投げた。僕は素早くゼフを受けとめ、ほんのひととき、小さな体をしっかりと抱きしめた。あいつを安心させてやるためだった。「さぁ、戻ろう、でないとラウラが心臓麻痺を起こすから」僕の口から出た言葉はこれだけだった。

僕らがピッツェリアに戻ったとき、ほかのみんなは警察を呼ぼうとしていた。ラウラがこっちに駆け寄ってきた。

「木の上にいたよ。隠れん坊して遊んでたんだな。けがはしてないから、大丈夫」僕はラウラに言った。ゼフは変わらず、僕の首に腕を巻きつけ、僕の肩を枕にしてくつろいでいた。ゼフの額にキスをしたあと、ラウラは少しのあいだ、ゼフの頬に唇を押しつけていた。それから、ようやく不安の静まった声で、なにかを優しく語りかけた。僕にはラウラの言葉が分からなかった。たぶん、あのときラウラが話していたのはオランダ語だった。代わりに僕は、ラウラの香りに耳を傾けていた。僕の髪にラウラの髪が軽く触れた。ラウラの息が僕の首に吹きかかった。ラウラの肌の匂いを感じた。今だ、ミケーレよ、振りかえれ。ラウラのキスを掠めとるんだ。胸の裡で強く思った。そうしたかった。だけど僕には、勇気がなかった。

「眠ってる。くたびれたのね」僕の耳許でラウラが囁いた「家に連れて帰るわ」

「いっしょに行くよ」僕はすぐさまラウラに言った。ゼフをこのまま引き渡す気はさらさらなかった。

「ファレミンデリト」ラウラが言った「どうもありがとう」

ゴヤーリや友人たちにあいさつしてから、僕らは村の方へ歩きだした。

しばらくのあいだ、僕らは黙りこくっていた。アスファルトの地面を鳴らす、ラウラの靴のヒールの音が、闇夜にこつこつと響いていた。その合間に、ゴヤーリの言う星の吐息が、そっと僕らの耳を撫でた。あたりを満たす静寂に、僕らは気詰まりを覚えはじめた。するとラウラが口を開き、ゼフを渡してくれと僕に言った「重いでしょう？　かわりばんこに運びましょうよ」

「なに言ってんだ、僕が運ぶよ、こんなにぐっすり寝てるんだから。それに、ちっとも重くなんかないって」

そしてまたもや、耐えがたい沈黙が僕らを包んだ。そこで僕は、長いこと胸の重しになっていた件に触れた「この前の晩は、チョティーエを言ってごめん」

「チョティーエ？」

「うん、つまり、俺の口から出たうわ言のこと。ごめんな、酔ってたんだ」

「あの日のあなた、すごく面白かった。あんなにたくさん笑ったの、ホラに来てからはじめてだったわ。冗談だって分かってるから、心配しないで」

違うよ、冗談じゃないんだよ。僕はラウラにそう言いたかった。僕は言った「どうかしてたよ。頭がおかしくなったんだ」

「そんな、それは大げさよ。覚えてないかもしれないけど、あなたの言葉、人を嫌な気分にするようなものじゃなかったわ」ラウラは会話を打ち切るために、自分の腕を僕の腕にからませた。そのあとずっと、僕らは固く腕を組んだまま歩いていった。

村の家並みが見えてきた。煌々と輝く街灯に、通りは明るく照らされていた。そうしてはじめて、重なり合う二人の影が浮かびあがった。最初にすれ違った何人かの村人は、驚いたような顔をしていた。きっと僕らを、子供のいる若夫婦だと思ったのだろう。

パラッコの下り坂にさしかかったとき、組んでいた腕をラウラがほどいた。けれど、遠くへ離れようとはせず、僕のすぐ隣を歩きつづけた。

ゼフは気持ちよさそうに眠っていた。ラウラが家の扉を開けたあと、僕はそっとゼフを渡した。

「また明日ね」ラウラが言った「今夜はほんとうにありがとう」髭に覆われた僕の頬に、ラウラはさっとキスをした。キスだけでなく、アドバイスまでしてくれた「そのじゃまくさい髭、剃ってみたら？　その方が男前になると思うけど」

「おやすみ」ラウラが後ろ手に扉を閉めるあいだ、僕はどうにか返事をした。頭の中が混乱していた。路地の暗がりで棒立ちになりながら、僕は同じ言葉を繰り返した「おやすみ」

「おやすみなさい」僕の背後から声がした。小さな女の子のような、優しくて頼りない声だった。

僕は振りかえった。海から急に風が吹きよせ、路地は一気に肌寒くなった。水の入った桶を片手に、ツァ・マウレリアの娘が家の外に出てきていた。彼女は水やりを始めた。玄関前の石段の一隅に、鉢植えが所狭しと並べられていた。バジリコ、カーネーション、パセリ、薔薇、ヘンルーダ、唐辛子……植物たちが鉢植えのなかで鬱蒼と生い茂り、ひとつの森を形づくっていた。

ツァ・マウレリアの娘の方に、僕はゆっくりと近づいた。彼女を驚かせたくなかった。僕は笑顔を作った。

「こんばんは、ロザルバ。元気ですか？」

彼女は水やりをつづけた。返事はなかった。驚きの表情が浮かんだ丸顔は、鉢植えの方を向いたまま動かなかった。僕が立ち去りかけたとき、彼女はカーネーションを一輪手折り、開いた片手で目を隠しつつ、僕に花を渡してくれた。

13　カーネーションと濡れそぼつ髪

カーネーションは水の入ったコップに挿して、台所に置いておいた。翌日、もう十二時半だと大声で叫びながら、母さんが僕を起こしにやってきた「ねぼすけさん、パスタのオーブン焼きができましたよ」母さんの片手にはカーネーションが握られていた。母さんが窓を開けると、熱気を孕んだ凶暴な光が波となって降りそそぎ、僕のベッドを夏で満たした。

「かわいいあなた、カーネーションをありがとう。ほんとうに優しい子ね。これはただの花じゃない。誕生日や結婚記念日に贈ってもいいし、花輪や髪飾りにだってなるんだもの。そう、女は甘い心遣いに弱いのよ。なのにあなたのお父さんときたら、そんなこと思いつきさえしないんですから」母さんの甲高い声のせいで耳が裂けそうだった。明らかに、息子をからかっている目つきだった。カーネーションが自分に宛てられたものでないことくらい、すっかりお見通しだとでも言いたげだった。

「こんなに立派なカーネーションは、ツァ・マウレリアの家にしかないわ。あなた、植木鉢から盗んできたの？」母さんが僕に尋ねた。僕がなにも言わずに黙っていると、話が深刻にならないように、母さんは慌ててつけ加えた「花を盗んでも犯罪にはならないわよ」

「違うって。ツァの娘から貰ったんだ」僕は言った。

「娘？　まぁ！　ロザルバのこと？　あの、変わり者のロザルバから貰ったの？　どういう風の吹きまわしかしら……気の毒に、あの人は運命から、なんの役にも立たない山羊の角を授かったのよ［ヨーロッパには、浮気をされると額に角が生えるという伝承がある］。だけど悪い人じゃない。周りに迷惑をかけることはぜったいにないわ」母さんは言った。パスタのオーブン焼きを食べているあいだ、僕は母さんからロザルバの話を聞いた。父さんは畑仕事に出ていたから、食卓には僕ら二人しかいなかった。若いころのロザルバは、あなたが貰ったカーネーションみたいに健やかだった。ロッサニーザのようにきれいで、村の男はみんな彼女に夢中だった。ロザルバを嫁に欲しいと、ほかの村から声がかかることもあったくらい。けれどやがて、あの人には災難が降りかかった。彼女にとって、最初で最後の恋人だったアントニオ・ダミスが、よその国の踊り子を追って姿を消した。それから一ヶ月もたたないうちに、今度は北イタリアにいるお父さんが、仕事中に事故に遭って亡くなった。泣き面に蜂とはこのことね。それ以来、ロザルバは家のなかに籠もりきりになった。日がたつにつれ色白になり、けっして太陽の光を浴びず、水から引き抜いたカーネーションのようにふやけてしまった。ねぇ、ビル、水とは愛なの。家族や子供が、人間にとっての水なのよ。水がなければあなたは枯れるわ。そして次第に狂っていく。頭じゃない、心が狂うの。頭がまともで、心が狂うと、どうしようもなく苦しいわよ。すべてを理解できる分、痛みは二倍にも三倍にもなる。それなのに、現実を変えるための力が湧かないから。

僕は出がけに決心した。すべてをラウラに話してみよう。僕がこれまでに聞き知った、彼女の父親にまつわる物語のすべてを。しかし、僕とアントニオ・ダミスになんの関係があるというのか？　僕はただ、ラウラの気を惹きたいだけだった。ラウラをより深く知り、より親密な関係になりたかった。欲を言えば、親密よりも近しい関係になりたかった。

数分後、ラウラの姿を見かけた途端、濡れそぼつ彼女の髪に、薄く開かれた彼女の瞳に、出しなの決意は吸いこまれていった。磁石に引き寄せられる鉄の粉になった気分だった。ラウラは玄関前の石段に坐っていた。昼下がりの静けさに包まれながら、顔を太陽の方に向けていた。

僕はラウラに声をかけ、彼女の隣に腰かけた。肘と肘が触れるくらいに近かった。僕たちは二人とも白の半ズボンをはいていた。むきだしになった互いの足が、石段の傾斜に沿って、すぐそばをぶらぶらと揺れていた。浅黒いのが僕の足、ほんのり赤みを帯びているのがラウラの足だった。

あんなにたくさん話したいことがあったのに、当たり前すぎる一言しか口にできなかった「髪、洗ったんだ？」

「そう。村の人の話を聞きに、ゼフといっしょに歩きまわってたの。そのあと、ホラの資料をコピーするために役場にも行ったし。戻ったころには汗だくだったわ。ゼフはまだ部屋で寝てる。わたしは、冷たいシャワーを浴びてさっぱりしたところよ」ゆっくりと言ったあと、ラウラは瞳を閉ざし、唇を湿らせた。歯の輝きが少しだけ淡くなった。たぶん、僕がなにか言うのを待っていた。ラウラが近くて、静かで、気怠くて、僕はどうしたらいいのか分からなかった。ラウラが息を吸うたびに、胸の先が軽く触れた。僕は目を閉じた。ラウラが口を開くのを待つことにした。

つと影が伸び、魔法にかけられた静けさを破った。影はこっそり僕らの顔に覆いかぶさり、陽気な声を運んできた「さぁさ、冷たいカフェを持ってきたよ」僕とラウラは目を開いた。盆を持ったツァ・マウレリアが、僕らに笑いかけていた。グラスと二枚のビスケットを、僕らはそれぞれ受けとった。「お手製のアーモンドクッキーだよ。カフェだって特別だからね。泡を立ててレモンの雫を垂らしたんだ。バールで出てくる水っぽいカフェとはまるで違うよ」天まで届きそうな声だった。「ありがとう、ゾニァ・マウレリア。優しくしてもらってばかりですね」ラウラの返事を聞いたあと、僕もツァに礼を言った「ありがとう、ツァ・マウレ。暑いから、ちょうどなにか飲みたかったんだ」

ツァ・マウレリアは、僕らと太陽のあいだに立ったままじっとしていた。コーヒーがなくなるのを待つあいだ、孫を見る祖母のような顔つきで、うっとり僕らを見つめていた。それから、空になったグラスを集め、また話しはじめた「ほんとにお似合いの二人だね。黒髪の坊やと金髪のお嬢さん、二人とも学があって、瞳は黒と空色だ。おまけに若くて、なにをするにもぴったりの年頃だよ」ツァ・マウレリアはうしろを振りむき、まだ喋り終わらないうちから去っていった。くぐもった足音と忍び笑いが、路地にあだっぽく響いていた。

もちろん僕は、ツァ・マウレリアの評価に賛成だった。けれど感想を言うことは避け、ただ一言こう叫んだ「まったく、たいした人だよ！」

「そうね」ラウラが言った「優しすぎて困るくらい。毎日料理を持ってきてくれるの。パスタのオーブン焼きとか、オリーブオイルを塗ったピザみたいなパンとか。〈ブカヴァイア〉っていうらしいけど、あなたも知ってるでしょ？　ほかにも、新鮮なリコッタチーズやプローヴォラチーズ、それに果物をどっさりと届けてくれて。おまけに、わたしが外出するときは喜んでゼフを預かってくれるのよ。こんな風に歓迎してもらえるなんて、思ってなかったわ」

「どうして？」僕が尋ねた。

「だってわたし、父とロザルバのあいだのいざこざを知っているから。ゾニァ・マウレリアは少なくとも、わたしを避けるだろうなって思ってた。だからほんとうに驚いてるの」

むしろ驚いたのは僕の方だった。ラウラがあの物語を知っているなんて、考えてもみなかった。僕はそのとおりのことを彼女に言った。

「ぜんぶ知ってるわよ、当然でしょ？　父がすべて話してくれたの。父を殺そうとしている人たちのことも聞いたわ。わたしが知らないのは、父も知らないことだけよ。たとえば、誰が、なぜ、父を殺そうとしていたのか。わたしの手で突きとめてやれたら嬉しいんだけどね」

放っておくよう僕は勧めた。とはいえ、僕の言葉にはいまひとつ説得力がなかった「水に流した方がいい。忘れなよ。もう二〇年以上も前のことだろ？」

「たしかにね。だけど、前に父が言ってたわ。ホラでは、その手の出来事が忘れられることはぜったいにないって」

言葉を返すだけの時間が僕にはなかった。たぶん、なにを言い足せばよいかも分かっていなかった。あのとき、ラウラが話し終えた途端に、ゼフが僕の肩に飛びかかってきた。

「あら、ようやく起きたのね」ラウラが言った。けれど少年はラウラの方を見ようともせず、僕の背中にがっちりとしがみついていた。ゼフはなにか喋っていた。喉の奥で響く言葉は、口から出るころには粉々に砕け、意味のとおらない音の連なりと化していた。ひとしきり喋ってから、ゼフは僕の正面に身を落ちつけた。目覚めたばかりの大きな瞳が、じっと僕を見つめていた。からりとした、深みのある青色の瞳だった。まるで、ずっと前から僕のことを知っていて、僕の眼差しから答えを探りだそうとしているような目つきだった。ところが僕は、ゼフの期待している答えを返せなかった。

「ルアミ・トレン？　トゥ・トゥ？」ゼフは僕にそう問いかけ、僕のポケットのなかをまさぐった。青のモザイク片を探しているのだとすぐに分かった。けれどあいにく、モザイク片は見つからなかった。僕はそれを、ベッドのわきの小机に置いたままだった。

ゼフは家のなかに駆けていった。両手いっぱいのモザイク片を持ってくると、それを玄関前の石段にぶちまけた。それから地面に横になり、自分の列車を作りはじめた。ゼフの視線が、僕を呼んでいた。

「さてと」ラウラが口を開いた「着替えてくるから、ちょっと二人で遊んでて。それから出かけましょう。今日はこのあと約束があるの。何日か前、広場で学校の先生と知り合ってね。その人のお宅に招かれてるのよ。父の話を聞かせてくれるらしいわ。かなりご高齢で、名前はアッティリオ・ヴェルサーチェ。ミケーレもいっしょに来ない？　もし暇だったらの話だけど」

「ラウラとゼフのためだったら、僕はいつでも暇にしてるよ」僕は答えた。玄関の敷居をまたごうとするラウラを、下から目で追っていた。誘ってもらえたことが嬉しくて、口許がほころんでいた。

少し前から、石段には影が差していた。隊列を組む蟻たちが、壁を這う金魚草の方へすばやく行進していた。玄関前から伸びる階段には、川床の石が敷き詰められていた。暑さのせいで、石は生ぬるくなっていた。石と石のあいだのセメントの窪みに、ゼフは機関車や貨物車両を並べた。それは真剣な遊びだった。僕は何度か、駅に到着した合図をするよう求められた。「間もなくホラ、ホラ。レッジョ・カラブリア行きの特急は、二番線から発車します」僕が告げると、「トゥ、トゥー」という音を鳴らして、列車はふたたび見知らぬ駅へと出発した。線路を横切る不注意な蟻たちを、器用によけて進んでいった。

「準備できたわ」家の中から出てきたラウラは、花柄の軽やかなスカートと、袖のない空色のブラウスを身につけていた。髪はひとつに束ねられていた。長いポニーテールが光を放ち、露わになった肩を軽やかに撫でていた。みずみずしくて、良い匂いがした。僕はぼんやり見惚れていた。ラウラはすぐさまそれに気がつき、サングラスをかけてしまった。僕の視線はサングラスに濾過されて無害になった。ラウラは餌でも垂らすみたいに、甘い微笑みを僕に返した。

「さぁ、行きましょうか」落ちつきはらってラウラが言った。僕とゼフは列車を蟻の傍らに放りだし、ラウラといっしょに約束の場所へ向かった。

14　アッティリオ・ヴェルサーチェ先生の証言

アッティリオ・ヴェルサーチェは自宅のベランダで僕らを迎えた。微笑んでいたけれど、そこには戸惑いの色も浮かんでいた。おそらく彼にとって、ラウラが同伴者を連れてきたのは予期に反することだった。僕は彼をよく知っていた。アッティリオ・ヴェルサーチェは僕が通っていた中学校のイタリア語の先生で、僕も二年間だけ彼に教わったことがあった。先生は口数が少なく、繊細で内気な人物として知られていた。定年退職してからは、詩作にたいへんな力を注いでいた。何冊もの詩集を自費出版し、友人やかつての教え子に配っていた。先生はもともと、レッジョ・カラブリアのラティラの町の出身だった。ホラに暮らす自分の姿を、先生はこんな風に詩に書いていた「わたしは今でも、愛という名の／太くしなやかな蜘蛛の糸に、捕らえられた蝿のよう／ティンパレッロの向こうに広がる青い空／美しい海へと注ぐオリーブの木／どうしても逃れられない、太くしなやかな蜘蛛の糸から」先生は若いころ、二期にわたってホラの村長を務めたことがあった。アントニオ・ダミスと親交を築いたのはその頃だと、ラウラの手を握りながら言っていた。それから先生は、僕が大学を卒業したことに触れ、祝いの言葉を掛けてくれた。僕はこの機会を逃さなかった「先生、三日後にパーティーを開くんです。ぜひ、奥さんといっしょにいらしてください」

先生は正直だった「きみも知っているだろう、わたしはどこにも行かないんだよ。その代わり、なにかお祝いの品を贈るとしよう」先生と会うのはほんとうに久しぶりだった。髪の毛は真っ白になっていて、透きとおった顔の皮膚がぴんと張っていた。まるで薄いガラスのようで、今にも割れてしまいそうだった。僕はゼフの手を引いて庭に出た。僕が二人に送ったメッセージは明白だった。僕がここにいるのは子供の面倒を見るためです。どうぞ先生、ラウラとゆっくりお話になってください。ラウラは先生の正面に坐っていた。陽光が束となって髪に巻きついていた。日陰に沈んだその顔に、真剣な面持ちが浮かんでいた。

ベルサーチェ先生にとってアントニオ・ダミスは、ホラで得た数少ない友人のひとりだった。二人は六年間、同じ職場で働いていた。それはすなわち、先生が村長の役職に就いていた一期目の四年間と、二期目の前半の二年間を合わせた期間だった。二人は知り合ってすぐに意気投合した。というのも、このあたりの土地に生きる人間としては珍しい性分を、二人が共有していたからだった。仕事にたいする誠実さ。自らの損得のためではなく、共同体の利益のために日々の務めに取りくむ姿勢。他人にたいする根拠も脈絡もない陰口への嫌悪。先生は説明した。きみには想像できないだろうね。どれほど多くの村人が、彼への苦情のためにわたしのもとを訪れたか。そのなかには、アントニオの友人や親戚までいたんだよ。連中は口々に言ったものさ。頼むからあいつをくびにしてくれ。辞めさせるのが無理なら、せめて県庁か、近隣のほかの自治体に転属させろ。ホラからアントニオを追い払えと、じつにやかましかったな。理由は単純だよ。彼は誰から頼まれようとも、不正な手続きをしなかったんだ。アントニオは役場を支える柱のような存在だった。わたしたちの村に専任の書記はいなくてね。本省から派遣されてくる書記は三つの役場を担当していて、わたしたちの村で過ごす時間はいつもほんのわずかだった。そういうわけで、アントニオはやむをえず書記の代役を務めていた。アントニオの手腕は見事だったよ。役場の仕事に関連する法律を、書記よりも正確に記憶していたんだ。省庁や近隣の自治体から送られてくる山のような量の書類に、彼はすべて目を通していた。わたしはただ、彼が選り分けてくれたもっとも重要な書類だけを、自分の机で読んでいればよかった。おまけに、文書の大切な箇所には黄色いマーカーで線が引かれていたしね。

村を若返らせるための金をどうやって捻出するか、わたしに助言を与えてくれたのも彼だった。「若返らせる」というのはもちろん、施設や町並みのことだ。神の力を借りたとしても、村の魂を若返らせることはできないのだから。つまり、新しい排水施設を整備したり、旧市街を修復したり、通りを敷石で舗装したりといった作業をわたしたちは考えていた。新しい運動場や、高齢者向けの施設を建てる計画もあった。ご覧のとおり、ここは年を経るごとに年寄りの村になりつつあるんだ。きみたち若者は燕のように、ジェルマネーゼのように、美しい季節だけこの村にやってくる。そしてまた、当然のことながら、大きな世界へと飛び立っていくわけだ。要するに、わたしたちは大がかりな事業を企画していた。ホラでは前例のない、大規模な予算を要する野心的なプロジェクトだ。入札を告知するなり、企業から続々と申込みの封筒が送られてきた。そのなかに二組だけ、わざわざ書類を役場まで持参してきた企業があった。この二組は、それぞれ別の日にやってきた。しかし、見た目や振る舞いはじつによく似ていたんだ。彼らはよその土地の洗練された紳士たちで、アントニオ・ダミスと話をしたいと言ってきた。二組とも、まったく同じ言葉を使っていたよ「わが社はどこよりも誠実です。労働力としては、地元の人間を雇用するつもりです。われわれにはこの事業が必要なのです。ほかの土地、とりわけポレントーネ［イタリア南部の人間が、北部の人間を悪く言うときに使う表現。「ポレンタ」は北イタリアでよく食べられる料理］どもの企業に、暴利を貪らせてはいけません。やつらはすでに、自分たちの土地に仕事を持っているのですから」アントニオは黙って話を聞いていた。怒りを表に出さないよう努めていた。「もうお分かりですね。どうかささやかな好意をお示しください。あなたたちならそれができる。われわれが落札できるよう、取り計らっていただきたいのです。あなたたちのように優秀な方々にとっては、難しい話ではないはずだ。なにか口実が必要なら、一分もあればひねり出せるでしょう。それで万事解決です。なにもかも、神の思し召しのとおりですよ。すべてを合法的に進めること。これこそが肝要です」合法という言葉を口にするとき、男たちは右手で素早く、宙を水平に切る動作をした。アントニオは目を伏せていた。「もちろん、相応の礼はします。われわれは誠実な人間ですから。わが社について、どうぞお調べになってください。謝礼の割合は普段どおりです。半分は今すぐに、もう半分は仕事が終わってから、すべて現金でお支払いします」アントニオは口を開かなかった。この二組は脅し方までそっくりだった。いくぶん曖昧な言い方だったが、口調は傲慢そのものだった「こちらの要望を容れていただけないのであれば、別の道を探すしかありません。あなたがたを納得させる、別の方法をね。しかし、われわれとしてはそれは避けたいのです。わが社について、どうか周りにお尋ねになってください。われわれは誰なのか、子供でも知っているはずです」

アントニオは視線を上げた。

「いかがですか？」

「ご心配なく。すぐに村長に話してみます。いちばん望ましいやり方で、今回の件を片づけましょう。それではまた後日」アントニオの返事には苛立ちがこもっていた。かすかに声が震えていた。

翌日、わたしのもとにやってきたアントニオは、前日と変わらない声で一連の経緯を説明し、どうするつもりかとわたしに尋ねた。すぐに男たちを告発すべきか、あるいは、連中の要求と脅迫を無視して公正に入札を進めるべきか。わたしたちに与えられた選択肢はこの二つだけだった。後者を選ぶようわたしは提案した。告発するには、証拠も証言も足りなかったんだ。脅迫してきた二つの業者を、わたしはどちらも知っていた。実を言うと、このあたりのやくざ者とつながりを持っているのは、一方の業者だけだった。「やくざ者」とは誰のことか、まぁ、きみにも察しはつくだろう。だからどのみち、この業者が落札していた可能性は高かったんだ。連中の脅迫は駆け引きの一環だよ。けれどわたしたちは、先方の思惑に乗るわけにはいかなかった。わたしはアントニオの抱く不安を払い除けたかった。〈アント、大丈夫さ、どうせ何も起こりはしない〉こんな風に言いたかったが、さすがに無責任だと思って黙っていたんだ。しかし、連中の企みは無に帰すだろうと、わたしはすでに確信していた。

落札したのは、テーラモの企業だった［テーラモは、イタリア中部アブルッツォ州の自治体］。

それからの二ヵ月間、脅迫のメモの入った空の薬莢が、アントニオのもとにつづけざまに届けられた。けれどアントニオは、誰にもそのことを言わずにいた。きっと、趣味の悪い冗談だと思っていたんだろう。あるいは、そうであってほしいと望んでいたのかもしれないな。

トラックの事故のあと、アントニオはわたしに会いにきた。そのとき、事故の直前に届いたメモを見せてもらった。「死」の姿をこの目で見たと、アントニオは言っていたよ。正確には、土地の言葉でこう言ったんだ「カム・パラ・ヒエン・エ・エラス・テ・スィタ」彼がなにを言っているのか、わたしにはすぐに分かった。ホラで数年を過ごすうち、わたしも少しはアルバレシュ語が理解できるようになっていたんだ。アントニオは単刀直入に訊いてきた「やつらでしょうか？」

「いいや、それはないだろう」わたしは答えた「たしかに、メモは連中の仕業かもしれない。考えを改めるよう、きみに警告しているわけだ。けれどトラックの事故は、ブレーキの不具合で起きたものだよ。あのトラックは古すぎる。終戦直後に手に入れたものだそうじゃないか。そんな車で道を走る方が問題だね。きみが不安に思うのはよく分かる。しかし、いいかい、もしあの連中ならそんな手は使わない。やつらがしくじることは滅多にないんだ」わたしは敢えて、その先の言葉は口にしなかった。すでにじゅうぶん恐怖を覚えていたアントニオに、追いうちをかけたくなかったから。もっとも、あのときわたしが口にしたのは、ホラに暮らす者なら百も承知の話だった。このあたりでは、地元の新聞を読めば誰だって、頭を両手で掻きむしりたくなるものさ。そして、どこか別の土地で生きられたらと慨嘆するんだ。そこでわたしは話題を変えた「アルバニアに行くそうだね。どうか楽しんでくるといい。時おり旅に出てみるのは、誰にとっても良いことだよ」アントニオは戻ってくるなり、誰にも何も言わないまま行方をくらましてしまった。もちろんわたしは、そんなこと想像もしていなかった。

ヴェルサーチェ先生は教師らしく、張りのある、ややつっけんどんな声で話していた。僕は庭から、すべてを漏らさず聞いていた。先生は語り終えたあと、僕たちに飲み物を出していなかったことに気がつき、たいへんな慌てようで奥さんを呼びつけた。何事かと動転し、奥さんは急いで二階から駆け降りてきた。現われたのは、きれいな丸顔の婦人だった。明るい顔を、栗色の巻き毛が密林のように取りまいていた。僕らの姿を目にするなり、奥さんは胸をなでおろした。「あぁ、驚いた！　まぁ、まぁ、素敵な若者がいらしてくださったこと！　あなた、どうしてすぐに呼んでくれなかったんですか？」目にかかる巻き毛を払いつつ、奥さんは夫をとがめ、そのあと僕らの方に向きなおった。「さて、なにをお出しすればいいでしょうね。冷たい飲み物がいいかしら？　それとも、わが家の特製ゼリーを試してみますか？　この村の山羊のミルクでこしらえたゼリーですよ」

僕とラウラは声を揃えて、ミルクのゼリーを所望した。それはほんとうにおいしかった。あんまりおいしくて、僕とゼフはおかわりまで頼んでしまった。帰り際、先生はいちばん最近に編んだ詩集をラウラに手渡した。それから僕たちは広場に向かった。ラウラが贈られたのは『海の見えるテラス』という題名の詩集だった。僕が思うに、これは先生の詩集のなかで、もっとも見事な、もっともみずみずしい一冊だった。僕はちらりと、扉のページに記された献辞を盗み見た。〈自らの夢を悔いることなく追いかける術を知っていた、誠実にして勇敢なるわが友、アントニオ・ダミスの美しきご息女へ。アッティリオ・ヴェルサーチェより、愛と敬意をこめて〉

15　ひとつめのホラをめざして

出来事がいつ起きたかは重要じゃない。俺たちの内側に痕跡を残したなら、その「時」は偉大だったということだ。たとえば、目的地も分からない逃走、どこであろうと俺たちを追いかけてくる風の影、恋に落ちた眼差し、リクイリツィアの味わい。そして、意地の悪い水平線のように、軽く触れたかと思うと一歩だけ後ずさる幸福。そう。こうした痕跡を、俺たちは探さなきゃならない。追いかけなきゃならない。灰の山の下に埋もれる、輪の形をした真っ赤な炭火だ。よく聞けよ、お前たち。誰にも行き先は分からない。お前たちはいつか旅立つ。分かっているのはそれだけだ。最後にたどりつく場所も知らないままに、望むときに戻れるだろうと確信したまま旅立った、あのヤニ・ティスタのようにな。たしかに、海を渡ったヤニ・ティスタは、彼自身の記憶もろとも永遠に姿を消した。それでも、彼はアントニオ・ダミスの内側に痕跡を残したんだ。叩いてもびくともしない強情さと、いつか帰るという夢を。

連綿とつづく家系のなかでも、アントニオ・ダミスほどヤニ・ティスタに惹きつけられた人間はほかにいなかった。ヤニ・ティスタの物語を知るためなら、アントニオ・ダミスはなんだってするつもりだった。そしてついに、ヤニ・ティスタの最期を知る男が、アントニオ・ダミスにそれを語った。アントニオはその男をきつく抱きしめ、生涯にわたり感謝を捧げることを約束した。

「その男の名前はイォスィフ・ダミサ。俺の父親だよ」ゴヤーリはそう言って、黄金の犬歯を舌で舐めた。

夜更け、岩陰に隠れた岸に、ヤニ・ティスタとリヴェタが降りたった。またたく星の柔らかな光の下、暗がりに沈む岸辺に二人は口づけをした。遠征隊の総大将であるジェルジ・カストリオティ・イ・リが、二人につづいて海辺に唇を寄せ、残りの兵士たちもそれに倣った。男たちの口のなかに、湿り気を帯びた塩の味が広がっていった。まるで苦い前兆を感じたように、男たちの心がわななき、全身を悪寒が走った。

「命がけの遠征であることは承知の上だ。しかし、それだけの価値はある」ジェルジ・カストリオティ・イ・リが言った「ヴェネツィアが最後まで力を貸してくれるなら、われわれの土地を取りもどすこともできるだろう」

リヴェタはまわりの兵といっしょに頷いてみせた。けれど心中では、この遠征は失敗に終わるものと観念していた。自分たちに必要なのはスカンデルベグであって、熱意に燃えた孫ではなかった。洗礼名よりほか、この孫がスカンデルベグから引き継いだ資質はなかった。総大将が本物のスカンデルベグであったなら、勝利は間違いないだろう。その点にかんして、リヴェタには一点の疑いもなかった。けれどスカンデルベグの肉体は、骨一本でさえこの世に残されていなかった。スカンデルベグはレジャにあるシャン・ニコラ教会に埋葬された。彼の死から一〇年後、その墓はトルコ人の手で荒らされた。連中はスカンデルベグの亡骸の一部を使って護符を作った。そうすることで、スカンデルベグの力や勇気、さらには冷徹な知性をわが物にできると信じていたのだ。愚かなやつらだとリヴェタは思った。人は護符ではなく、事績によって英雄になるものなのに。

翌日、ジェルジ・カストリオティ・イ・リと配下の兵は、アルバニアで蜂起したカペダンたちと合流した。彼らはすでに数ヶ月ものあいだ、トルコの軍勢と戦っていた。劣勢という表現ではまだ手ぬるい、血みどろのゲリラ戦だった。ヤニ・ティスタはつねに最前線に立ち、奇襲を仕掛けるときもけっして後に引かなかった。それまでの人生をとおして、つねに兵士として戦ってきたかのごとくに、夜となく昼となく死に挑みつづけた。あたりの土地をつぶさに知りつくしているリヴェタは、自身の経験を味方の軍勢のために活用した。ジェルジ・カストリオティ・イ・リやほかのカペダンたちは、たびたびリヴェタに助言を求めた。やがてドゥラスの港がトルコ人の手に落ちると、それまでアルバニアの軍勢を支えていたヴェネツィアも、講和を結ばざるをえなくなった。一五〇二年、多大な流血の末に反乱は鎮圧され、ジェルジ・カストリオティ・イ・リは敗軍の将としてプーリアへ帰還した。

その後のリヴェタは？　ヤニ・ティスタ・ダミスは？

二人はもちろん、ひとつめのホラをめざすことに決めた。

リヴェタは二十歳ほども若返ったように見えた。きびきびと力強い足取りで前に進み、何十年も人の手が入っていない山道をよじ登っていった。道の跡はほとんど消えかかっていた。けれどリヴェタは、たとえ目を閉じようとも、自分の前に伸びる道を見通すことができた。ヤニ・ティスタは深い感動を覚えつつ、素直にリヴェタのあとについていった。林の切れ目に近づくたび、ひとつめのホラが姿を現わすような気がしてならなかった。

その場所にたどりつくまで、二人はおよそ二十日間も歩きつづけた。到着するほんの数時間前、二人は危うくオスマン帝国の偵察部隊に捕らえられそうになった。幸い、地面を激しく打ちつける蹄の音に気づいた二人は、いばらの茂みの裏手に広がる崖に身を伏せて、トルコ人の兵士たちをやり過ごすことができた。しばらくその場にとどまってから、二人はまた丘を登りはじめた。目の前に湖が見えた。睡蓮の花が咲きこぼれるなか、何羽もの鴨が幾度となく、空色の水面に頭から飛びこんでいた。「春だ」そう口にするリヴェタの瞳が、陽の光を受けて輝いていた「今、はっきりと思い出した。ホラはあの上、樫の林のあいだにある」

用心深く、息を吐く音にさえ気を配りながら二人は進んだ。いくらかは興奮のためであり、またいくらかは、二人にも分からない理由のためだった。ともかく、リヴェタはかねてよりヤニ・ティスタに、危険はどこにでも潜んでいると警告していた。ついにたどりついたとき、二人はなにを、いったいなにを見たのだろう？　焼け落ちた壁、茨の巻きついた柱や天井の残骸、野生の無花果《いちじく》や乳香樹の茂み。それが二人の見たものだった。ぼろぼろになった教会の鐘楼が天に向かってそそり立ち、繁茂した木蔦がつづれ織りの布のように鐘楼を包みこんでいた。教会正面の庭に敷き詰められた石のあいだには、刺草《いらくさ》が迷宮のように生い茂っていた。そこはかつて、ズィアリ・イ・ナタラヴェトを、クリスマスの炎を燃やしていた場所だった。

リヴェタは泣かなかった。胸から心臓をもぎとられようとも、けっして泣くことのない男だった。けれど体の内側では、絶望の叫びが響きわたっていた。リヴェタはヤニ・ティスタを、ほんとうの息子のように抱きしめた。「信じてくれ。こんな終わりは、想像していなかったんだ」

ヤニ・ティスタは返事をしなかった。おそらく、彼はいまだに状況を飲みこめていなかった。目の前に現実を突きつけられても、自らの夢がここで息絶えたとは思えずにいた。けれど、二人が身を離したまさにそのとき、鈴の音と山羊の鳴き声が聞こえた。火竹桃《きょうちくとう》のあいだを縫って、一匹の雌山羊と白い髭を生やした老人が歩いてきた。リヴェタとヤニ・ティスタが息せき切って駆けよると、老人は肝をつぶして立ちどまった。二人の男が自分と同じ言葉を話しているのを耳にして、老人はじきに落ち着きを取り戻した。二人はホラについて老人に尋ねた。残った村人がホラを再建したのではないか。どこかに生き残りがいるのではないか。

「生きてるやつらは、みんなあそこに行ったよ」老人はそう言って、湖の向こう側を指さした「あの丘の裏手にある山あいの岬に、ホラを建てなおしたんだ。数えるほどしか家のない、ちっぽけな村だよ。鷲の巣と同じさ。ほかの土地から切り離されているぶん、あそこは安全なんだ……もっとも、安全な生のなかにあるのは死だけだがね。ほとんどの村人は、火事の前に船で逃げた。俺はひとりでここに残った」

「それで、あんたの家族は？」

「火事の夜に、みんな死んだ」

リヴェタはその老人に見覚えがあった。「あんた、タヌシュ・ゼネビシだな、そうだろ？」彼は老人を抱擁した。自分はかつてスカンデルベグとともに戦ったリヴェタであり、隣の青年はヅィミトリ・ダミスの息子であると説明した。

けれど老人はなんの反応も示さなかった。二人に少しも興味がないようだった。あるいはおそらく、記憶に空白が生まれていて、二人が誰なのか分からないのかもしれなかった。老人が山羊の名前を呼んだ「スタティラ、エィア・カトゥ」まるで人間に話しかけているようだった。それから老人は、廃墟を横切る石畳の道沿いを、山羊といっしょに歩いていった。

リヴェタとヤニ・ティスタは丘の頂に登り、新しいホラをめざして反対側の斜面をくだった。二人が最初に出会ったのは子供たちだった。円形の小さな広場で、かくれんぼをして遊んでいるようだった。子供たちは大きな声で「イカ、イカ！」と叫んでいた。村の家々から女や老人が出てきた。その次に鍛冶屋と靴屋が姿を見せた。しばらくして、畑から何人かの農夫が戻ってきた。突然の来客に誰もが歓喜し、自分の家で食事するよう二人を誘った。かつてのホラから逃げだして、今は遠くのホラにいる親戚や友人の消息を、村人たちは知りたがっていた。

二人はその日、ずっと村人と語り合っていた。祭りのような一日で、たくさんの物語が取り交わされた。人々の心のなかに、とこしえに、帰郷の痕跡を残す時間だった。ジアク・イネ・シュプリシュルは、ちりぢりになったわれわれの血は、いまだに暖かく脈打っていた。たがいの血の再会を祝して、皆が盃を高く掲げた。もっとも美しい瞬間だった。ところがそのとき、歯の一本一本まで武装しているトルコ人の偵察隊が、馬に乗ってやってきた。リヴェタとヤニ・ティスタは為すすべもなく捕らえられた。まるで、ずっと二人を追っていたかのようだった。まるで、誰か卑劣な裏切り者から、二人の居所を知らされたかのようだった。兵士たちはリヴェタとヤニ・ティスタを広場まで連れていき、怯える村人たちをトルコ語で脅しつけた。スルタンに逆らう者は誰であろうと、二人と同じ運命をたどるだろう。兵士が何を言っているのか、誰も分かっていなかった。けれど誰もが、これから何が起こるのか理解していた。村人は手のひらを広げ、子供たちの目を塞いだ。

老リヴェタは、新月刀の一振りで頭を叩き落とされた。不信と憤怒のこもった呻きが、あたりの空気をかぼそく揺らした。前方に落下したリヴェタの頭は、数メートル先まで転がっていき、楡の巨木の根元でとまった。

一方のヤニ・ティスタは、クロコンディラ・クラダスと同じ最期を迎えた。もっとも忌わしき敵にしか用いられない、恐るべき罰だった。イ・ギアッラ・イ・ギアッラ、すなわち生きたまま、ヤニ・ティスタは皮を剥がれた。大きく開かれた瞳が、家族を、生を、郷愁の念とともに見つめていた。痛みと怒りに満ちた叫びが、峡谷を苦しみで埋め尽くした。風の影さえ、ヤニ・ティスタに憐れみを抱いた。殺し屋どもに満足を与える前に、風の影はヤニ・ティスタの瞳を閉ざした。彼の口から激情の炎が消え、子羊のように哀しげな泣き声が漏れだすところを、トルコの兵士に聞かせたくなかったから。

これが後の世に語り継がれた。このままの形で、何世代にもわたって。カト・フィアラ・ギアンバが、これら棘のある言葉たちが。今日でも、この土地の人間は子供たちにこんなことを言う。

「あぁ、うるさい。まったくお前は、生きたまま皮を剥がれたヤニ・ティスタみたいだよ」

すると子供たちはこう尋ねる「ねぇ、ヤニ・ティスタって誰?」

「〈偉大なる時〉の時代にこの村にやってきた、わたしたちのご先祖さまだよ。この人はけっきょく、自分の家には帰れなかったんだ」

16　ヤニ・ティスタを待ちながら

家では皆が、父の帰りを待ちわびていた。ヤニ・ティスタ・ダミスはきっと、じきに戻ってくるはずだった。そのあいだ、家族はいろいろな想像をめぐらした。父は灰色の馬にまたがり、勇ましく戦っているのだろうか。それとも、哀れにも運命から見放され、傷を負ったり、コンスタンティノープルで捕らわれの身になったりしているのだろうか。けれど最後は、前向きな考えが不吉な想像を振り払った。ヴェネツィアのガレー船に乗って故郷の岸辺をめざしている父の姿が、家族の目にありありと浮かびあがった。父はもちろん、船の上でひとりきりだった。なぜならリヴェタは初めから、海の向こうの村にずっと残るつもりで出発したのだから。それは子供でも知っていることだった。「でも、ヤニ・ティスタはもうすぐ帰ってくるね」子供たちは同じ言葉を、毎日のように代わりばんこに繰り返した。「九年と九日が過ぎてから戻ってきた、コスタンティニ・イ・ヴォガルのお話のようにね」老いたアネサはこう答えた。あらゆる伝承を知っているアネサは、美しく、古めかしく、希望に満ちたその声で、子や孫にさまざまな物語を唄い聞かせていた。一家の者は誰ひとり、ヤニ・ティスタが死んだとは考えていなかった。食卓には、いつもかならず父の席が用意されていた。ヤニ・ティスタが戸を叩き、腰を下ろして家族といっしょに食事する日を、全員が心待ちにしていた。ところが彼は、夢のなかでしか戸を叩かず、家族は彼を家に入れようとしなかった。ヤニ・ティスタがいつの間にか家のなかに忍びこんでいても、家族にはそれが父であるとは分からなかった。分かりたくなかった。皮を剥がれて血まみれの、生きているというよりは死んでいる、夜ごと悪夢のなかで叫びを上げるその男が、自分たちの父であるはずがなかった。

「じきに夫は戻ってきます。わたしに約束してくれたんです」妻はよくそう言っていた。

「父さんは、今ごろ帰りの船の上だよ。夢のなかで父さんと会ったんだ。もうすぐ帰ると、僕に言っていたよ」息子のコラントニも、家族や友人にこんなことを言っていた。ほんとうは、コラントニが出会った父は、皮を剥がれて叫びを上げていた。父が何を言っているのか、コラントニには分からなかった。痛ましく受け入れがたい光景をかき消すために、彼は夜のあいだも大きく目を開けていた。

そうこうするうち、はじまりのパパスであるヴィミトリ・ダミスがこの世を去り、数年後、妻のアネサがそのあとを追った。生きた息子に再会したいという二人の願いは、けっきょく叶わずじまいだった。実のところ、哀れなるヤニ・ティスタは、綿くずのようにそこかしこを漂っていた。自らの苦しみに幕を引くには、家族に弔ってもらわなければならなかった。ヤニ・ティスタは時おり、悲嘆に暮れた懸巣《カケス》や、尻尾のない蜥蜴や、血の赤に染まったカーネーションや、しわがれた声で吹き荒れる一陣の風となって、ホラに姿を現わした。誰も彼に気づかなかった。いったいどうして、気づくことができただろう？　そもそも、気づきたいとさえ思っていなかった。家族にとって、ヤニ・ティスタはまだ生きていた。やがて九年と九日の歳月が流れ、妻の髪の毛は白くなった。彼女はもはや、村に暮らす誰の目にも、待つ苦しみのために腰の曲がった気の毒な未亡人としか映らなかった。そしてさらに時は過ぎ、息子のコラントニがホラの新しいパパスになった。彼は今では、祖父の相貌と信仰をもって村を導く、聡明な男に成長していた。この時になってもなお、家族はヤニ・ティスタの生還を信じていた。

コラントニが妻を娶ったのは、まだ十九歳のころだった。村でいちばん美しい娘が相手だった。そして、腹に子を宿したと妻から告げられたまさにその日、父であるヤニ・ティスタが、音も立てずに近づいてきた。

ちょうど正午で、太陽がホラを真上から照らしていた。二人目のパパスであるコラントニ・ダミスは、ティンパレッロの岬から俺たちの海を眺めていた。妻が身ごもったという報せのために、コラントニの眼差しは幸福に満たされていた。父を乗せた船を見たいと、今までにないほど強く彼は願った。ところが父は、すでにそこに、コラントニの背後にいた。ヤニ・ティスタは息子の肩に触れ、こう言った「ビル、おめでとう。お前の妻は、賢く、逞しく、健やかな男の子を産むだろう」

激しく心を震わせながら、息子はうしろを振りかえった。あぁ、ついに！ コラントニは、ただそれだけしか考えられなかった。ついに、ついに父さんが帰ってきた。それから彼は返事をした「はい、父さん。僕は息子に、あなたと同じ名前をつけるつもりです」そう言うあいだも、コラントニは讃嘆の面持ちで父を見つめていた。目の前にいるのが若き日の父であることを、彼は少しも不思議に思わなかった。父の全身を光が包んでいた。まるで、陽の光がいっせいに、滝となって父の上に降りそそいでいるみたいだった。ヤニ・ティスタ・ダミスの顔は晴れやかだった。血まみれではなく、叫んでいるのでもなく、旅立ちの日の輝かしい微笑みを浮かべていた。むしろ父は、ふたたび旅立とうとしているようにも見えた。コラントニはほんの一瞬、子供に戻った。父のことを引きとめたくて、悲しくなった。けれど父が、コラントニの不安を払いのけた。ヤニ・ティスタは風の手で、コラントニの顔を優しく撫でた。

「心配するな」父は言った「わたしはずっとお前の隣で、お前とお前の息子を守りつづける。お前はわたしの父のように、偉大なパパスになるだろう」

コラントニはそう言われて、瞳に映る父がすでに死んでいることを悟った。彼は最後にもういちど、父を抱きしめようとした。かぐわしい風がコラントニの体を撫でた。春の風だった。父は息子の額にキスをした。旅立ちの日と同じ、触れたかどうかも分からないほどの、軽くてささやかな口づけだった。

「お前の母には、わたしが死んだことは言わないでおくんだ。苦しみが大きすぎるだろうから。けれどお前には、わたしの命日の七月十五日に、ミサを執り行ってもらいたい。そして毎朝、わたしの魂の冥福のために祈ってくれ。今はもう、わたしの心は安らいでいる。わたしの骨をひとつめのホラに埋葬することを、トルコの慈悲深い将軍が認めてくれたおかげだよ」ふと口をつぐんだあと、ヤニ・ティスタは無理に微笑みを浮かべてみせた「覚えておくんだ。わたしはお前の隣にいる。これから先も、ずっとな」

ヤニ・ティスタはこうして、風に吹かれて旅立った。彼自身が風だった。光の風は偉大なる時を吹きぬけ、今なお俺たちを照らしつづけている。

ゴヤーリは、じっと正面を見つめたまま語っていた。未来の空の一角に、ゴヤーリの読みあげる物語が浮かんでいるかのようだった。物語を支える声が、金属質のささめきとなって、モザイクにぶつかり反響していた。遠い星から降り落ちる音色が、わずかに工房を揺らしていた。ラウラと僕は、ゴヤーリの背後に置かれた椅子に並んで腰かけていた。ゼフは床にひざをつき、モザイクの欠片で遊んでいた。時おりゴヤーリの方へ顔を上げ、軽やかに宙を舞うゴヤーリの両手に見とれていた。モザイクに描かれたヤニ・ティスタ・ダミスと息子のコラントニの神秘的な姿を、ゴヤーリの指が追っていた。

物語を聴き終えて、ラウラは大きく息を吐いた。目の前にいる、背が高く痩せこけた語り手への、感嘆のため息だった。父が大切にしてきた物語の数々は、ゴヤーリの手でモザイクへと移し替えられ、果てなくつづく生命を獲得していた。僕はラウラの手を強く握った。ラウラは僕の手をほどかなかった。ビロードにくるまれたような温かさが僕の手を覆った。僕はラウラを抱きしめたかった。彼女の唇にキスしたかった。

ゴヤーリが僕らの方を振りかえった。「アントニオ・ダミスは俺の実家に泊まったんだ。俺の親父は、アントニオ・ダミスの来訪をえらく喜んだそうだ。二人はいっしょに、二つのホラをめぐる物語を語り合ったり、ひとつめのホラの跡地を歩きまわったり、さんざん飲んだり食べたりして一週間を過ごした。古い友人同士のように、いやむしろ、血を分けた兄弟のように過ごしたと、あとになって聞かされたよ。新しいホラの広場で、二人は知り合いになったらしい。今ではフシャティリ、つまり、新しい村と呼ばれている土地だ。俺はその村で生まれたんだ」

「アントニオ・ダミスはいつ、どうやって、ひとつめのホラにたどりついたんだろう？」好奇心に駆られて僕は尋ねた。

「まぁ、その話は本人から聞いてくれ。ホラに着いたら、いくらでも話してくれるさ。もうじきアントニオ・ダミスは帰ってくる。そうだろ、ラウラ?」

「正確な日付けはまだ分からないの。前に母さんと電話で話したときは、父さんの具合がもう少し良くなるまで待つと言ってた。飛行機で旅行するだけの体力がついたら、すぐにでも出発するつもりみたい。早くそうなればいいんだけど」

その報せを聞いて、ゼフが微笑んだ。ゼフは青のモザイク片を、巧みな手際で床から離陸させた。短い飛行を終えたあと、モザイク片は僕の手のなかに着陸した。それから、ゼフは僕たちの前にやってきた。「マ・ヴィエン・ウ」ゼフはアルバレシュ語でそう叫び、僕たち三人を仰天させた。空腹を訴えるゼフの声を聞いて、ラウラは時計に目をやった。「夕食の時間だわ」ラウラが言った「急いで準備しなきゃ」

誰に頼まれたわけでもないけれど、二人を送っていくのは自分の義務であるように感じ、僕はゼフの手を握った。ゴヤーリに挨拶し、僕らは工房を後にした。

ダミス家の玄関の前に着いたとき、思いがけず、ラウラから食事の誘いを受けた「有り合わせのものでよかったら、うちでいっしょに食べていかない?」

僕は即座にその申し出を受け入れた。パンと水だけの夕食でも、ちっとも構わなかった。

「ありがとう、よろこんで」僕は言った「じゃあ、ラウラが準備しているあいだ、家に行ってワインを取ってくる。父親が作った自家製のワインだよ。二分で戻ってくるからさ」

「オーケー」ラウラは笑みを浮かべて承諾した「ゼフといっしょに待ってるわ」

僕は全速力で駆けていった。背中に子供じみた熱狂が宿っていた。わずかな道のりを駆けていくあいだに、熱狂は不安へ、そして幸福へと変化していった。夕食への招きをどう受けとめればよいのか、あれこれ考えつづけていた。

キッチンの脇の小部屋に駆けこみ、ワインの二リットルボトルを手にして出てくる僕のことを、母さんが横目で眺めていた。息子は今夜、外で夕食を済ませる気だと、母さんはすぐさま勘づいた。

「今夜は手打ちパスタを用意したのに。あなたの好きな、とびきり辛い白いんげんのソースなのよ。今夜はパーティーの前日でしょう、忘れちゃったの？　このパスタぜんぶ、いったい誰に食べさせたらいいのよ？　あなたのお父さんは匂いを嗅ぐのも嫌がるんだから！」

「戻ってきたら食べるって」

「それで、いつ戻るの？」

「しばらくあと」僕は適当に答えた。

「あなたはいつもそう言うのよ。あとで食べるよ、ぜんぶ食べるよ。けっきょくわたしは、自分の料理を鶏にやることになるんだわ……」

僕はもう家の外に出ていた。母さんの恨みがましい声と、母さんの料理の食欲をそそる匂いは、みるみる僕の背から遠ざかっていった。

ラウラは食卓の準備をすませていた。たくさんのおかずが並んだ、ビュッフェのような食事だった。きのこと玉葱の油漬け、トマトのサラダ、ペコリーノチーズ、サラミの薄切り、さらにはツァ・マウレリアがお裾分けしてくれた絶品のピクルス、塩漬けオリーブ、サルデッラの小瓶まで用意されていた。僕はワインを注いだ。

「シャンデト、乾杯！」ラウラはそう言ってグラスを掲げた。ゼフは真剣な面持ちで、「ントゥルッツァ」と口にした。ツァ・マウレリアから教わった「乾杯」という意味のカラブリア方言だった。ゼフはオレンジジュースの入った自分のグラスを、僕たちのグラスに触れ合わせた。

食卓を囲む時間はゆったりと流れていった。僕とラウラはおかずや父さんのワインを味わいつつ、時どきゼフの口に食べ物を入れてやった。僕らと同じく、ゼフもまたその夜に満足しているようだった。菜園の暗がりに隠れている蟋蟀《こおろぎ》の鳴き声が、開け放しにされた窓から伝わってきた。虫の音に耳を傾けていると、ラウラがふと、僕や僕の家族について尋ねてきた。僕はまだ、ラウラに自分の話をしたことがなかった。そこで僕は、「ホラに暮らすとある青年」について語った。彼はトレンティーノの学校に申請を出し、教職に就きたいと考えていた。その計画を実現させるべく、青年はまじめに検討を重ねていた。おそらく、数週間の代理教師として、どこかの学校が彼を受け入れてくれる見込みだった。さらに僕は、この青年の気難しい父親や純真な母親のことをラウラに語った。この二人は、息子の大学卒業をもって、苦難に満ちたこれまでの人生が報われたものと幻想していた。息子のために、二人は言葉にできないほどの犠牲を払ってきた。大学の卒業証書は瞳に映る煙であり、ほとんどなんの役にも立たない紙切れであるということを、二人は理解していなかった。ほかにも僕は、この青年がホラから逃げだしたいと思っていることも告白した。だから青年は、誰にたいしても言い訳せずに村を発ったアントニオ・ダミスに、妬みに似た憧れを抱いていた。しまいに僕は、自分の口調のよそよそしさに気がついた。僕は自分について、まるでどうでもよさそうに語っていた。僕には別段、語るべきことがなかった。ただひとつ、僕にとってほんとうに大切なものがあるとしたら、それは目の前の彼女にまつわる、ラウラにまつわる物語だけだった。けれどあのとき、僕にはそれを打ち明ける勇気がなかった。代わりに僕は、明日の卒業パーティーにはかならず来てくれと、何度も念押しした。そのあとはもう、行儀よく別れの挨拶を告げるほか、打つ手は残されていなかった。「夕食をありがとう。それじゃ、おやすみ」ラウラ、おやすみ。また明日。

17　卒業パーティー

洗面台の鏡に映った新しい自分の姿に、僕は深い驚きを覚えていた。朝早くに目を覚まし、荒れ放題の長い髭を剃り終えたところだった。一瞬、鏡に映っているのが誰なのか分からなかった。ひどくさっぱりとした顔だった。ひとまわりも若返ったように思えた。

しばらくしてから、卒業パーティーの準備を手伝うために、友人たちが僕の家にやってきた。僕の顔をひとめ見るなり、みんなして僕をからかってきた「おいおい、高校の卒業祝いかと思ったよ。お前の顔、赤ん坊の尻みたくつるっつるだぞ」

午前中、僕らはずっと忙しく立ち働いていた。まずは、ガレージに設えた食事スペースやリビングから、場所ふさぎな家具を移動させた。機械に強いコジモがハイファイの装置を作動させ、サイケデリックな照明をあちこちに設置した。最近の歌や昔の歌から、コジモは名曲だけを厳選し、ディスコも顔負けのラインナップを用意してくれた。ジョルジョは「バール・ローマ」まで、ビール、コカ・コーラ、オレンジサイダー、ジンジャエール、フレッシュジュース、ミネラル・ウォーターを調達しに行った。僕の父さんから三輪自動車を借りたジョルジョは、山のような飲み物の箱をパラッコへ運んだ。エマヌエーレと僕は隣近所からありったけの椅子をかき集め、リビングや食事スペースの壁沿いに並べた。それから、モルタデッラチーズ、プロシュット、プローヴォラチーズ、サルデッラをパンに詰め、数えきれないほどのパニーニをこしらえた。すでに僕の両親は、四台の大ぶりな机の上に、軽食の準備を済ませつつあった。二人はこの日、夜明け前に目を覚まして、パーティーの準備に勤しんでいた。まだ歳の若い赤ワインと白ワインの大壜がずらりと立ちならぶなか、埃にまみれた数本の古いボトルが異彩を放っていた。

「ミケグッツォと同い年のワインたちだ。ここに二〇本ある。今日という素晴らしい日のために、こいつが生まれたときに準備しておいたんだ。次の三〇本は、もしキリストさまがお望みなら、ミケグッツォが結婚したときに開けるつもりだ」父さんが僕の友人たちに向かって、ワインの素性を打ち明けた。僕は赤面した。

「で、初孫が生まれたときは何本のワインを開けるんすか?」コジモが皮肉っぽく父さんに訊いた。

父さんの返答は真剣そのものだった「五〇本だ。とくに出来の良いボトルをとってある。孫は孫だからな。孫に流れているのはお前の血だ。息子に流れてるのとすっかり同じ、強いワインのように真っ赤な血だ。こうして生は、俺たちの時のなかを進んでいくんだ」

「カルルおじさん、あんた哲学者だよ」エマヌエーレが父さんに言った。エマヌエーレはちょくちょく父さんとカード遊びをする仲で、父さんのことを信頼していた。

「それならお前は、せいぜいケツ学者ってとこだな」父さんはそう言ってげらげらと笑った。僕らも笑い、台所にいる母さんまで笑っていた。そのあと、僕らはみんなでテーブルの上の料理をつまみ食いした。辛口と甘口のペペロナータ、僕らの土地では「ちび玉葱」と呼ばれているランパショーネを赤胡椒で和えたもの、茄子の肉詰め、サルシッチャの薄切り、ソップレッサータ、プロシュット、カピコッロ、そして尽きることのないポルペッタ。それは普段よりさらに旨いポルペッタだった。もっとも、普段よりも旨いポルペッタがはたしてこの世に存在するのか、僕には確信が持てなかったけれど。

「めちゃくちゃ旨いな、これ」友人たちは口ぐちに言った「このポルペッタを食わせたら、死人だって生き返るよ」

コーヒーとビスケットで腹を落ちつかせてから、僕らはまた作業をはじめた。

疲れが溜まり、気も張っていたけれど、パーティーを前にした高揚感の方が勝っていた。いつもは些細なことで口論になる僕の両親さえ、目元をほころばせて支度を進めていた。こんなにも幸福そうで満足気な二人の顔を見るのは、僕が大学を卒業した日以来だった。

ようやくすべての準備が終わった。蝿の襲撃を防ぐため、僕らは料理にリネンのテーブルクロスをかぶせた。あとは着替えだった。卒業審査の公聴会に臨んだときと同じ服を僕は選んだ。群青の洒落たスーツに、同じ色合いのネクタイを合わせた僕は、ますますもって小ざっぱりしてしまった。利口で聡明な青年に生まれかわった気分だった。

ついにパーティーの時間となった。

最初の客はツァ・マウレリアだった。僕はツァから、うっとりと見惚れるようなカーネーションの花束と、小さな紙袋を手渡された。袋の中身は、わざわざ確認するまでもなかった。お祝いのメッセージの書かれたカードが、紙幣に巻かれて入れてあるのだ。僕は胸がいっぱいになり、心からの礼を伝えた。ツァは僕の体をぐいと引き寄せ、頬に二度、大きな音のするキスをした。ツァのお手製の、オリーブ・オイルで作った石鹸の匂いが、僕の鼻孔をくすぐった。「おめでとう。このまま前に進むんだよ。すばらしい未来が待ってるからね。あんたのお父さんとお母さんには、あんたみたいな立派な息子がふさわしいんだ。この花は、ロザルバからの贈り物だよ」そう言うあいだ、ツァは僕の頭を骨ばった両手で包んでいた。

僕の顔から髭が消えていることに触れなかったのは、ツァ・マウレリアだけだった。気づかなかったのか、気づいていて口にしなかったのか、僕には判断がつかなかった。

部屋の中や家の前の空き地は、瞬く間に招待客でいっぱいになった。たいていが、一家を代表して祝意を伝えにきた若者だった。ホラの村人だけでなく、ジェルマネーゼの家庭の若者も混じっていた。どの客も数人のグループでやってきて、僕に会うなりこう口にした「あれ、髭がないね」それから、僕に祝いの言葉を伝え、プレゼントを渡してくれた。ウィスキー、コニャック、それにアマーロのボトルや、紙幣とメッセージカードの入った紙袋を僕は受けとった。

コジモの鳴らす音楽はディスコなみの音量だった。僕の家から漏れでる音が、あたりの路地に轟いていた。若者は踊り、飲み、食べ、そしてまた踊った。部屋から部屋へ、引きも切らずに人が行き来していた。余所行きの服に身を包んだ僕の両親は、テーブルの前で幸せそうな表情を浮かべ、まわりの客に食べ物や飲み物を勧めていた。そこに並んだご馳走なら、飢えのために正気を失った軍隊さえ満足させられそうだった。

「おぉ、ついに髭を剃ったんだな」ゴヤーリが言った。さすがに、ゴヤーリが気づかないはずはなかった！「これ、受けとってくれ。ジィサ・タ・ミラト・ンガ・ザムラ、ほんとうにおめでとう」そう言って、ゴヤーリは僕にプレゼントを手渡した。包み紙を開けるあいだ、僕は気が急いて仕方なかった。中から姿を現わしたのは、四角い額縁に入れられた小さなモザイク画だった。海辺の水の色をした、二つの大きな瞳が背景から浮き出ていた。

「ちょっと素っ気ないけどな。恋する男の眼差しにつかまった、幸運を呼ぶ二つの瞳さ」

「ありがとう。ゴヤーリ、ありがとう。最高のプレゼントだよ」僕はゴヤーリをきつく抱きしめ、それからテーブルに案内した。僕らはそこで、「モレッティ」の冷たいビールをいっしょに飲んだ。エマヌエーレとジョルジョのもとにゴヤーリを残して、僕はまたほかの招待客を出迎えに行った。祝いの言葉、キス、酒のボトルに紙袋を、僕は次々に受けとった。

やがてゼフがやってきた。ゼフは僕の顔を見て、わずかに戸惑いを覚えたようだった。目の前にいる髭のない男が僕だと分かると、ゼフは僕の足にしがみついた。すると、モザイクに描かれていたのと同じ瞳が、人混みを縫って僕に近づいてきた。僕はにっこりと微笑みながら、その瞳を迎え入れた。僕の頬にキスをしたラウラが、小さな声で囁いた「髭のない方が素敵よ。おめでとう」少しのあいだ、ラウラは目を泳がせていた。まるで、自分がどこにいるのか分からず、当惑しているような表情だった。ラウラはやにわに、肩に斜めにかけていたバッグに手を差し入れ、渡すのを忘れかけていたプレゼントを取りだした。「大したものじゃないんだけど。クロトーネで見つけたの」それは黄色い表紙の、ファン・ノーリによって書かれたスカンデルベグの伝記だった。

「どうもありがとう。これ、前から探してたんだよ」僕は嘘をついた。そのとき、僕とラウラのあいだに母さんが割りこんできた。息苦しいほどの厚かましさで、母さんは一家の主人を気取りはじめた。「さぁ、さぁ、飲んでちょうだい、食べてちょうだい、かわいらしい坊やだこと、どうぞポルペッタを召し上がれ、ほらほらあなたも遠慮しないで、きれいなお嬢さん、まるで空の青みたいね、それであなたのお父さんはお元気？　もうすぐホラに来るってほんとう？　どうぞ楽しんでいってね、あなたたちは若いんだから、踊りなさい、もうひとつポルペッタを召し上がれ、わが家のワインをほんのちょっぴり飲んでみて、そうすれば気持ちよく踊れるわ……このポルペッタは本物よ、別にパンがなくたってね……」

ラウラは笑顔で、ポルペッタを食べたりワインを啜ったりしていた。ラウラが口を挟める状況ではなかった。それというのも母さんが、返事も待たずにお誘いやら質問やらを浴びせかけてくるからだった。

「ホラは気に入った？　ここは空気がきれいだし、食べ物もおいしいでしょう。厄介なのは他人の妬みよ、あなたみたいにきれいな娘はよくよく用心しないとね、だけどポケットに岩塩の塊を入れておけば大丈夫、明日来てもらえれば二粒あげるわ、あなたと坊やに一粒ずつよ、この子ときたらほんとうに、まぶしいくらいにかわいいのね、妬みは岩塩でいちころよ、叩きのめしてやりましょう、バンッ、さぁ食べて、かわいいあなた、この土地の人間は二つの顔を持ってるの、表は笑顔と優しい言葉、裏は刃と陰口ってわけ、さぁさぁポルペッタを召し上がれ、わたしのほかには誰も知らない秘伝のレシピで作ったのよ……」

片手でビールケースを抱えた父さんが、僕らの前を通りかかった。父さんはラウラに型どおりの挨拶を送り、喋りまくる母さんに冗談を飛ばした「トゥラフト・ギウハ・ンドレザ・スィ・ルレ・クングッリ、お前の舌、南瓜の花みたく地面に落っこちなきゃいいけどな」そう言い残し、ビールを配りに人波のなかへ消えていった。

「この子はゼフっていうんだ。しばらく見ていてもらっていいかな？」僕は母さんに訊いた。

「もちろんよ、心配しないで。おいしいものを食べさせて、ほかの子たちと遊ばせておくわ」返事をするとき、母さんは含み笑いを浮かべていた。

僕はラウラの手を引いて、みんなが踊っている部屋に向かった。コジモが僕らに気がつくと、すぐにセルジョ・カンマリエーレの声が聞こえてきた〈きみのためでないのなら、はてしなく広いこの空の下、意味を持つものなどあるのだろうか〉僕は思わず身震いした。まだラウラを抱きよせたわけでも、巣にこもる小鳥のようにラウラの髪に顔をうずめたわけでもないのに。僕はラウラの腰に手をまわし、自分の方へ近づけた。ラウラは歌のリズムに合わせて体を揺らしていた。〈なぜって僕はきみなしに生きられないから、もしきみが行ってしまえば、僕は息もできなくなる〉抑えきれない欲望が体中を駆けめぐり、僕はろくにステップも踏めなかった。ラウラの胸の張りのある質量、僕らの呼吸、そしてラウラの熱を僕は感じた。ラウラが好きだと、その場にいる全員に向かって叫びたかった。僕の唇とラウラの皮膚のあいだには、黄金の髪が織りなす柔らかな膜が横たわっていた。ラウラの髪から、シーラ山の菫の香りが漂っていた。僕は唇を固く閉ざし、その髪にキスをした。どうやらラウラは、僕のキスに気がついたらしかった。なぜってあのとき、驚いたような目で僕の顔を見つめてきたから。二人とも興に乗り、たがいの体をすっかり寄りそわせようとしたとき、ほかのカップルが壁ぎわへ遠ざかり、朝に開く花弁のように僕らのまわりをぐるりと囲んだ。ラウラと僕の二人だけが、熱っぽく抱き合ったまま取り残された。数秒後、僕らはゆっくり体をほどいた。〈きみは女王になるだろう、僕の想いを統べる女王に〉気恥ずかしさをごまかすために、僕たちはまた踊りはじめた。そのすぐあと、エマヌエーレとジョルジョが大きな声でこう叫んだ「学士先生、おめでとう！　わが友よ、おめでとう！」二人の声を合図にして、部屋にいた全員が盛大に手を叩いた。誰がこの演出を仕掛けたのか、僕はようやく理解した。

さいわい、僕らが注目の的でいる時間は長くはつづかなかった。コジモが次の曲をかけると、みんなは何事もなかったように踊りを再開した。肘と肘、背中と背中がぶつかり合い、汗の雫が滴り落ちた。曲に合わせて歌詞を叫ぶ声があちこちに響き、部屋の熱気を切り裂いていた。空からキスの雨が降る、林檎の花のように軽いキス、そして僕は、僕は……聞き届けたい、きみの夢のすべてを、炎のなかで燃える炎、それは僕のなかのきみの瞳、夜明けのように澄んだきみ。恋に溺れた強い言葉が何本もの川となり、花火のごとく音を立てていた。誰もが喜びにひたっていた。喜びは人から人へと乗り移るものだから、はじめのうちは不満な表情や内気な態度を見せていた人たちも、まわりから溢れ出る声や汗に、肌をかすめる誰かの腕に、頭のなかで交わされるキスの潤いにとめどもなく押し流され、喜びの海に頭まで浸かっていた。

そのあとはスローナンバーが何曲かつづいた。僕は一曲も逃すことなく、ずっとラウラと踊りつづけた。僕がラウラの手を離したのは、ソロで踊る曲が流れたときだけだった。ラテンアメリカの音楽に合わせて、ラウラは気持ちよさそうに舞っていた。ひとりでいられる短い時間を利用して、僕はほかの客と話したり、ゴヤーリや友人とビールを飲んだり、遠目から両親の様子を窺ったりした。母さんはまだゼフの相手をしていた。父さんは飽きもせず、客に飲み物を振る舞いつづけていた。

はじめに別れの挨拶を告げにきたのは、ツァ・マウレリアのような年配の客人たちだった。じきに、くたびれたゼフがぐずりだし、母さんの手に負えなくなった。ラウラは僕に言った「残念だけど帰らなきゃ。とても素敵なパーティーだった。ほんとうに楽しかったわ。ありがとう」

「送っていくよ」僕は答えた「どうせすぐそこなんだから。僕がいなくても誰も気づかないだろうし」

僕はゼフを腕に抱え、ラウラといっしょに家を出た。坂道をのぼるあいだ、ゼフはすやすやと眠っていた。玄関の前でゼフをラウラに渡したとき、僕の唇のすぐ近くでラウラが僕に微笑みかけた。それは白くて、誘うような微笑みだった。目がくらむほどにまぶしかった。不意に視界が光に包まれ、僕は目を閉じた。

はじめてのキスは夕立のように、前触れもなしに訪れた。涼しくて、ひんやりと柔らかだった。僕はゆっくりと振りかえりながら目を開いた。ツァ・マウレリアの家の玄関につづく石段に、うっすら輪郭が浮かびあがった。ラウラの家の前に立つ僕を、身じろぎもせずに見つめていた。ロザルバだった。暗がりのなか、まるで幽霊みたいに、石段の上に腰かけていた。笑っているらしかった。叶うことなら、僕はロザルバの隣に歩みより、花のお礼を伝えたかった。けれど彼女は、パーティーに戻るために僕が一歩を踏みだした途端、怯えた野兎のような俊敏さで家のなかに入ってしまった。

踊りと喜びはまだまだつづいた。僕はもう踊らなかった。ラウラが帰ってしまったなら、僕のパーティーは終わったも同然だった。

夜更け、僕の傍らには父さんとゴヤーリがいた。たがいに酒を注ぎ合い、声を揃えて歌っていた。口論などしたことがないかのような、和やかな雰囲気だった。友人たちは、小さな椅子に輪になって腰かけていた。彼らは余ったビールを片手に、そのまま夜を明かすつもりだった。

僕は……僕はひとりでぼんやりしていた。ラウラを抱きしめたときの感触を思いだし、頭のなかで二度目のキスを味わっていた。

18　ホラとアムステルダム、そして帰郷

「俺が殺されたら、お前が俺の灰をホラまで運んでくれ。よく晴れた風の強い日に、俺の灰をティンパレッロに撒いてほしいんだ。そうすれば、灰はいつまでもそこにとどまるか、好きな場所へ飛んでいけるから」アントニオ・ダミスの言葉が、ラウラの体を凍りつかせた。〈父さん、頭がおかしく

なったの?〉そう叫びたい思いをこらえて、ラウラは無言で頷いた。病に臥せる父の願いを、無下に拒むわけにはいかなかった。おそらくそれは、アントニオ・ダミスの最後の願いだろうから。

「病だって?」僕は驚いて訊き返した。僕らは二人で、外の景色を眺めていた。ラウラの家の、開かれた窓の敷居に肘をもたせかけていた。眼下には野菜畑と、パラッコの草原が広がっていた。ラウラはクリスマの林の先、海の方角を眺めていた。遠くをじっと見つめたまま、ラウラは僕の問いに答えた。

「えぇ、そうなの。今年のはじめ、腎臓にひどい病気を抱えていると診断されて。本人は、なんでもないような振りをしてるけど。そもそも父さんは、自分は病気では死なないと確信してるの。父さんよりもっとしつこい誰かが、父さんを殺すらしいわ。ほんとうにそのとおり言ってたのよ。俺よりもっとしつこいやつに、俺は殺されるんだって。仕方ないとも言っていた。何世紀もの時が過ぎても、憎しみが音を上げることはけっしてないから」

「ラウラの父さんは、誰かのことを疑ってるのか?」

「風の影に殺されるそうよ。そう言って、気でも違ったみたいに大声で笑うの。人をからかってるのか、悪霊を追い払うために笑ってるのか、わたしにはさっぱり分からないのよ」

ラウラはすがるような目つきで僕を見てきた。瞳の青が、海の水の色だった。ラウラの目には、笑顔の父親が見えているのかもしれなかった。お願いだから、からかっているだけだと言ってくれ。ラウラの瞳がそう訴えかけていた。やがて、目の前にいる男がアントニオ・ダミスではないことを思い出すと、ラウラの眼差しは落ち着きを取り戻した。いつもどおり、海辺の水色が瞳のなかできらめいていた。僕はラウラに微笑みかけ、ゼフについて尋ねた。

「ツァ・マウレリアがパラッコまでお散歩に連れていってくれたわ。もうひとり、年上の男の子もいっしょよ。たぶんみんなで、犬や鶏を追いまわしてるんでしょうね。ゼフは毎日、楽しくてたまらないみたい。すごくここが気に入ってるの。アムステルダムにいるときより、ずっとのびのびしてるのよ」

「それで、ラウラは？　ホラとアムステルダム、どっちが好きなの？」得体の知れない不安が僕の声を震わせていた。僕はラウラに、こう言ってほしかった〈ぜったいにホラよ。だってあなたがいるんですもの〉

「おかしなこと訊かないで！」ラウラが言った「アムステルダムに決まってるでしょ。だってわたしの故郷なのよ。生まれたのも育ったのもアムステルダムなんだから。わたしはほかの土地では生きられない。わたしにとってホラは、父さんから繰り返し聞かされる地名でしかなかった。神秘的な場所だったわ。それはいったいどこにあるのか、ずっと知らないままだった。イタリアなのか、シュチパリアなのか、アルベリアなのか、それさえも分からなかったの。今、じっさいに目にしてみて、あらためて神秘的な土地だと実感してる。たしかにホラは、ほんとうに美しいと思う。いたるところに、息を飲むような景色が広がっているものね」

ラウラは僕の失望や、二度目のキスへの淡い期待に気がついていなかった。じつは気づいているけれど、ラウラにはどうでもいいのかもしれなかった。あのときラウラは、僕がラウラの人生に触れることを望んでいた。物語の聴き手でなく、登場人物になるよう求めていた。しばらく前から、ゴヤーリの語る言葉は雨のごとくに、僕の体に降りかかっていた。僕の意志などお構いなしに、物語は僕の骨を浸潤しつつあった。けれど正直なところを言えば、僕はラウラの唇が語る言葉より、ラウラの唇の味や香りに興味があった。

ラウラはアムステルダムについて語った。ラウラの両親はその街へ、いっさいのつてもなしに、わずかな蓄えと偽造した身分証明書だけを持ってやってきた。二人は小さなアパートの一室を借りた。はじめのうちは、思っていたより順調に事が運んだ。自分たちは犯罪者でも逃亡者でも亡命者でもなく、仕事を探しにやってきた単なる移民であるかのように感じていた。二人は電子機器の工場でいっしょに働きはじめた。手先を使う仕事には慣れていなかったけれど、二人とも不平は漏らさなかった。給料はじゅうぶんな額だった。二人はそのお金で新しい生活を、誇るに足りる未来を築くことができた。辛い記憶は遠い過去へ変わりつつあった。けれど、郷愁は？　ドリタはやはり、家族と離れて生きることに苦しんでいた。時おり、ベッドにもぐりこんで涙に暮れた。けれどアントニオ・ダミスが、いつもドリタの悲しみを和らげてくれた。アントニオ・ダミスはドリタを強く抱きしめ、新しい生活の恩恵を説いて聞かせた。アムステルダムには自由があり、自らの力で築き上げた安寧があった。「足りないものは何もないさ」アントニオ・ダミスは言った「それに家族は、俺たちの選択を理解してくれるはずだ。今は無理でも、しばらくしたらまた会える。二人でティラナやホラへ行こう」三番目の土地を際立たせるため、アントニオ・ダミスは少しだけ間を置いた「あとはもちろん、ひとつめのホラにも行かないとな」

じきにラウラが生まれた。父親は愛情をこめて、ラウラのことを「お人形ちゃん」と呼んでいた。

二人とも、アムステルダムをより身近に感じるようになった。幼稚園とかかわりを持ち、やがては学校、教師、「お人形ちゃん」のクラスメート、そしてオランダ人家庭や外国人家庭との結びつきができた。時間とともに、オランダ語の習得も進んだ。ドリタは舞踊の経験を生かすため、スポーツジムでバルカンダンスの教室を開いた。一方のアントニオは、イタリア語の教育機関の求人を見つけ、会計士の資格を持つ事務員として雇用された。こうして一家は、より広く、より街の中心に近い家に引っ越すことができた。

知恵も根気も才覚もある、尊敬すべき両親だった。二人のおかげで、ラウラは幸福な幼年期を送った。親といるときはアルバレシュ語やアルバニア語を、家の外ではオランダ語を話し、父からはイタリア語を教わった。ラウラにとってはすべてが自然で、さしたる不便は感じなかった。

ところが、小学校に通い始めて四年目の、年度末の休みの初日に、ラウラは出しぬけに両親に問いかけた「わたしたちは〈里帰り〉しないの？　学校が休みになっても、いちども〈里帰り〉したことないよね？」ラウラは急に、父や母の生まれた土地を見たいという、抑えがたい欲求を抱くようになった。おそらく、毎年の夏休みに多くの友人が、家族といっしょに南へ発つところを見ていたからだろう。あるいは、ラウラの記憶の深層から、郷愁が浮かびあがってきたせいかもしれなかった。それは見知らぬ土地への郷愁ではなく、ラウラにとって馴染みのある名前への郷愁だった。ホラ、シュチパリア、ティラナ、イタリア、カラブリア、アルベリア、ひとつめのホラ。

ラウラの両親はその日から、自分たちの人生について娘に語るようになった。とりわけ、お伽噺を語るのが大得意な父親は、ラウラに色々な物語を聞かせてくれた。ただしアントニオ・ダミスは、小さな娘の華奢な背中を、物語の重みでへし折ってしまわぬよう用心していた。少しずつ、ゆっくりと、物語の欠片や切れ端をラウラに伝えた。ラウラはそれを、幸せな結末が待っている冒険譚のように受けとめていた。おたがいのことが大好きな両親が（これは間違いのない事実だった）、ふるさとに巣食う悪い怪物をやっつけて、最後には幸せで満ちたりた生活を手にするのだった。

悲しいことに、ある忌むべき一日、父親のお話に登場する土地のひとつが、アムステルダムの生活に押し入ってきた。一家はホラから電報を受けとった。祖父のニコラが、亡くなったという報せだった。ラウラにとっては、写真でしか見たことのない祖父だった。父はまるで子供のように、大粒の涙をぼろぼろ流した。家から空港までの道すがら、ずっと泣きじゃくっていた。アントニオ・ダミスが乗ったのは、ラメツィア空港に向かういちばん早い便だった。悔恨に打ちのめされ、うなだれながら飛行機に乗りこむ父の姿を、ラウラは母とともに見送った。父はハンカチを目に当てたまま離さなかった。あたかも、その数時間に人生のすべての苦しみが解き放たれたかのようだった。涙は氾濫した川となり、一挙に堤防を突き崩した。ためらいや恥じらいに、涙をとめるだけの力はなかった。

アントニオ・ダミスを乗せたタクシーは、その日の夜にホラに到着した。車から降りるなり、風が優しく肌を撫でた。父の死を悼むため、風もまた泣き声を上げていた。広場から坂道をくだり、実家の方へ歩いていった。どうやら、ついさっきまで雨が降っていたらしかった。夜気は湿り、空は黒く、まばらに立つ街灯がかろうじて、水に濡れたセメントの道を照らしていた。

パラッコの突き当たり、実家まであと数歩というところで、アントニオ・ダミスはまたすすり泣きを始めた。頼りない足どりで、おずおずと前に進んだ。瞳は濃い霧に覆われていた。

棺の置かれた居間から囁き声が聞こえてきた。近所に暮らす女たちが、静かに雑談しているようだった。その声には、嘆きも苦しみも宿っていなかった。けれど、アントニオ・ダミスが現われた途端、部屋の空気は一変した。親戚たちは驚きの叫びを上げ、いっせいに涙を流した。アントニオ・ダミスの母がしわがれた声で言った「カ・レナ・ビリ、カ・レナ、ニコ、ザムラ・イィマ、ハプ・スィタ、セ・カ・レナ・ントヌチ・カ・ル・ラルグ、ビリ・ヨネ・イ・ブクル・チャ・トゥカ・ダシュル・ンテル・ミル」よその村からやってきた客人のために、母はイタリア語で繰り返した「息子が来ましたよ、来ましたよ、あなた、ニコ、目を開けて、遠くからントヌッツォがやって来たのよ、いつもあなたを大事にしていた、わたしたちの立派な息子ですよ」

アントニオ・ダミスは母を抱きしめ、ドイツに移住した妹と弟を抱きしめた。四人はひとつになり、しばらくのあいだ動かなかった。ようやく家族が棺から離れると、アントニオ・ダミスは父の首に腕をまわし、冷たい額にキスをした。薔薇色に染まった父の顔に、小さな驚きを覚えた。彼は夜どおし、父にゆっくり語りかけた。若いころから胸に秘めて明かさずにいた、長い打ち明け話だった。

夜明け、光の束が棺を包み、カーテンの影が父の体の上で揺れた。アントニオ・ダミスは一瞬、眠るのに厭きた父が体を動かしたのかと錯覚した。

葬儀にはホラのあらゆる家庭が参列した。布に覆われた棺のあとに、長い列ができていた。棺はまず教会に向かい、それからコニチェッラで最後の挨拶が交わされた。家の前の空き地に戻ってくると、親族が弔辞を述べ、いつ終わるともしれない握手やキスが交わされた。財宝の一件を根に持って、アントニオ・ダミスの悪評を村中に撒き散らした、かつての友人たちの姿もあった。思ったとおり、ロザルバはいなかった。葬儀に顔を見せなかったのは、ロザルバとツァ・マウレリアだけだった。ツァ・マウレリアの不在に気づいたとき、アントニオ・ダミスはあらためて、怨みの深さを思い知った。罪なき父が死んだ今でも、ツァ・マウレリアの憎しみは手つかずに生きつづけている……

急にロザルバやツァ・マウレリアのことが頭をよぎり、アントニオ・ダミスは動揺していた。ロザルバを探すために視線を上げると、ツァ・マウレリアの家の戸口が半開きになっているのが見えた。戸の裏に、仮面のように真っ白な顔をしたロザルバが立っていた。不信に揺れる黒い瞳が、じっと彼を見つめていた。そのすぐあと、ツァ・マウレリアが娘の腕をぐいと引き、勢いよく戸口を閉ざした。

弔問客の列は晩になっても途切れなかった。ダミス家を訪れたすべての客に、コーヒーや冷たい飲み物が振る舞われた。アントニオ・ダミスは一言も喋らず、せいぜい誰かの言葉に頷きを返すだけだった。話すことなど何もないような気がした。周囲は彼の沈黙を尊重していた。

かつての自分のベッドの上で、アントニオ・ダミスはひどく寝苦しい夜を送った。眠るたびに繰り返される嫌な夢が、あの夜も彼を苦しめた。それはあたかも、逆まわしにされる映画のフィルムのようで、ひとこま目にはかならず絶望が待ち受けていた。トラックがサン・ミケーレ山の渓谷を落下し、死人さえ目覚めるほどの轟音があたりに響く。トラックの荷台には、笑顔を浮かべた若き日の父がいる。彼は暗がりのなかで何度も目を覚ました。自分がどこにいるのか分からなかった。ここはホラなのか、それともアムステルダムなのか。思わずドリタの肩へと手を伸ばし、彼はむなしく宙をつかんだ。

アントニオ・ダミスは日の出とともに身を起こした。予約していた飛行機は一三時の便だった。空港へは車で少なくとも二時間はかかるので、一〇時にはタクシーに乗って村を出るつもりだった。ホラに暮らしていたころ毎日そうしていたように、彼は窓を開けて外に身を乗り出した。天気はすぐれなかった。二つか三つの黒い雲が海の上の空を流れ、油の染みのように広がっていた。彼は強く息を吸った。湿った空気が、林から漂ってくる腐った葉の匂いをいっぱいに孕んでいた。ちょうどそのとき、空一面が暗くなり、わずかに雨が降りはじめた。風が吹きぬけ、乳香樹の茂みが丘の斜面にへばりついた。空高く掲げられた銃身が、アントニオ・ダミスの視界に飛びこんできた。一瞬の出来事だった。彼が床に身を投げると、二発の乾いた銃声がつづけざまに耳に刺さった。銃弾に粉々にされた窓ガラスの破片が、ベッドの上の壁に放射状に飛び散った。そのあいだ、長く尾を引く残響が、ゆっくりと林のなかに消えていった。

母親が部屋に駆けつけてきた。

「どうしたの、ビル？」気色ばんだ声で母が尋ねた。

「誰かが下の畑から、この窓を撃ってきた。たぶん猟師が狙いどころを間違えたんだ」

「怪我はない？　大丈夫なの？」

「平気だよ、母さん、かすり傷ひとつないさ。しかし、窓と壁はひどいことになったな。あの下手くそども、どこに目がついてるんだか」

母のほか、家の者は誰も駆けつけてこなかった。まだ寝ていたか、あるいは、銃声など聞き流してしまったのだろう。クリスマの林から猟銃の音が聞こえてくるのは、さして珍しいことでもなかったから。母は息子をきつく抱きしめ、目に涙を浮かべながら語りかけた「約束して、ビル、わたしが死んでも村には帰ってこないで」

息子は返事をしなかった。

「どうしても来るというなら、村人の悪意が消えてから、わたしのお墓に挨拶に来たらいいわ。あなたのお母さんに約束して、ビル」

母の腰にまわした腕に、息子は強く力をこめた。彼はまだ口を開かなかった。「わたしがあなたに会いに行く。体の調子が良くなったらすぐに行くから。その前に死んだとしても、かならず行くわ。だって死んでしまえば、どこにでも好きな場所に行けるもの。体の重みがなくなって、風のように軽く早く飛んでいけるの。お願い、ビル、あなたのお父さんの魂にかけて約束して。あと一週間、お父さんの魂はこの家にいる。今もまだ、わたしたちのすぐそばにいるわ。分かるでしょう、ビル、あなたを助けてくれたのはお父さんなのよ」

〈はい〉と返事をする代わりに、息子は首を縦に振った。母は目でも耳でもなく、肩に息子の返事を感じた。髭に覆われた息子の顎が、肩に幾度か押しつけられた。

一〇時きっかり、アントニオ・ダミスは家を出た。タクシーの待つ広場に向かう前、彼は郵便受けのなかに手を入れた。探していたものが見つかった。いつもよりひとつ多かった。

村を出たあと、アントニオ・ダミスは拳を開いた。手のひらに、縁の焦げた二つの薬莢が並んでいた。間違いなく、部屋に打ちこまれた弾丸の薬莢だった。それぞれにメモが一枚ずつ入れてあった。

ひとつ目にはこうあった「いいか、あとは時間の問題だ。怖気づいて後悔しても、どうすることもできないのさ。今も昔も、お前は屑のまま変わらないな」

彼はすぐにふたつ目を開いた「二発で終わりだと思うなよ。三発目でお前は死ぬ」

19 〈ベサ〉と黄金の短剣

二度目のキスよ、さようなら。そして三度目も、四度目も、五度目も、あの夜に僕がラウラに浴びせたいと思っていた千のキスも、なにもかもさようなら。ラウラへの僕の想いは、恋に落ちた若者の情熱そのものだった。瞼に、まつ毛に、ラウラの体のすみずみに、一センチごとにキスしたかった。僕の頭のなかでは今も、卒業パーティーでラウラといっしょに踊ったときの曲が流れていた。そこから愛の言葉を拝借して、ラウラに囁きかけたかった。

ラウラがホラに到着した日、僕の青春時代が再来した。それはたぶん、僕がほんとうの青春を過ごしたことがないせいでもあった。学生のころ、僕はいつも机にかじりついていた。かならず学業で成果を残さなければいけないという責任感が、僕を押しつぶしていた。僕はなにも、両親からプレッシャーをかけられていたわけではなかった。プレッシャーなど不要だった。僕と両親のあいだには、目には見えず耳には聞こえず、それでいて鉄のごとくに堅固な契約が結ばれていたから。先の見えない未来への不安が、僕の震えを縛りつけようとしていたまさにそのとき、ラウラは僕に生のわななきを思い出させた。自分はほんとうにラウラが好きなのか、とか、はたしてこの想いは報われるのか、とか、そんなことはどうでもよかった。話はもっと単純だった。ラウラのおかげで、僕は震えた。あの夏に僕が出会った、ダミスの一族や二つのホラの物語も、同じように僕を震わせていた。隣にラウラがいるからこそ、物語は精彩を増し、より神秘的な音色を獲得した。

翌日、ゴヤーリから贈られたモザイクを額に入れ、僕は自分の部屋に飾った。ベッドの上に横になり、海辺の水の色彩に長いあいだ見とれていた。ラウラの瞳の色だった。やがて僕は身を起こし、ラウラの力強い視線を感じながら、スカンデルベグの本を開いた。タイトルページに、赤のペンで献辞のメッセージが添えられていた〈ミケーレへ、心からの祝意をこめて。これはわたしたちの物語です。ラウラ〉

初めから終わりまで読み終えて本を閉じるとき、僕は深い満足を覚えていた。スカンデルベグがどのような一生を送ったのか、僕はこの日までほとんどなにも知らなかった。学校の教師は誰ひとり、スカンデルベグの話をしてくれなかった。この人物にまつわる僕の知識はすべて、子供のころに母方の祖母が歌い聞かせてくれた、遠い昔から伝わるお伽噺に由来していた。それはだいたいこんな内容だった。ある朝、病に臥せるスカンデルベグが「死」に遭遇する。ヒエア・エ・エラス・パ・ザマル・テ・ギィリ、その時が訪れたと悟るとすぐに、スカンデルベグは息子を呼ぶ。三艘のガレー船を用意して、母を連れて逃げるよう息子を諭す、イク・ムビアトゥ・カティ。息子や妻を、トルコ人の奴隷にするわけにはいかなかった。ラウラから贈られた本のおかげで、僕はこの偉大な英雄について、はるかに詳しく知ることができた。僕は興奮した。彼は僕たちの言葉を話し、当時の世界でもっとも強大だった軍団から、何年ものあいだ自らの土地を守っていたのだ。それだけではない。讃辞と終わりなき戦いに（やや過剰なほど）満ちた記述の裏に、スカンデルベグのより人間的な横顔が見えた気がした。過ぎ去りゆく生を前にした抑えがたき寂寥、息子にたいする度を越した愛情、敵だけでなく身内の裏切りからも引き起こされた狂おしいほどの苦しみ。スカンデルベグは多くの人間に裏切られた。そのなかにはモセ・ディ・ディブラ、バラバン、ヤクプ・アルナウティ、姉イェラの息子である甥のジェルジ・ストレス・バルシャなど、しかるべき地位にある勇ましき同胞たちも含まれていた。それればかりか、彼の兄と美しいトルコの娘のあいだに生まれた、お気に入りの甥ハムザフ・カストリオタまでが、スカンデルベグに背いたのだった。僕は本の中ほどで、すでに馴染みとなった名前に出くわした。リヴェタだった。僕はリヴェタにかんする短い記述を繰り返し読みなおした。もちろん、同名の別人であるはずがなかった。本のなかのリヴェタの記述は、伝え聞く物語とすっかり一致していた。本を読み終えた僕はゴヤーリの工房に駆けこんだ。

「聞いてよ、リヴェタはほんとうにいたんだ、ほんとうにスカンデルベグを救ったんだ！　この本にそう書いてあるんだよ！」

「なんだ、嘘だと思ってたのか？」本の方には見向きもせずに、ゴヤーリが言った。

僕は返事をする前に、少しだけ考えこんだ。

「嘘だと思ってたわけじゃない。そういうことじゃないんだ。でも、ここには歴史的な証拠がある。すごいことだよ、これは！」

ゴヤーリは僕の発見に少しも感銘を受けなかったらしく、すぐに僕に背を向けて仕事を再開してしまった。

僕はモザイクに近づいていった。前景には拳が浮かび、先の尖った黄色い物体を握りしめていた。けれど、それがどんな場面を表しているのか、僕には判然としなかった。ゴヤーリは仕事に没頭していた。一度も動きをとめることなく、素早く正確な手つきで作業を進めていた。

「今はなにを描いてるの?」僕はゴヤーリに訊いた。

「さてな。誓って言うが、俺にも分かってないんだよ。分かっていたら、終わりまで仕上げる楽しみがなくなるだろ」

〈誓い〉にしてはあまり正直でない、いくぶん気どりすぎな返答だと僕は思った。それでも、ゴヤーリの怒りっぽい性格をよく知っていた僕は、余計な口出しはしなかった。

静かだった。工房のなかに響いているのは、モザイク片に糊をつけるときの軽いキスのような音だけだった。僕は退屈してきた。

じきにゴヤーリも、黙っていることに飽きたらしかった。哲学者の箴言めいた、彼のような語り手にしては少しばかり平凡とも聞こえる文句を、ゴヤーリは途切れがちにつぶやいていた。僕ではなくて、自分自身と会話しているみたいだった。

「目的地にたどりつくことよりも、道を探すことのなかにこそ、幸福は身を潜めている」

「俺は静寂は好きじゃない。意味なく過ぎていく時間が口にする、音のない声だから」

「残念ながら、幸せにはかならず痛みが伴う」

そしてようやく、じつにゴヤーリらしい言葉を口にしてくれた。はっきり理解できたわけではないけれど、僕はただちにその言葉に魅了された。手許にペンと紙があるなら、すぐにでも書き写したかった。それはこんな言葉だった「ホラ・ヨネは氷山のようなものだ。半分は海面から顔を出し、陽の光に照らされている。しかしもう半分は暗がりのなかに、俺たちのなかに沈んでいる」

それから、工房はまた静かになった。ゴヤーリは僕の方を振りかえり、金の犬歯を舌で舐めた。仕上げたばかりのモザイクの一部分を指さすと、真剣な面持ちで僕に尋ねた「これはなんだ?」

「黄金の短剣に見えるけど」

「そう、スカンデルベグの黄金の短剣だ」

「剣を掲げてるのはスカンデルベグなの? それともリヴェタ?」

「どちらでもないさ。こいつは二人目のパパス、コラントニ・ダミスだ」

僕はそれ以上のことは訊かなかった。近いうち、ゴヤーリが自分から話してくれると分かっていたから。


その晩、僕はゴヤーリを夕食に招待した。母さんはとっておきの二皿でもって、来客をもてなした。一皿目はシュトリヅァラト、つまり、手打ちのタリアテッレを白いんげんで和えたパスタで、もう一皿は、山と盛られたポルペッタだった。「さぁ、さぁ、わたしのポルペッタを召し上がれ」母さんはしつこく言った「ホラにもアルバニアにも、こんなにおいしいポルペッタを作る女はいませんよ」

父さんはゴヤーリのため、もう何年も寝かせておいたワインを開けた。「俺の傑作だ、飲んでみろ。しっかり味わえよ、桑の実と野の花の香りがするからな」父さんは客人に言った。

「たしかにこいつは傑作だ」ワインを少し口に含んでから、ゴヤーリはグラスを掲げた。「メ・シャンデティン、メ・シャンデティン」そして、アルバニアのフシャティリにひとりきりで暮らしている、年老いた父親のことを僕らに語った「今年で八十二歳になる。だけどいまだに、畑に出て働いているよ。頭の方もしっかりしてるし、信じられないくらい記憶力が良いんだ」最後に父親に会ったのは、もう一年半も前のことだった。それがゴヤーリの心痛の種だった。父は自分を必要としているかもしれない。父が死ぬとき、自分は隣にいてやれないかもしれない。父と自分のあいだに横たわる距離を思うと、ゴヤーリは苦しみを覚えずにいられなかった。

僕の両親はゴヤーリの心中を察して、静かに頷いていた。感じやすい母さんは、今にも涙をこぼしかねない様子だった。

「この村の人たちは、俺の気持ちを分かってくれる」ゴヤーリが言った「ホラの家ならどこだって、遠い土地に移民した息子だの親戚だのが、一人や二人はいるはずだからな」そして、はじまりのパパスの時代の、ある父と子の物語を話してくれた。病を抱える老いた父を、村にひとりきりで死なせないため、一つめのホラから二つめのホラまでずっと、息子は父を背負って旅したのだった。

「アエネーアースとアンキーセースの話に少し似てるね」僕はゴヤーリの話に割って入った。

「ひとつ違いがあるぞ。アエネーアースの物語は詩人の創作だ。ところが俺の物語は、俺たちの先祖のあいだで連綿と語り継がれてきたものなんだよ」きっぱりとした口ぶりでゴヤーリが言った。

父さんにワインを注がれ、母さんからポルペッタを食べるよう急き立てられたゴヤーリは、丁寧に礼を述べつつ、その後も民話やら伝承やらを語りつづけた。ただし、ダミスの一族には触れぬよう、用心を怠らなかった。ゴヤーリには、僕の父さんをけしかける気はなかった。一方の父さんは、ゴヤーリのそうした配慮などお構いなしに、〈時〉の概念について哲学者のようにまくしたてていた。「〈時〉は寄り道もせずに去っていく。なぁ、過ぎていく〈時〉を感じたことがあるか？　俺はないね。それが俺には苦しいのさ。お前にとってはどうでもいい話かも知れんがな」けれど、父さんはそのあとで、急に喧嘩腰の態度になった。ほろ酔い加減のゴヤーリが、気持ちよさそうに「コスタンティニの歌」を唄っているときだった。母との〈ベサ〉、すなわち約束を守るため、墓から出でたコスタンティニは遠くの姉を迎えに行き、無事に家まで送りとどける……「ベサだと？　なにがベサだ！」父さんは言った。どう考えても、ベサはゴヤーリに難癖をつけるための口実でしかなかった。父さんに言わせれば、ゴヤーリの物語など風と同じで、儚く消える幻でしかなかった。ゴヤーリの言葉の向こうに、父さんはアントニオ・ダミスの亡霊を見てとっていた。どうやら父さんは、僕が想像していたよりずっと強く、その亡霊に苦しめられているようだった。

ベサだと？　そんなもの俺たちは、とっくの昔に失くしてる。遠い過去、〈モティ・イ・マヅ〉の時代なら、ベサの居場所もあったんだろうさ。だけど今では俺たちは、もっと単純な言い方をするんだよ。フィアラ・アシュト・フィアラ。言葉は言葉だ。それで終わりだ。ひとつの言葉があっという間に、百にも五百にも千にもなる。俺が言いたいのはそういうことだ。一匹の金蠅が山のようにガキをこさえて、俺たちのまわりをうろちょろしやがる。叩き潰すしかないだろうが。俺には蠅なんざどうだっていい。わけもなく垂れ流しにされる言葉も、蠅とすっかり同じなんだよ。俺にとってはそんな言葉、〈ククルヅィ〉と変わりゃしない。分からねぇか、山羊の尻から出てくる黒い玉のことだろうが。いいか、俺はな、事実に興味があるんだ。たとえばこいつだ、俺たちの目の前にいるこの息子だ。こいつは大学を卒業した。これは中身のある、間違いのない事実だ。家の窯で焼いたパンといっしょだ。店で売ってる、小麦よりか空気の詰まった、穴ぼこだらけのスポンジみたいなパンとは違うんだ。俺はこれまで、ミケーレをおだててやったことは一度もない。それはこいつがよく知ってる。しかし俺はこの数週間、ほんとうに嬉しくて仕方ないんだ。だから今夜は、つい口が滑っちまった。たぶん飲みすぎたせいだろう。十一月の星みたく、頭がちかちかしてやがる。俺たちみんな、一族郎党が、ミケーレといっしょに一歩を踏みだした。どんなに利口なやつであろうと、教育がなけりゃ宝の持ち腐れだ。何者かになれるのは、教育を受けた人間だけだ。ホラの百姓として生まれ、ホラの百姓として死んでいくこの俺には、それがよく分かってるんだ。

二つめの事実を話してやろうか？　お前さんもよくご存知のとおりだよ。こんなに気分の良い夜に、わざわざ不愉快な話をするのも気が引けるがな。ともかくそれは、神かけてほんとうの出来事だ。この村から財宝が盗まれた。始まりのダミスと終わりのダミスが、俺たち全員からくすねていった。どれだけ時が過ぎようとも、この事実が俺の喉笛から消えることはない。飲みくだすことも吐きだすこともできやしないさ。俺と同じくらい年喰ったワインでも飲んでた方がまだましだね。正直に白状するよ。あいにく俺は、たくさんの欠点を抱えてる。なかでもとくに重症なのが、これだ。俺は事実を忘れられない、だから人を許せない。俺は人を許せない、だから事実を忘れられない。これはっかりは、どうしようもない。俺の性分だからな。ガキのころからそうだったし、物心ついたころにはもう、手に負えなくなってたんだよ。

父さんは微笑んだ。自分の独白に満足しているようだった。ゴヤーリはそのあとも、父さんからワインを注がれるたび、乾杯のために杯を掲げていた。けれど財宝の一件について、父さんの言い分を認めたのではなかった。ゴヤーリは自分の流儀で父さんに反論した。すなわち、争うことも怒ることもなく、ただ物語ることによって。

20　財宝を守る者

二人目のパパスであるコラントニ・ダミスは、祖父がこの世を去ってからのち、村の財宝とスカンデルベグの短剣を守る役目を引きついでいた。もちろんそれは、一族のための遺産ではなかった。コラントニにはよく分かっていた。それはホラの村人たちから託された、教会を建てるための財産なのだ。彼は財宝と短剣を、錠前のついた鉄の箱にしまいこみ、肌身離さずその鍵を持ち歩いていた。けれどパパスは、財宝のためにつねに不安を抱えていた。時おり、嫌な予感に胸が騒いだ。自分のせいで、いつか取り返しのつかない事態が起こるのではないか。だからパパスは、早く財宝を使ってしまいたかった。一日でも早く、財宝から解放されたかった。とはいえ、教会を建てる仕事はまだ始まったばかりで、その進捗は腹立たしいほどに緩やかだった。それというのも、領主であるサンタ・ヴェンネラ侯が土地の司教に焚きつけられ、あの手この手で横やりを入れてくるからだった。この司祭はそもそものはじめから、正教会の建設計画を快く思っていなかった。建設の許可書への署名は先延ばしにされ、侯の気まぐれでかまど税が引き上げられた。ほかにも侯は、教会の建設のために援助をすると約束しながら、一方では人足をホラから呼び戻したりもした。要するに、片手で与え、片手で奪う遣り口だった。

サンタ・ヴェンネラ侯は普段、カタンツァーロとナポリに暮らしていた。けれど、夏は毎年、ホラからそう遠くないロッサーノの邸宅で過ごすことにしていた。二人目のパパスであるコラントニ・ダミスは、侯に会うために何度かロッサーノまで足を伸ばした。パパスは必死に、自分たちの状況を理解してもらおうとした。ホラに母なる教会を建設するため、かまど税や、林の地代や、年貢を免除してほしいと懇願し、侯にそれを承諾させた。パパスは学のある人物だった。アルバレシュ語のほか、ギリシア語とラテン語にも通じていた。さらに、近隣の土地で話されているラティラの言語、すなわちカラブリア語も、正確には話せずとも理解はできた。一八世紀のアルバレシュの詩人ジュリオ・ヴァリボバよりはるかに早く、コラントニ・ダミスは聖母に捧げる三種の祈禱を作詞していた。残念ながら、とうの昔に彼の作品は散逸している。ただし、その題や一握りの断片ならば、今日まで伝わっている。当時は一年周期の祭りが開かれるたび、詩人たちが叙事詩を創作していた。そうした無名の詩人たちが、コラントニ・ダミスの詩節を、自作のなかに巧みに忍ばせていたのだった。

ホラの村人はパパスを信頼し、ララゾティとしても、ひとりの男性としても、彼のことを尊敬していた。パパスには二人の息子と二人の娘がいた。長男のヤニ・ティスタは、ホラではすでに、ラティラ風に「ジャンバッティスタ」と呼ばれるようになっていた。ジャンバッティスタはパパスの傍らで多くの時間を過ごし、父の知性や、信仰や、生への愛情を吸収していった。そしてやがては、父の不安さえもまた、自分のものにしてしまった。

「あなたはコラントニに似て、ほんとうに賢い子だわ。いつの日か、あなたがホラのパパスになるのよ」そう語るとき、ジャンバッティスタの母の顔はいつも誇らしげだった。反対に父親は、未来を保証するようなことはなにひとつ言わなかった。パパスが好むのは確実な言葉だった。長男にはまだ、学ぶべき事柄が数多く残されていた。息子の未来が黒と白のどちらに染まるか、それを明かすのは〈時〉の役目だった。あとはただ、最善を尽くして待つほかなかった。

「わたしといっしょに来なさい」ある日の朝早く、パパスが寝床のジャンバッティスタに声をかけた。少年は素直に父のあとにつき従い、父の歩調に合わせてきびきびと歩いていった。ホラの村外れまでやってくると、二人は騾馬《らば》の背にまたがり、いつ尽きるとも知れぬ道をひたすらに進んでいった。午後遅く、二人はロッサーノの町にたどりついた。道は広く、たくさんの人が慌ただしく動きまわっていた。ホラの村人よりみすぼらしい身なりの人も何度か見かけた。

建物は背が高く、空に届きそうなほどだった。町中をしばらく進んでから、父は息子に素晴らしく美しい建物を指し示した。その横には、頂きに十字架を掲げる鐘楼が建っていた。「あれが、この町の人たちの大きな教会だ。ここでは〈カッテドラーレ〉と呼ばれている」

少年は嬉しくなった。本物の教会を見るのは、これがはじめてのことだった。「僕たちの村にも、同じような教会が建つのですか？」

「いいや。あれよりは小さいが、あれよりも美しい教会を建てるんだ」少年は目を輝かせ、父の言葉を吸収した。

「向こうにお屋敷が見えるだろう。わたしたちはあそこに行くんだ。サンタ・ヴェンネラ侯が夏を過ごす館だ」父は息子に言った。じきに、二人は騾馬の背から降りた。少年は視線を上げて、あたりをきょろきょろと見まわしていた。小さな丸石が敷かれた道を、二人はどこまでものぼっていった。パラッコの坂道に似ていたけれど、こちらのほうがずっと長かった。

おかしな帽子をかぶった男が、二人を笑顔で迎えてくれた。ジャンバッティスタは中庭に残され、子供たちと遊んでいるように言いつけられた。子供はみんなよく肥えていた。パパスは男に、二階へと案内された。子供たちはラティラの言葉を話していた。あちこちを駆けまわり、大声で喚き、たがいの髪を引っぱり合って遊んでいた。ジャンバッティスタは少年たちの言葉が分からず、庭に立ちつくしたまま彼らの様子を眺めていた。すると、ひとりの大人が近づいてきて、干からびた蛇のように固い小さな棒の束を渡してくれた。「プローヴァル、エ・ッボーヌ」ジャンバッティスタは返事をしなかった。なにを言われたのか分からなかった。それを見て、ほかの少年たちが駆けつけてきた。彼らはジャンバッティスタにお手本を見せてくれた。一本の棒を束から抜きとり、それをくわえ、しばらくのあいだ噛みしだいていた。やがて、棒から汁が出てきた。ジャンバッティスタは彼らを真似た。それはリクイリツィア［甘草のこと。カラブリア地方の特産品］の根っこだった。とても甘くて、汁をたっぷり含んでいた。今までに経験したことのない味だった。このとき知ったリクイリツィアの味わいを、ジャンバッティスタは死ぬまで忘れられなかった。

「ヨカーマラッムッチャレッドゥ?」少年たちが大声で言った。

父がサンタ・ヴェンネラ侯の部屋から出てきたとき、息子は井戸の影に身を隠していた。それは遊びの一環で、少年はとても楽しそうだった。ジャンバッティスタにもお馴染みの、ホラでは「イカ」と呼ばれている遊びだった。

二人は満ち足りた気持ちで帰路についた。教会の基部の建設を請け負う旨、父はサンタ・ヴェンネラ侯から証書を取りつけていた。その見返りとして、侯の領地の小麦の収穫を手伝うために、ホラは年ごとに労働力を提供することになった。少年は、妹たちと弟のために、リクイリツィアの根を土産に持ち帰っていた。一片の影もない喜びが少年の家を満たしたのは、その夜が最後だった。ロッサーノのリクイリツィアのように、甘く、混じり気がなく、汁に満ちた幸福だった。

次の日の夜更け、しつこく家の扉を叩く音が聞こえた。父といっしょに晩禱を唱えていたジャンバッティスタを除き、子供たちはすでに寝床に入っていた。パパスの妻が客人に問いかけた「クシュ・アシュト?」そして彼女は、扉を開けた。思ってもみなかった。そんなことが起こるとは、誰ひとり思ってもいなかった。

そこには四人の男たちがいた。強盗だった。二人は麻の布で顔を包んでいた。残り二人は、見知らぬ若い男だった。二人とも残忍な顔つきをしていて、背の高い方は片手にナイフを握りしめていた。四人は家のなかに雪崩れこんだ。そのうち一人が、見張りをするために扉の近くで立ちどまった。残りの三人はパパスの妻を奥に追いやり、ナイフをかざしてパパスを怒鳴りつけた「財宝をよこせ、早くしろ、さもなきゃお前たちをばらばらにしてやる」

パパスは震えた、〈こうなることは分かっていたんだ〉、パパスは震えながらそう思った。彼は壁際の箪笥を開き、必死の思いで鉄の箱を引きずりだした。妻はそこから逃げだそうと試みて、大きな声で助けを求めた。顔を隠した男の一人が彼女の腕をぐいとつかみ、口を押さえて静かにさせた。パパスは鍵で箱を開けた。蝋燭の灯りを浴びた財宝が、群れなす蛍のきらめきを放った。それが合図となったかのようだった。少年が、母を救うために突然に飛びだした。そのとき母は、見知らぬ男の手から逃れるために、むなしく抵抗をつづけていた。けれど別の男が少年の肩をつかみ、少年の頬をしたたかに平手打ちした。あまりに強く打たれたせいで、少年の体は壁に叩きつけられた。息子はパパスの目の前で、うめきも上げず床にどさりと倒れこんだ。ふと気がつくと、スカンデルベグの短剣が、ナイフを持った男の胸に突き刺さっていた。その場にいた全員が、パパスでさえもが、なにが起きたのか分からずにいた。信じようにも信じられない、一瞬の出来事だった。末期の苦悶を絞りだし、男は箱の上に倒れた。パパスはまだ、血まみれの短剣を握りしめていた。手の震えが伝わって、切っ先が小刻みに揺れていた。

残りの強盗は窓を乗り越え、クリスマの林へ駆けていった。この土地をよく知っている逃げ方だった。その証拠に、道の選択に迷う素振りも見せず、瞬く間に姿を消した。では、顔を隠していた二人の男は、ホラの誰かということなのか……女の悲鳴に最初に気づき、パパスの家に駆けつけてきた隣人たちが、強盗の正体をめぐり意見を交わしあっていた。男たちは強盗の亡骸を箱から除けてシーツにくるんだ。一同はそのあとで、パパスを落ちつかせようとした。一杯のワインを勧め、手から短剣を取りあげ、口々に語りかけた「あんたはよくやった、パパスよ、コラントニよ。あんたは勇敢な男だ、あんたは俺たちの財宝を、俺たちの誇りを救ってくれた」村人たちは、パパスを英雄として讃えてやりたかった。ところがパパスは、大きく瞳を見開いたまま、体を震わせ後悔の言葉を口にしていた「わたしはなにをした？　クリシュティ・イ・ベクアル、わたしはいったいなにをしたのです？」それからというもの、パパスは一日たりとも欠かすことなく、シャン・ヤニ・パガゾルの聖像の前で懺悔の祈りを唱えるようになった。パパスの懺悔は生涯つづいた。けれどあいにく、それはさして長い時間でもなかった。十二年後、普請も半ばの教会の作業場で、ひとけのない日曜の朝に、パパスの死体が見つかった。どういうわけか、普請のための足場に昇り、そこから転落したらしかった。

二人目のパパスであるコラントニ・ダミスは、ふたたび盗人が現われることを恐れ、誰にもけっして見つからない場所に財宝を隠してしまった。妻でさえ、息子のコラントニでさえ、ぜったいに見つけられない場所だった。死がこんなにも早く訪れるとは、パパスは想像していなかった。まさか自分が、秘密を墓まで持っていくことになろうとは、夢にも思っていなかった。

21　いやな夢とほんとうになった夢

「ホラ・ヨネは氷山のようなものだ。半分は海面から顔を出し、陽の光に照らされている。しかしもう半分は暗がりのなかに、俺たちのなかに沈んでいる」僕はゴヤーリの言葉を大きな文字で丁寧に書き留めた。この言葉を、大事に共有したかった。あの日、僕の体は汗と倦怠にまみれていた。家の外ではシロッコが容赦なく吹き荒れていた。息をつけるような場所はどこにもなかった。わずかなりとも安らぎを見出す唯一の方法は、ベッドの上でじっとしていることだった。本を読んだり、考えごとをしたりして、呆れるほどの熱気をやり過ごそうとした。僕はちょくちょく、ベッドの向かいの壁を見つめた。そこには小さなモザイク画が掛けられていた。海辺の水の色をきらめかせる二つの瞳が、じっと僕を見つめていた。ゴヤーリの物語を聞く前は、暗がりに沈む半分のホラのことなど、僕は少しも興味がなかった。本音を言えば、光に照らされたもう半分のホラ、つまりは自分が暮らしているホラでさえ、どうでもいいと思っていた。僕の知るホラは退屈で、ほとんど死にかけている土地だった。僕は一日でも早く逃げだしたかった。もしもラウラがいなければ、とっくにホラを発っていた。ホラで過ごす夏はこれが最後だと、僕はぼんやり考えていた。遠くの土地からやってきた金色《こんじき》の髪の娘が、あの夏のホラを照らしていた。

朝食を載せた盆を持って、母さんが僕の部屋に入ってきた。冷えたカフェ、黒の無花果《いちじく》、半分に切られたクラチというメニューだった。「地獄の窯で焼かれてる気分だわ。フライパンのなかの油みたいに、空気がパチパチいってるもの」母さんは言った「この調子じゃ、熱気のあまり干からびちゃいそう。さすがに暑すぎるから、お父さんも畑から戻ってきたわ。でも、籠いっぱいの無花果を持って帰ってきたくれたのよ。あなたの大好物ですからね。今年の無花果はこれで終わりよ」

「父さん、どこにいるの?」興味があるような振りをして僕は訊いた。

「居間のソファーで煙草を吸ってるわ。傍から見たら、ほとんど瀕死の病人みたいよ。汚い言葉でわたしを怒鳴るしね。まったく、わたしの口から熱風が吐きだされてるとでも思ってるのかしら」

僕はカフェを飲み、無花果を味わった。母さんはベッドの枕元に腰を下ろし、僕の額にかかった巻き毛を片手でずらした。僕に話したいことがあるようだった。僕は待った。無花果はすごく甘かった。目を閉じて、もうひとつの無花果をゆっくりと平らげた。ようやく母さんの声が聞こえた。それは昨晩に母さんが見たという、奇妙な夢の話だった。誰かに聞いてもらいたかったの。でないと夢が悪意を持って、現実になってしまうから。誰かに話せば、夢を遠ざけたままでいられるわ。そして最後は、キリストが夢を追い払ってくれる。ほんとうに嫌な夢だった。思い出しただけで鳥肌が立つくらい。それも、羽をむしられた雌鶏も顔負けの鳥肌よ。夢のなか、誰かが夜更けに戸を叩いたの。戸を開けると、まずは風が入ってきた。ここ何日か吹き荒れている、息詰まるほどに熱い風よ。戸の向こうには誰がいたと思う？　アントニオ・ダミスよ。若いころと変わらない、女を誘うような微笑みを浮かべて、アントニオが立っていたの。そう、目の前のアントニオはほんとうに若かった。わたしは夢のなかで自問したわ、〈わたしたちはすっかり年を取ったのに、どうしてこの人は若いままなのかしら？〉アントニオのうしろには、妹のような娘さんと息子のようなおちびさんがいた。わたしは三人とも中に入れた。そうするしかないでしょう？　扉の外に締め出しておくわけにはいかないもの。〈モティ・イ・マヅ〉の時代の記憶は、今ではすっかり薄れてしまった。それでも、歓待の心は残っているのよ。客人にたいしては、たとえそれが死ぬほど憎い相手だろうと、敬意を持って接しなければいけないの。だけどわたしは後悔した、夢のなかで後悔した。だって頭はしっかり働いていたんですから。わたしはすぐに、アントニオの意図を察したわ。彼はわざわざ面倒事を起こしにきたの。それはたしかに、良かれと思ってのことでしょうとも。だからといって、結果が変わるわけではない。アントニオはこう言ったわ「カルルよ、俺の娘とおまえの息子は、たがいに愛し合っている。ホラではみんな知ってることだ。あの二人は四六時中、顔を合わせてばかりいるからな。二人は恋人同士になりたいらしい。俺に異存はないし、むしろ嬉しく思ってる。俺の妻やお前の妻も同じ意見だ。それで、お前は？」あなたのお父さんは怒りのあまり、唇をわなわなと震わせていた。怒り狂った野犬みたいだった。あんなに怖い顔をしたお父さん、それまで見たことがなかったわ。唇の左右の端と口髭のあたりに、カタツムリよろしくぶくぶく泡を立ててたくらいよ。お父さんはなにも言わなかったけど、その泡を見れば敢えて返事を聞く必要もなかった。するとアントニオ・ダミスは、歯をきつく噛みしめたの。胡桃が床を転がっているような、ものすごい音が聞こえてきた。〈あぁ、これは夢だ〉、わたしはそう考えた。だってそんな音がするわけないから。アントニオの歯は小さくて白かった。馬の歯とは違うのよ。でも、これは夢だと思った理由はそれだけじゃない。アントニオはそのあとで、ポケットからピストルを出して引き金に指をかけたの。ここまでくれば、夢でなかったらおかしいわ。復讐だの決闘だの、そんな恐ろしいことが現実に起きていたのは、もうずっと昔の話よ。わたしたちが生きているのは、道ばたで恋人たちが、堂々とキスをしているような時代でしょう？ けれどアントニオは、すでに発砲したあとだった。あのときわたしが聞いたのは、銃声だけで人を殺せそうな轟音だった。怖くて、暑くて、目を覚ましたら汗まみれになっていた……

そのとき、居間から父さんのくぐもった声が聞こえてきた。母さんに向かって、ぶつぶつ不平を言っていた。

「フィロメ、どこだ？ おい、ギターでも弾いてやらなきゃ聞こえないのか、返事しろ」

「なに？ いま行くわ、カルル、どうしたの？ すぐに行くから、ちょっと待って」母さんが大きな声で言った。それから、僕の方へ向きなおり、しっとりした手を僕の肩に置いた。「これで夢から自由になれたわ。すっきりして、良い気分よ」そう言って、母さんは僕の部屋から出ていった。

僕はもうひとつ無花果をつかみ、口いっぱいに頬張った。母さんの魂胆はお見通しだった。夢の話は創作だとすぐに分かった。本当の目的は、僕にそれとなく警告を与えることにあった。要約するなら、だいたいこんなところだろう〈あなたのお父さんは、あなたがあのお嬢さんに会っているのが気に入らないの。なぜなら彼女は、お父さんが心から憎む男の娘だから〉もっとも、たとえ母さんがほんとうに夢を見たのだとしても、それは形式が変わっただけの話で、メッセージの内実に変化はなかった。そもそも、僕はずっと前から気づいていた。気づいていたけれど、放っておいた。僕はラウラに恋をしている。誰ひとり、父さんでさえ、僕の頭からラウラを追い出すことはできないのだ。

皿に盛られた無花果と半切れのクラチを平らげたあと、僕は部屋のブラインドを下ろした。ほんのしばらく、暗闇のなかで目を見開き、ラウラについて考えていた。やがて僕は眠くなった。無花果と暑さのせいで、頭がぼうっとしていた。

目を覚ましたあと、僕はまずシャワーを浴びた。短パンと赤いタンクトップを着て、こっそりと外に出た。台所からはもう、母さんの作る夕食の匂いが漂っていた。僕は食欲がなかった。僕のなかには渇きしかなかった。ラウラに会いたかった。

ホラの若者はみんなクリキにいた。セメントの壁の上、夾竹桃《きょうちくとう》の花咲く木陰に、若者たちは腰かけていた。僕は夾竹桃を見上げた。咲きこぼれる花の姿は、水面から顔を出す魚の口のようだった。僕は友人たちに合流した。一時間も二時間も、とりとめのないことを喋り合った。海辺から吹きつけるだろう涼しい夜風を、僕らはむなしく待ちつづけていた。ラウラはどこにもいなかった。ラウラはどこだ？

夜更け、僕はパラッコの坂道を下りていった。ラウラの家の前に着くと、窓越しに居間の明かりが見えた。なにが起きたのか自分でも分からない、けれど気がつくと僕は玄関前の石段をのぼり、二度か三度か、家の扉を強くノックしていた。僕はなにをしてるんだ？　もう逃げられなかった。逃げたくもなかった。

ラウラが尋ねた「誰？」僕の声を聞いてから、ラウラは扉を開けた。

「どうしたの、ミケーレ。なにがあったの？　こんな時間に、どうして？」

「いや、べつに。近くまで来たから、ラウラに挨拶したくて」

「夜中の二時半に？　あなた、また飲んでるの？」

「ごめん。明かりがついてるのが見えたから……」

「わたしはさっきまで本を……」ラウラがまだ話しているうち、許しも得ずに僕は家のなかに上がりこんだ。そしてラウラを、強く抱きしめた。

「二度目のキスをするために来たんだ」

ラウラは僕の台詞を聞いて笑った。ラウラの歯に光が揺らめいているのが見えた。たぶんあれは、月の光だった。逸る気持ちを抑えきれず、ラウラの首筋に、髪に、頬に、僕はキスを雨と浴びせた。ラウラは少しも焦ることなく、僕の唇を探しもとめた。唇のあとは舌だった。二度目のキスは、レモンの雫を垂らした紅茶の、涼やかな味がした。

ひとときも体を離さないまま後ずさりし、ソファーの前までやってきた。「テ・ドゥア・ミル、きみが好きだ」僕はラウラに囁きかけた。ラウラは返事をしなかった。聞こえていないようだった。ラウラはずっと、僕にキスしつづけていた。僕はぎこちない手つきで、ラウラのシャツのボタンとブラジャーのホックを外した。ラウラはなにも言わなかった。僕は両手でラウラの胸をつかみ、ふっくらとした乳首のほうにゆっくり唇を這わせていった。一方からもう一方へとリズムを刻むようにして、優しくキスを重ねつづけた。僕の頭はまだ働いていた。意識はしっかりしていた。自分の身になにが起きているのか、ちゃんと分かっていた。するときみの吐息が聞こえた、ラウラ、僕が聞いたことのない調子で、解き放たれた幸福の鋭い響きと重なり合い、きみの喘ぎが僕に届いた。ついにきみの魂の声を聞いた気がした、僕には分かった、なぜなら僕も同じことを感じていたから、ついに、ようやく。僕は鎖を振り払った、怒り狂うようにきみを愛した、尽きることのない熱情を燃やした。汗が僕らの体をつなぎとめていた。その汗は雫ではなく、塩気を孕む小川だった。喉が渇いているかのように、僕たちは小川の水を必死で舐めた、するときみが僕に言った「ゆっくりね、お願い、ゆっくりにして」床の冷たいタイルの上で、両脚に力が漲るのを感じた。腰できつくきみを押さえ、僕は体を動かした。胸や髪にキスをして、首や耳や、震えるきみの唇に歯を立てた。ついに、ようやく。

僕らはしばらく体を寄せあい、濡れた肌を愛撫していた。けれど僕の昂りは、一向に収まる気配がなかった。そのことに気づいたラウラは、美しく軽やかな身のこなしで僕の体に飛び乗った。ラウラが背を丸めると、胸の先が僕の唇に軽く触れた。おかげで僕は、好きなだけ乳首をしゃぶっていられた。目の前の乳房に夢中になりつつ、尻や背を撫でることもやめなかった。とりとめのない途切れがちな言葉を僕は聞いた「ミケーレ……テ・ドゥア……ねぇ、お願い……」少しのあいだ、僕は目を開いた。ラウラは唇を噛み、ゆっくりと力強い動きでもって、自分の体を僕のなかに押しこんでいた。僕たちはまたキスをした。ラウラは少しずつ、体の動きを速めていった。

最後のキスは、頂きに登った瞬間のように長く、激しかった。


ソファはいつしか、居間の奥まで追いやられ斜めを向いていた。僕らはソファをもとの場所に戻した。ラウラが白いシーツを持ってきて、ソファの上にかぶせた。それから、僕の隣で裸のまま横になった。僕の胸が枕になり、僕の呼吸が子守唄になった。ラウラが瞼を閉ざしたのが分かった。やがて寝息が聞こえてきた。反対に僕は、眠らないように努めていた。軽やかで満ち足りたラウラの吐息を、僕の腕に押しつけられたラウラの胸の感触を、心ゆくまで味わっていたかった。けれど最後は疲れに負け、願いもなかばに眠りに落ちた。

ほんの二分ほど眠った気がした。僕は唐突に目を覚ました。ゼフが僕の体の上で四つんばいになり、足や手で僕を叩いていた。あいつは僕とラウラのあいだに隙間を作ろうとしていた。僕たちはゼフのためにスペースを空けてやった。

「寝なさい、ゼフ、まだ夜だからね」ゼフの額にキスをしながら、ラウラが言った。ゼフはおとなしく瞳を閉じた。

開け放しにされた窓から、ようやく涼しい風が吹きこんできた。空が白みはじめた。

僕は服を着て、ゼフとラウラに一回ずつキスをした。僕はラウラに囁きかけた「また昼に会おう」誰かに会って気まずい思いをしないよう、畑のあいだの小道を歩いて帰った。夜が明けようとしていた。畑に向かう農夫たちが、三輪のトラックに乗って車道を走っていた。そのときふと、咳ばらいが聞こえた。千人がいっせいに咳きこんでいても聞き分けられそうな、そんな咳の仕方だった。父さんが、ガレージを開けようとしていた。僕からは父さんの横顔しか見えなかった。父さんは火のついた煙草をくわえていた。煙が顔に巻きついていた。

僕は音を立てずに家に入った。母さんは眠っていた。なにも気がついていなかった。

22　パオロ・カンドレーヴァの証言

僕はある願望を抱いていた。できることなら、アントニオ・ダミスを説得して、ホラへ戻るという考えを捨てさせたい。それが無理なら、せめてもうしばらく、今いる場所にとどまっていてほしい。僕は彼に言いたかった。これはあなたのためなんです。僕の言葉を信じてください。僕はなにも、誰かがほんとうにあなたの命を狙っているとは思っていません。ここまで長い時間がたてば、さすがにそれはないでしょう。でも、あなたの名前の周りには、いまだに不穏な空気が漂っている。あなたはきっと、なにか揉め事に巻きこまれます。

僕はちょくちょく、ラウラといっしょに広場に行った。そんなとき、ホラの大人たちは決まって、ぎこちなくそらぞらしい笑みを浮かべた。そうして、裏の意味を勘ぐらずにはいられない言葉を口にするのだった。俺たちは友達だったよ、いっしょに育ったんだ、あいつはえらく賢かった、ダミスの連中はみんなそうなんだ。

僕がひとりでいるときは、村人の態度はまるで違った。誰もアントニオ・ダミスに気を遣わなかった。そこには敬意の欠片も見られず、せいぜいのところ、恨みがましい無関心が認められるだけだった。あいつは詐欺師だ、悪魔だ、ひとりぼっちの蛆虫だ、裏切り者だ、盗っ人だ。あんなやつのことなんざどうでもいい。誰だそれ？　まだ生きてんのか？

要するに、喜ばしい帰郷にはなりそうもなかった。アントニオ・ダミスが想像するより、はるかに苦い失望が待っているに違いなかった。

僕にはもうひとつ、アントニオ・ダミスの帰郷をできるだけ遅らせたい事情があった。それは個人的で、だいぶ身勝手な理由だった。僕は少しでも長く、ラウラとの夜を平和に満喫していたかった。僕はもう、ラウラの唇や、欲望にわななくラウラの乳房のことしか考えられなくなっていた。もちろん、この手の推測や願望を、ラウラに伝えるつもりはなかった。それに、ラウラは御人好しじゃない。アントニオ・ダミスの娘ですと自己紹介するとき、村人がいつも紛い物の笑顔や言葉を返してくることに、ラウラはちゃんと気がついていた。

ある日、パオロ・カンドレーヴァが僕に会いにきた。父さんとパオロは同世代で、たいへんに仲の良い友人同士だった。二人はいっしょに狩りに行き、カードで遊び、いつも二人して煙草をくわえ、立ち昇る煙のために揃って目を細めていた。僕が記憶するかぎり、この日まで僕とパオロは、道ですれ違ったときに形式的な挨拶を交わすほか、ほとんど話をしたことがなかった。

パオロが口を開くなり、彼がやってきた理由を僕は察した。パオロは僕の父さんに頼まれて、わざわざ話をしにきたのだ。パオロは言った。お前にほんとうのことを話しにきたよ。アントニオ・ダミスがどんな男か、分からせてやりたくてな。ゴヤーリの寝言やら、アッティリオ・ヴェルサーチェのたわ言やら、そんなものばかり聞いてたらだめだ。あの金髪の娘の言うことだって、話半分に聞いておけ。当然だろう。あれはアントニオ・ダミスの娘なんだ。血のつながった相手のことを、公平に見られると思うか？

パオロ・カンドレーヴァはまるで、裁判官を前にしているようだった。アントニオ・ダミスの犯罪行為を明るみに出し、裁判官に正しい判決を下させることが、証言者たる彼の務めだった。パオロは言った。事実には声がある。透きとおった明るい声だ。ジリエットの滝の水と同じだよ。

ひとつめの事実は、大きな声では言えないんだ。係わりのある連中がまだ生きてるからな。平穏に暮らしたいなら、口を閉ざしているのがいちばんいい。だが、それでも声は広がっていく。風のささめきみたいなもので、追いはらうことはできやしない。聞こえていないふりでもして、やり過ごすしかないんだよ。黙って聞けよ。つまり、あの有名な女好きは、婚約者のほかにも二、三人、夫のいる女たちと関係を持っていたのさ。ロザルバみたいな、とびきりの美人だったわけじゃない。たいして若くもなかったしな。それでも、あいつの声を聞くだけで、この女どもは股のあいだをかっかと燃やしてやがったんだ。これはただの噂じゃない。少なくとも、そのなかのひとりについては、神かけてほんとうの話だ。俺やお前の父親は、アントニオの友人だった。親友といってもいいくらいだ。俺は一度あいつのために、小道の先で見張りをしてやったことがある。それも真夜中にな。あいつには、浮気相手とのあいだに生まれた娘がいる。これがまた、親父に生き写しの娘なんだ。お前が知ってるあの娘より、よっぽどアントニオにそっくりだった。髪の毛はまっくろで、瞳は火のついた石炭のようで、背丈だって父親とすっかり同じで、顎のくぼみまで瓜二つだった。その娘の名前か？　お前の知らない女だよ。もう何年も前に、母親と二人でホラを出たんだ。ここにいるのは、戸籍上の父親だけだ。今じゃすっかり耄碌してるが、癇癪持ちの性格は昔のままでな。周りからはパトゥルって呼ばれてる。このとおり、アントニオ・ダミスは村のあちこちに憎しみの種を撒いていった。種を撒いたら実を刈りとる。それが俺たちの人生だ。だが、村の言葉にもあるとおり、シュプリシャン・ギアンバ・エ・ムビエヅ・グリザ、もし撒いたのが憎しみの棘だったら……お前にも分かるはずだよ。今どきの若者で、大学まで出ていたとしても、お前はこの村の人間なんだ。

　ふたつめの事実は、若いころに俺の身に起きた個人的な話だ。俺にはいまだに、昨日のことのように思えるよ。いや、むしろ今日だな。胃のなかに小羊の呻きが響いて、いつまでも吐き気が収まらないんだ。俺はある日、まだ若かったアントニオといっしょに、古い教会のなかを漁りに行った。その場所が更地にされる、ほんの数日前のことだ……

　そのとき、ラウラがゼフの手を引いて、僕に挨拶をしようと近づいてきた。途端にパオロ・カンドレーヴァは話をやめ、悪霊でも目にしたかのごとくに、早足でその場から遠ざかっていった。腰抜けという言葉がぴったりの後ろ姿だった。

「父さんの話をしてたんでしょ?」

僕は頷いた。

「父さんを悪く言ってたんでしょ?」

僕は話を逸らそうとして、今度の日曜に海に行かないかとラウラを誘った。

「父さん相手に、同じことを面と向かって言えるかどうか、見てやろうじゃないの。悪口を言っているやつらはみんな、覚悟しなさいよ。わたしがしっかり見届けるわ。ちょうど二週間後、父さんはホラにやってくる。さっき電話でそう聞いたの」ラウラは怒りのあまり目をしばたかせ、黙ってモザイクの工房の方へ行ってしまった。僕は八つ当たりをされたような気分だった。

この瞬間、僕の脳内になおもとどまっていた希望の残滓は、きれいさっぱり姿を消した。僕は悟った。ラウラがホラにやってきたのは、卒業論文の資料を集めるためではない。娘として、父の帰郷のお膳立てをするために、ラウラはこの土地にやってきたのだ。それはアントニオ・ダミスにとって、自らの汚名をそそぎ、村人たちと和解するための最後の試みだった。困難で、絶望的な企てだった。ラウラにはそれが分かっていた。

僕はバール・ヴィオラの店先の塀に腰をかけていた。一分後、パオロ・カンドレーヴァがふたたび攻撃を仕掛けてきた。よく冷えたビールが二本、その手に握られていた。一本は僕のためだった。

「メ・シャンデト、乾杯」そう言いながら、パオロは僕の隣に腰を下ろした。そして、形ばかりの前置きさえ口にせぬまま、さっきの話を再開した。

俺はあの日、アントニオ・ダミスといっしょに古い教会のなかを漁りに行った。その教会はあと数日もしたら、重機でぺしゃんこにされる予定だった。この時期、村人たちは教会から、値打ちのある物をせっせと運び出しているところだった。当座のあいだ、ミサはサンタントニオ教会の小さな礼拝堂で上げられていた。古い教会は表の扉が壊れかかっていたから、苦もなく中に入ることができた。お前の親父もいっしょだったよ。俺たちはまだ若く、三人とも固い絆で結ばれていた。先頭にいるのはいつもアントニオ・ダミスだった。あいつは怖いもの知らずの男で、俺たちの誰よりも度胸があった。そいつは俺も認めるさ。実際、夜中にあの教会に入るには度胸が必要だった。一歩ごとに、床はぎしぎしと音を立てた。足下には死人たちが眠っていた。遠い昔、故人の亡骸は教会の下に埋められていたからな。死んだ鼠や、ぼろぼろに砕けた骨や、何世紀ものあいだにうず高く積もった埃の臭いが、床の割れ目から漂っていた。あれは埃というよりも、過ぎ去る時間にかぶせられた厚い毛布のようだった。

祭壇の前にやってくると、俺たちは善きキリスト教徒として十字を切った。三人とも、少しばかり良心の呵責を覚えていた。「ブルドーザーがなにもかも一掃する前に、救えるものは救っておこう」アントニオ・ダミスはそう言った。あいつはクリュプタ［聖者や殉教者の遺骨を納める地下聖堂］で財宝を見つけるつもりだった。アントニオの考えが、そのまま俺たちの考えでもあった。あいつの推理は明快だった「史実にもとづいて考えることが肝心だ。俺の先祖は、家や村のすみずみまで財宝を探してまわった。それでも見つからないとなると、今度は畑や、ピガードにある昔の住まいや、オリーヴォ・ディ・ルーカの近くの、他人の所有地のほら穴まで探したんだ。そこまでしても、けっきょく財宝は見つからなかった。俺たちもこの二ヵ月、あちこちを掘り返した。財宝がありそうな場所も、なさそうな場所も、手当たり次第に探しまくった。残るはこの教会だけだ。コラントニ・ダミスの時代には、すでにクリュプタは建てられていた。財宝を入れた箱の隠し場所としては打ってつけだ。この場所を荒らすだなんて、神をも畏れぬ所業だからな」

俺たちは同時に懐中電灯のスイッチを入れ、光で暗闇を切り裂いた。聖ヨセフ、聖ヴェネランダ、洗礼者聖ヨハネ、聖カテリーナ、聖フランチェスコ、それに聖ルチアの石膏像が、懐中電灯の光を跳ねかえしていた。名前の分からないたくさんの聖人が壁面に描かれ、赤子キリストを抱えた聖母の像が教会のあちこちに立っていた。どのキリストもまるまると太っていて、楽しそうな表情を浮かべていた。キリストも、聖母も、聖人たちの誰もかれも、瞳で俺たちに問いかけているようだった「こんな夜中に、わたしたちの家でなにをしている？　罪深き盗人の真似事か？」だが、本気で怒っている聖人はひとりもいなかった。

アントニオ・ダミスは俺たちに、懐中電灯で合図をした。そこで俺たちは、丸屋根になっている地下室の天井をつたって、大ぶりな部屋に下りていった。そこは納戸のような場所だった。壁に備えつけられた箪笥には、新しいものもあれば古いものもあった。ほかにも、板の朽ちかけた長持ちがいくつか置かれていた。一昔前にアメリカ移民が使っていた旅行鞄より、もっと大きな長持ちだった。ホラの家ならたいていは、物置にその手の旅行鞄が眠ってるはずさ。部屋の中央には、地下室へと通じる揚げ戸があった。人が通るのにじゅうぶんな大きさで、半分くらいは木の板で隠してあった。見たところ、つい最近になって別の誰かが、この揚げ戸を利用したらしかった。たぶん、俺たちと同じ考えを持った連中が、地下室へ下りるのに使ったんだ。数世紀のあいだ手つかずのままだったはじまりのクリュプタが、俺たちの目の前に広がっていた。揚げ戸から地下を覗くと、怖気を震うほどの暗さだった。安全に下りられるような階段は、とうの昔に姿を消したようだった。

アントニオ・ダミスは持参した長縄を地下に放り投げ、壁に打ちこまれた金輪に縄の端をくくりつけた。馬やら騾馬《らば》やら、あるいは囚人やらを結びとめておくために使うような金輪だった。そして、念のために俺たちに向かってこう言い添えた「俺の足が床につくまで、縄をきつく張っておいてくれ」そう言い残して、あいつはターザンのように下りていった。やがてアントニオは縄を揺らした。もう緩めても大丈夫だという合図だった。

アントニオ・ダミスが地下のクリュプタをひっかきまわしているあいだ、お前の親父と俺の二人は箪笥や長持ちをのなかをくまなく探した。

そこでなにを見つけたか、ぜんぶ話そうと思ったら日が暮れるな。虫に食われて穴の空いた司祭の黒服、祭壇を覆うための手編みのレース、腕が折れ皿が割れた大きな燭台、何本もくっつき合ってダイナマイトみたいになった蝋燭、頭か鼻か、腕に抱えているはずの笑顔の赤ん坊だかが欠けている聖像たち、ねじれてゆがんだ鐘の槌と舌、金箔に覆われた二、三の聖母の冠、表紙が外れ鼠に食い荒らされた教会の蔵書、書類の山でいっぱいになった一竿の箪笥……その下段には出生証書、中央の段には結婚証書、上段には死亡証書が収められ、何世紀にもわたって黴が生えるにまかされていた。地下からは、石と石のぶつかり合う音が聞こえてきた。アントニオ・ダミスが俺たちの祖先の墓のなかを探っていた。あいつはいらつき、諦めにも近いうめきを漏らしていた。

あの夜、いちばん価値のある物を見つけたのはこの俺だった。ぴかぴかの銀の燭台が四本と、胡桃の額縁に入れられた一枚の絵画だよ。燭台も絵も、真新しい緑色の長持ちに入れられていた。おそらく誰かが、教会が更地にされる前にほかの品物といっしょに持ち去るつもりで、ひとまずそこに置いていたんだろう。絵画は逸品だった。こいつは逸品だと、お前の親父が繰り返し言っていたんだ「この目を見ろ。こんなにも鮮やかで艶《つや》のある瞳は、一流の画家にしか描けっこないぞ」それは赤子を胸に抱きかかえる聖母の絵だった。絵というよりも、目の前に本物の女がいて、まだ乳離れしていない息子をあやしているみたいだった。それくらい真に迫った絵画だった。女の肌はどこまでも滑らかで、瞳は深い青を湛えていた。時という残忍な侵略者を打ち負かし、在りし日の若さをそのままにとどめた瞳だった。

手短に言えば、俺たちはその絵画に、俺たち二人が見つけたその絵画に、すっかり心を奪われていた。じきにアントニオ・ダミスは、落ちついた様子で地下から戻り、きっぱりした口調でこう言った「財宝はなかったよ。これから先も、二度と見つかることはないだろうな」あいつはすぐに絵に気がつき、ごくりと唾を呑みこんだ。なんと言えばよいのか分からず、俺たちと同じように、聖母の美しい瞳にうっとりと見惚れ、讃嘆の面持ちで赤ん坊を見つめていた。そうしてついに、あいつは口を開いたんだ「燭台はお前たち二人のものだ。絵画は俺がもらう。この絵は俺の先祖の形見だ」

「お前の先祖の形見だと？　これは俺たち全員にとっての形見だろうが。この絵を掛けていたのは俺たちのご先祖さまだ。ひょっとしたら俺の家系かも分からんぞ。過去にいったいなにがあったか、お前はその目で見てきたってのか？」お前の親父は腹を立て、アントニオ・ダミスに食ってかかった。

腹を立てない方がどうかしてるさ。

「ここに描かれている聖母は、十七世紀のはじめに生きたダミス家の女なんだ。ホラではなくて、ロッサーノに生まれた女性だ」

俺たちは夜明けの鶏よろしく、外から見つかりかねないほどの大声で怒鳴り合いを始めた。あの部屋は渓谷よりもよほど声が響いたんだ。たぶん、俺たちが間違っていた。俺とお前の親父がな。アントニオ一人にたいし、俺たちは二人いた。すぐさま燭台であいつの脳天を叩き割って、揚げ戸から地下のクリュプタに放りこんでやるべきだった。あいつにはお似合いの最期だよ。のちになってあの男が仕出かしたことを考えるなら、なおさら強くそう思うね。ところがアントニオ・ダミスは、すぐさま話の流れを変えてみせた「なら、こうしよう。ひとまずこの絵は、俺がどこかに隠しておく。長持ちのなかに絵をしまっていた人間に、持ち去ったのが俺たちだと気づかれるとまずいからな。俺はそのあいだに、この絵を完璧に模写できる画家を見つけてくる。そのあとで、俺はお前たちに絵を返す。もしお前たちが望むなら、俺はこの絵を買い取っても構わない。専門家に鑑定を依頼するんだ。俺はお前たちに、この絵にふさわしい金額を支払うよ」あいつはそう言って片手を差しだした。俺たちはその提案を受け入れた。「ユ・ヤプ・フィアラン、俺の言葉をお前たちに預ける」あいつは言った。こうして俺たちは、誰にも見つからないよう用心しながら、教会をあとにした。

俺たちは何ヶ月も辛抱した。繰り返し催促したが、アントニオは言い訳をひねり出す名人だった。「ユ・ヤプ・フィアラン」あいつはいつもそう言った。「さっさとしねぇと、てめぇの言葉とやらをケツのなかに突っこんでやるからな」俺たちはがなり立て、復活祭で食べる子羊のようにばらばらにしてやると警告した。あいつはそれを聞いて笑っていた。俺たちの言うことを冗談だと思って、まともに取り合おうとしなかった。「好きなだけ笑ってろ。そのうちお前は、串刺しにされた子羊みたく笑うことになる」しかしあいつは幸運だった。いきなりホラから姿を消したんだ。あいつは見事に逃げおおせた。俺たちと同じようなのが五、六人、通りの暗がりでアントニオ・ダミスを待ちかまえていたはずだがな。そのうちの何人かは、きっと今でもあいつを待ってる。俺にはそれが分かるんだ。

どうして僕にこの話を聞かせたんだ？　パオロ・カンドレーヴァはビールを飲みほし、僕の反応を待ち受けていた。

「どうして僕にその話を聞かせたんだよ？」

「次にお前が、話すべき相手に話せるようにするためさ。お前には学がある。お前が話せば、耳を貸す連中はたくさんいる。アントニオ・ダミスはもう、ホラの土を踏むべきじゃない。俺たち全員にとって、その方がいいんだよ。そしてあのゴィエハパトだ、口の閉じ方を知らないゴヤーリさまだ。飽きもせずに作り話ばかりこさえやがって、あとで泣くのは自分なのにな。これはアントニオ・ダミスとゴヤーリのお遊戯なんだ。お前は自分でも気づかないうちに、遊びの駒にされてるんだぞ」

「僕は誰の駒でもないよ。だいいち、これは遊びじゃない……」

パオロは乱暴に僕の言葉を遮った「いいさ、若者よ、分かったよ。俺の話はもう終わりだ。お前は俺よりずっと賢い。その気になれば、お前の頭ならすぐに分かる。もう一本ビール飲むか？」

僕は無作法な仕種でビールを断り、友人たちに会うためにバール・ローマの方へ歩いていった。

23　傷

その日の晩、ラウラと自分を隔てている距離と時間を数えていたとき、視線の先に、開け放しにされたモザイクの工房の扉が見えた。

「ゴヤーリのやつ、こんな時間に工房で何してるんだ？」僕は友人たちに問いかけた。誰からも返事はなかった。けれどみんな、僕と同じように歩を速めた。僕らは長い散歩を終え、広場へ戻ろうとしている途中だった。あたりに人影はなく、すでにバールは閉まっていた。ゴヤーリは普段、夜はけっして作業をしなかった。僕らはそれを知っていたから、嫌な予感に胸が騒いだ。

工房に入る前に僕たちは声をかけた「誰かいる？」ゴヤーリの返事を待った。祈るような気持ちだった。扉の錠前が力ずくでこじ開けられていることに、エマヌエーレが気がついた。僕たちは工房に入って明かりをつけた。

竜巻に襲われたあとのようだった。棚は床に押し倒され、テーブルはひっくり返り、椅子やソファーはあらぬ方角を向いていた。モザイクの欠片、糊を入れる椀、からっぽの段ボール箱、作業道具、叩き割られた木の額縁、そして砕けたガラス窓が、いたるところに散乱していた。僕たちは不安に駆られ、モザイクのそばへ歩み寄った。そこには長い傷跡があった。傷は空の一点に端を発し、教会の祭壇の上で仰向けになったコラントニ・ダミスの全身を、ほとんど真っ二つに切り裂いていた。まるで、誰かがコラントニ・ダミスの亡骸に狼藉を働き、あらためて彼を殺したかのようだった。

「見ろよ。連中はこれを使ったんだ」モザイク片のなかに放り捨てられているハンマーを指さして、コジモが言った「たぶん、俺たちが来なかったら、モザイクを丸ごとぶち壊してたよ。誰か見張りがいたんだろうな。俺たちが近寄ってくるのを見て、急いでここから逃げだしたんだ。この部屋、煙草の臭いがまだ残ってるだろ」

僕は携帯電話を取りだしてゴヤーリを呼んだ「すぐにモザイクの工房に来て。泥棒が入ったんだ」僕は言った。ゴヤーリは眠たそうに、はっきりしない声で繰り返した「泥棒？　泥棒だって？」

それから十分もしないうちに、ゴヤーリは工房へやってきた。「信じられない」ゴヤーリは言った。目の前に広がる工房の惨状を、現実のものとして受けとめられずにいた。これはたちの悪い冗談か、あるいはむしろ、忌わしい悪夢なのか。「どうしてだ？　どうしてこんなことをするんだ？　ここには盗むようなものはひとつもない。それはみんな分かっているはずなのに……」

「きっと余所者の仕業だよ。ゴヤーリの評判を聞きつけて、金目の物を漁りにきたんだ。高価なイコンが見つかるとでも思ったんじゃないかな」僕は言った。あらかじめ僕らの身内の、ホラの誰かの関与を否定しておけば、ゴヤーリの苦しみを和らげられるような気がしたから。

友人たちは、軽く鼻を鳴らしただけだった。誰も僕の推測を信じていなかった。

ゴヤーリはモザイクを丹念に撫でていた。そのあとで、軽い安堵の表情を浮かべた。

「片づけを手伝うよ」僕らは声を揃えて言った。たぶん僕らはゴヤーリ以上に、今回の件に心を痛めていた。そのことを悟ったゴヤーリは、僕らを安心させようとした「あぁ、ありがとう。みんなでやれば、半日で元どおりになる。モザイクの方も、二、三時間あれば修理できそうだ。しかし、防犯のためにもっと頑丈な鍵をつけた方が良さそうだな。作業は明日からにして、今日はもう休もう」

パラッコの下り坂にさしかかったころには、三時半をまわっていた。ラウラのところに寄っていくには、もう遅すぎた。そんな気も起きないほどに、僕は落ちこんでいた。

けれど、ラウラの家の前を通りかかったとき、焦りと苛立ちのこもった視線を僕は感じた。ラウラは暗がりのなか、古ぼけた扉から通りを眺め、僕が来るのを待っていた。

「ようやく！」ラウラは言った。

遅くなった理由は訊かれなかった。僕はラウラに、モザイクの工房で起きたことを話さなかった。話そうと思っても話せなかった。というのも、ラウラが自分の唇を、僕の唇にきつく押しつけてきたから。僕らの口の端からは、たがいを求め合う吐息しか漏れてこなかった。僕の胸にラウラの張りのある乳房がぴったりと押しつけられ、僕は思わず息を飲んだ。先に汗をかきはじめたのは僕だった。先にシャツを脱いだのも僕だった。僕らの背後に、ベッド代わりのソファがすでに用意されていた。ソファには白いシーツがかぶせてあった。

「ラウラ、好きだ」

はっきり大きな声で言ったのは、この夜が初めてだった。三度か四度、僕は同じ言葉を繰り返した。僕はその響きが気に入った。「ラウラ、好きだ、ラウラ、好きだ」一晩中でも繰り返していたかった。けれどラウラはただ一言、「わたしも」と返しただけで、僕の言葉を打ち切った。つづけざま、僕は唇に雨のようなキスを浴び、胸や首筋にそっと歯を立てられた。

僕はラウラがタンクトップと短パンを脱ぐのを手伝った。

僕たちは夜明けまで、愛を交わしつづけた。


昼食を終えてから、僕はすぐにモザイクの工房を訪ねた。友人たちとゴヤーリは、すでに仕事に取りかかっていた。みんな静かだった。棚や椅子やテーブルは元の場所に戻され、床はきれいに掃き清められていた。壁際には、モザイクの欠片が山のように積み重なっていた。僕が着いたとき、みんなはちょうど、モザイク片のかたづけを始めようとしていた。僕も作業に加わった。たくさんのゴミ袋が、あっという間にいっぱいになった。誰も昨日の出来事には触れなかった。ゴヤーリは作業の合間に、ちらちらとモザイクへ視線を向けていた。モザイクに刻まれた傷を、瞳で修復しようとしているみたいだった。

しばらくして、ゼフが工房にやってきた。笑顔を浮かべ、小走りで工房のなかに駆けこんできた。ゼフはすぐさま、いつもと雰囲気が違うことに気がついた。床に積み重なったモザイク片、空っぽの棚、たくさんのゴミ袋、打ち沈んだ僕たちの顔……不安を覚えたゼフは、僕のかたわらに身を寄せた。

一分後、ラウラも工房に到着した。しなやかな長い足、ぴんと伸びた背中、張りのある豊かな胸。そのすべてを調和させながら、ゆったりとした足どりで入ってきた。僕らの視線は、ラウラの髪を取りまいている光の輪へと注がれた。黄金の輝きが、部屋を漂う埃の膜を切り裂いていた。まるで、電球の発する光の暈《かさ》のようだった。

「ツァ・マウレリアから聞いた。昨日の夜、泥棒が入ったのね。とんでもないやつらだわ。誰がやったか、もう分かったの？」ラウラは尋ねた。

「いや、これは泥棒の仕業じゃない。たぶんどこかの若造が、俺をからかおうとしてやったんだ。この土地にも、アルバニア人を毛嫌いしてる間抜けがいるってことだな」ゴヤーリが答えた「プロでも開けられないドアと窓を注文しておいた。もっと早くにそうすべきだった。俺が間違ってたよ。でも、いったい誰が想像できる？　この土地で、このホラで、こんなことが起こるなんて」

僕はまたもや、村人たちを擁護した「薬のやり過ぎで頭のおかしくなったやつらが、近くの村から流れてきたんじゃないかな。金目の物がなにひとつ見つからなくて、腹を立ててモザイクに八つ当たりしたんだ」ばかにされる危険は承知の上だった。それでも僕は、こんなにも恥ずべき振る舞いを、ホラの人間が仕出かしたとは信じたくなかった。

「そうだな、ここんとこ暑すぎるのも、ヤク中どもが悪いんだろうな」コジモが皮肉をこめて言った。「まぁ、まぁ、誰だって寝言は言うさ」エマヌエーレがつけたした。僕の言葉を否定するため、ラウラも口を挟んできた「悪さをするのは余所者で、ホラの人間は天使ってわけね。あなたがどういう人間か当ててあげる。お人好しか、目が見えていないか、そのどちらかよ」

ラウラの口からこんな言葉が飛びだすとは、夢にも思っていなかった。僕は思わず、蔑むような口調でやり返した「なぁ、ラウラ、きみはホラの何を知ってるんだ？　ここで生まれた僕と、数週間前にホラに来たきみと、どっちがホラをよく知ってるんだ？　論文を書くために二、三人にインタビューして、それでぜんぶ分かったつもりになってるのか？」

「あなたがホラを知らないとは言ってない。でもあなたは、見えているはずのものを見ようとしないの。これは眼差しの問題なのよ。あなたに分かってもらえるか、わたしには分からないけど」
ラウラの言うとおりだと僕は思った。疑いなく、友人たちもラウラと同意見だった。でも、僕はそれを認めたくなかった。そんなことはできなかった。

益のない激しい口論が始まった。僕たちはひたすらに、同じ内容を違う言葉で繰り返した。その言葉はときに下品で、ときに乱暴だった。やがて、ゼフが僕の横に来て、いっしょに遊ぼうと誘ってきた。乞うような眼差しだった。ゼフは喧嘩をやめさせたがっていた。僕はゼフの願いを受け入れた。

一方のゴヤーリは、落ちついた態度を崩さなかった。傍目から見るかぎり、ゴヤーリは平静だった。カラビニエーレを呼ぶ気はないと、ゴヤーリは言っていた。できるだけ早く今回の件は忘れて、嫌な出来事に蓋をしたいと思っているようだった。モザイク画に残された空白の箇所は、もうあとわずかだった。モザイクに描かれた、今やお馴染みの人物たちは、澄んだきらめきに包まれていた。背後から輝きを放つ神秘的な光輪が、秘密を共有する僕たちの眼差しのなかで、七月の空に浮かぶ星のように瞬いていた。

ラウラは拗ねた表情で僕を睨みつけていた。その姿を一目見るだけで、ラウラがどれほど誇り高いかよく分かった。ラウラは白い歯で唇を噛みしめていた。左耳の上で波打つ髪を、片手の指でもてあそんでいた。ものすごくきれいだった。僕はようやく、和解のしるしに笑みを浮かべた。一日の残りの時間を、くだらない意地のために台なしにしたくなかった。ラウラは僕に近づいてきて、僕の口にキスをした。みんな驚いていたけれど、いちばん驚いたのは僕だった。「短気の石頭!」ラウラがぴしゃりと言った。その声には、聞く者を安心させる響きがこもっていた。

ようやく、工房にくつろいだ空気が戻った。そこで僕は、美しい聖母子像をめぐる逸話を話してみた。ただし、パオロ・カンドレーヴァが語っていたアントニオ・ダミスへの憎しみについては、なにも触れないでおいた。

「この絵のこと、ゴヤーリは何か知ってる？」話の締めくくりに、僕は訊いた。

「もちろんだ。実物を見たこともある。その絵は今、ドンナ・マルタ・クリエレーシの手許にあるよ。アントニオ・ダミスが預けていったんだ。ところが、じきにアントニオはホラを発ってしまった。絵を引きとるための時間もなかったんだな」

「どういうわけで、その人に絵を預けたの？」

「ドンナ・マルタは、ナポリで絵画の勉強をしていた女性なんだ。若いころから、画家としての彼女の腕前は有名だったそうだ。あの絵を模写できるような人間は、ホラには彼女しかいなかったのさ。時間があるなら、会いに行ってみるといい。きっと絵を見せてくれるよ。それに、機嫌が良ければ、ラウラに絵を渡してくれるかもしれないぞ。俺の見たところ、引き取り手のいない絵を持て余している印象だったからな。昔気質《かたぎ》の、親切で誠実な女性だよ。アントニオ・ダミスに深い敬意と愛情を抱いている。アントニオも、彼女については誉めてばかりだったな」

ラウラはすぐに行動を起こした。電話帳からドンナ・マルタ・クリエレーシの番号を探し、携帯電話で彼女の家に電話をかけ、ものの数分の会話で段取りをつけてしまった。

「夕方の六時に会う約束をしたわ。わたしがホラにいるってこと、彼女は知っていたみたい。わたしからの連絡を待ってたのね。ほんとうに、とっても親切な人だった」ラウラが言った。

工房を出る前に、ゴヤーリの声が聞こえた「いちばん残念なのは、コラントニ・ダミスの体に刻まれた、この長い傷だ。たしかに、うまくすれば傷口は閉じてやれる。でも、モザイクのこの箇所は、けっして元どおりにはならないだろうな」

24　美しきロッサニーザ

普請途中の教会の前で仰向けになっているコラントニ・ダミスを見つけたのは、パパスの息子のジャンバッティスタだった。ジャンバッティスタはパパスの体を何度も揺すった。父は返事をしなかった。パパスの瞳は大きく見開かれ、ジャンバッティスタは思わず身震いした。口の端から、胴の長いミミズのような、濃い赤茶色の血の筋が流れ出ていた。ジャンバッティスタは助けを求めて叫びを上げた。すでに父が息絶えていることは分かっていた。けれど彼は、それを信じたくなかった。ヒエン・エ・エラス、風の影を、ジャンバッティスタは生まれてはじめてその目で見た。捉えどころのない風が、ガラスのような父の瞳に映りこみ、ジャンバッティスタをあざ笑っていた。やがて、風は楡の葉のごとくに二人のまわりを旋回し、何度も跳躍を繰り返した。気がすむと、大地のそばを埃にまみれながら滑空し、風はそのまま消えてしまった。若者は力いっぱい叫びつづけた「助けて、助けて。誰か来てよ。父さんを助けて、助けて」

こんな叫びを、ホラで耳にする機会はついぞなかった。その声は谷間から谷間へと反響し、嘆きと苦しみの地鳴りと化した。はるか遠くの畑で働いていた農夫たちまで、ジャンバッティスタの叫びを聞いて十字を切った。

最初にその声に気がついたのは、近くに暮らしている女たちだった。それから子供たち、男たち、そして村全体が事を悟った。妻と子供たちの流す涙に、誰もが憐憫の情を寄せた。村人はコラントニ・ダミスを彼の家まで運んだ。パパスの体を洗い清め、別の服に着替えさせ、部屋の中央にあるテーブルの上に彼の亡骸を横たえた。自らの役割を心得ている老婆たちが、パパスのために競うようにヴァイティムを歌った。それは死者に捧げられる哀悼の涙で、今までに流されたどの涙よりも愛情がこもっていた。それも当然のことだった。なぜなら、死んだのは彼女たちの息子、ホラでいちばん賢かった息子なのだから。ほどいた髪を肩のあたりで震わせながら、老婆たちは悲嘆に暮れていた。一方の男たちは、窮屈な部屋の人いきれを避け、外に集まって話をしていた。彼らは涙を流すわけでもなく、大きな声で口々に、パパスの身に何が起こったのか推論を重ねていた。災難だったな、足場の上で態勢を崩したんだ。しかし、そんな高いところで何をしてたんだ？　急に北風が吹きつけたのさ、ここは風の丘だからな。いいや、これは復讐だよ、財宝の一件が原因だね、そうでなきゃ、パパスがあんなところから落ちるわけないだろう？　風なわけあるもんか、コラントニは誰かに突き落とされたんだ、パパスを死ぬほど憎んでいた誰かにな。ひょっとしたら、自分で飛び降りたのかもしれない。たとえ相手が悪党だろうと、人ひとり殺したことの後悔は、コラントニの脳みそをずたずたに食い荒らしていたんだ。たしかにそれは一理ある、しかしな、あの男がパパスだってことを忘れちゃいかんぞ。来る日も来る日も、キリストと言葉を交わしていたパパスに、自ら命を投げ出すような真似ができると思うか？　凪は悪さをすることもある、顔に雨粒を叩きつけることもあれば、屋根の瓦を引きはがしたり、木の根を引っこ抜いたり、枝をへし折ったりすることもある。それでも凪は、人間に悪意を持っているわけじゃない。いちばんありそうで、いちばん単純な真実はこうだ。パパスは落ちた。死を覚悟して飛び降りた。それで終わりだ。

ややあってから、いちばん年長の男が話題を変えて言った「幸い、村には新しいパパスがいる。まだ若くとも、よく塩の利いた頭を持った男だ。鰯の塩漬けより、もっと塩の利いた頭をな」

すると、別の年長者が口を挟んだ「わしはダミスの一族に怨みはない。だが、パパスは王とは違うのだ。親から子へと、王冠のように引き継がれていくものではない。アルバレシュの別の村から、新しいパパスを探してきた方がいい。経験を積んだ優秀なパパスが、きっと見つかるはずだ！」

「いいや、パパスはわしらの、ホラの村の誰かでなくてはいけないんだ。少なくとも、その任に堪える人間がいるうちは、よその村に頼るべきではない。ジャンバッティスタ・ダミスは父から教えを授かっている。わしらの誰よりも学が深く、正直で誠実だ。ジャンバッティスタはたしかに若い。しかし、若者はときとして、わしらのような老いて干からびたナメクジよりも、よほど賢く清らかに振る舞うものさ」

ほかの村人たちはこの言葉に同意した。それは自然な成り行きだった。もしもパパスを村人の中から選ばなければ、この土地を管轄するカトリックの司教が、ラティラの司祭を送りこんでくるだろう。そうして、死んだパパスの座に余所者がつくことになる。「司教はきっと、その機会を心待ちにしているよ」中年の男が言った。カトリックの司教にとって、頭の固いアルバレシュどもの祭式に手を加えることは、積年の願いであるに相違なかった。この風変わりな連中は、右から左へ、カトリックとは逆の方向に十字を切る。アルバレシュの聖職者は、破廉恥にも妻を娶り、たくさんの子供をこしらえて大家族を作っている。おまけに、堅信の秘蹟と聖体の秘蹟をいっしょくたに施すし、聖体拝領の儀式の折には、小さな子供にまでワインに浸かったパンを食べさせる。花嫁と花婿が冠を三度も交換する奇妙な婚姻の儀礼や、ワインを飲み干すなりグラスを叩きわる習慣など、アルバレシュのおかしな点を挙げればきりがなかった。

こうして話はまとまった。ジャンバッティスタ・ダミスは、先代たちの誰よりも若い歳でホラのパパスとなった。オフリドの大主教座から派遣されてきた主教が、ジャンバッティスタを叙階した。この主教は、イタリアに逃れてきたアルバレシュの村々を訪ねてまわり、自らの管轄地域を視察している最中だった。彼が訪問する先では、どこも東方正教の教えに則り儀礼が執り行われていた。

ジャンバッティスタに託された最初の儀式は、父の死を弔うための葬儀だった。もっとも、そのときはまだ、正式にパパスに任命されていたわけではなかった。ジャンバッティスタが身にまとっていた祭服は、少しばかり幅が広く、丈は短めだった。けれど、木造りの宝座とシャン・ヤニ・パガゾルのイコンを前にしたとき、ジャンバッティスタの声と身振りは、その若さからは考えられないほどの威厳を放った。死んだパパスが村人全員の父親であったかのように、ジャンバッティスタは言葉を連ねた。誠実であり不運でもあったパパスを、主はかならずや天国へ迎え入れるだろう。きらめきを放つジャンバッティスタの瞳は、涙に濡れてはいなかった。気を昂らせているようにも見えず、あくまでも冷静だった。新たなパパスはただちに二つの約束を交わした。ジャンバッティスタは以後、村人ばかりかオフリドの司教の前でも、繰り返しその約束を口にすることになった。それはまるで、心に憑りついて離れない連禱のようでもあった。「ホラの財宝を見つけだし、わたしたちの教会の普請を終わらせます。わたしのベサを、あなたたちに預けます」

葬儀の翌日から彼は財宝を探しはじめた。けれど成果はなかった。もうひとつの約束である教会の普請にかんしては、喪に服しつつ、一ヶ月が過ぎ去るのを待っていた。それから騾馬《らば》の背に乗って、領主との関係を結び直すためにロッサーノへ向かった。

正午過ぎ、領主の館の門前にたどりついた。ジャンバッティスタを待っていたのは、かつて父をサンタ・ヴェンネラ侯のもとへ案内したのと同じ、奇妙な帽子をかぶったあの男性だった。井戸のある中庭を横切っていくと、「イカ」をして遊んでいるぽっちゃりとした子供たちを見かけた。身を潜め、時が過ぎ去るのをじっと待っている子供たちは、十二年前とまったく変わっていないように見えた。けれど、それは有りえない。誰にとっても、時は同じように過ぎていく。富める者も、貧しき者も、子供も、老人も、時の流れからは逃れられない。「子供たちよ、こんにちは」しんと静まった中庭に向かって、ジャンバッティスタは声をかけた。子供たちは身を隠したまま、階段を昇っていく彼の姿を物珍しそうに見つめていた。あの日に知った、忘れようにも忘れられないリクイリツィアの味わいが、父の思い出といっしょになって、不意にジャンバッティスタに襲いかかった。喉に柔らかな甘みが広がっていった。

サンタ・ヴェンネラ侯は大きな木造りの椅子に腰かけていた。肘掛けには、空を舞う鷲の姿が彫りこまれていた。それは侯の家系の紋章だった。サンタ・ヴェンネラ侯は今や年老い、張りのない顔からは生気が失われていた。侯は指で輪を作り、手の甲をジャンバッティスタに差し出した。侯はどうやらジャンバッティスタを、先代のパパスであるコラントニ・ダミスと取り違えているようだった。若者は老人の手の甲に、そっと額を寄せた。けれどそこにキスはしなかった。自分の名はジャンバッティスタ・ダミスであること、父のコラントニは残念ながら死んだことを、彼はまず説明した。そして、引きつづき教会の普請を援助してほしいと、サンタ・ヴェンネラ侯に要請した。ホラにはとりわけ、熟練の石工が不足していた。

侯は丁重に哀悼の意を表し、ジャンバッティスタにこう言った「よろしい。これまでどおり、収穫の季節にお前の村の農夫を寄越すことが条件だ。ホラの農夫は、このあたりの土地ではいちばんの働き者だからな」

「仰せのとおりに。わたしの言葉を、あなたさまに預けます」きっぱりとした声で、ジャンバッティスタは返事をした。

すると侯は、奇妙な帽子をかぶった男に、そばに来るよう合図をした。「エレオノーラを呼べ」侯が命じた。男は部屋を出ていくと、じきにひとりの少女を連れて戻ってきた。少女は銀の盆を手に持っていた。盆の上には、水差しがひとつと碗がふたつ並んでいた。碗に注がれた液体は、濃い色にくすんでいた。

「われわれの安寧と、このたびの取り決めの成就を願って、ともに飲もうではないか」侯が言った「これはリクイリツィアを煎じたものだ。ロッサーノの名物でな。お前の父はこれが好きだった。喉の渇きを癒すだけでなく、消化の助けにもなる。そしてなにより、気分を落ちつかせてくれるんだ。

これを淹れたのはエレオノーラだが、リクイリッツィアの根を集めたのはその父親だ。この娘の父親は、わたしの農場の差配人なんだよ」

ジャンバッティスタは動転した。手が小刻みに震え、危うく茶をこぼしそうになった。少女は黒く波打つ髪を、うなじのあたりに編んでまとめていた。顔の肌はひどく滑らかだった。不思議な色合いの瞳だった。紺碧のようでもあり、菫色のようでもあり、群青のようでもあった。リクイリッツィアの花のごとくに、紫がかったさまざまな色合いが、彼女の瞳のなかできらめいていた。いずれにせよ、途方もなく美しい瞳だった。見る者の目をくらませるほどの輝きだった。貪るような若者の眼差しに気がつくと、少女はそっと目を伏せた。ジャンバッティスタは三口で茶を飲み干した。ぐらぐらと震える碗を、どうにか落ちつかせようとして、両手でしっかり押さえつけていた。

「エレオノーラ、客人にもう一杯注いであげなさい」侯が命じた。少女は視線を上げ、若者へ近づき、碗の縁まで茶を注いだ。

ジャンバッティスタはまたしても、瞬く間に茶を飲み終えてしまった。ずいぶんと喉が渇いている様子だった。けれど実際は、体の内側で燃え上がる炎を、どうにか消しとめようと必死なのだった。こんなにも美しい少女を、彼はこれまで見たことがなかった。

ホラへの帰り道を行くあいだ、ジャンバッティスタの喉にはずっと、リクイリッツィアの甘やかな痛みが疼いていた。光を放つエレオノーラの瞳が、目の前にちらついていた。それはまるで蜃気楼のように、こちらが近づいた分だけ遠ざかっていった。

サンタ・ヴェンネラ侯との面会を口実に、ジャンバッティスタは頻繁にロッサーノを訪れた。訪問する必要などないのに、むりやり理由を捏ねあげることさえあった。ロッサーノにやってくるたびエレオノーラに会いに行った。ほんの短い時間でも構わなかった。聖母の顕現と同じように、一瞬で面会が終わろうとも、彼女の顔を見られれば満足だった。そのあいだにジャンバッティスタは、エレオノーラの人となりをすっかり知りつくしてしまった。彼女は十六歳で、七人姉妹の四女だった。父親のドン・ラッファエーレ・デ・ルーカは、サンタ・ヴェンネラ侯の農場の差配人で、マルトゥッチ家やアマレッリ家やデ・ロシス家など、ロッサーノのもっとも裕福な家系と縁戚関係を結んでいた。なんとも不可解なことに、ジャンバッティスタがエレオノーラに求婚したとき、彼女の両親はすぐさま二人の婚姻に同意してくれた。とはいえ、はじめのうちはこの両親も、いずれ司祭になる若者がどうして結婚できるのか、よく理解できずにいた。一方でジャンバッティスタの母親は、息子の選択に失望し、恨みがましい言葉を並べた「お前はホラの娘と結婚すべきなんだ。ニア・サ・フィエト・スィ・ネヴェ、わたしたちと同じように話す娘とね。お前なら、いちばん好きな娘を選べるんだよ。どの家も、お前の申し出を断るわけはないんだから」

「母さん、わたしはもう決めたのです。エレオノーラはホラで生きていきます。大丈夫、母さんもきっと彼女のことが気に入りますよ」

そう、エレオノーラのような女性を、どうして気に入らずにいられただろう？　実家で授かった教育と、ホラの村人にたいする心からの敬意のおかげで、エレオノーラは義母を、ジャンバッティスタの家族全員を、そしてしまいには、すべての村人を魅了してしまった。とくに男たちがエレオノーラに夢中になった。彼らはエレオノーラの美しさ、賢さ、優しさを褒めたたえた。つねに笑みを湛えている、めったにない青の瞳が、男たちを魅了した。

エレオノーラはまず、アルバレシュ語を身につけようとした。ホラの一員になるためには、それが唯一の手段であると理解していたからだった。エレオノーラは、ロッサーノとは何もかも異なるこの世界を理解し、尊重できるようになりたかった。そうすれば、村人たちも自分に好意を寄せてくれるはずだった。試しにエレオノーラと話してみたあと、ホラの人びとはいつも言った「フィアト・マ・ミラ・セ・ネヴェ、わたしたちよりも上手に話すじゃないか。立派だね、あんたはもう、わたしたちの村の人間だよ」村人たちはエレオノーラを、本人の前では「ゾニァ・ルレオノーラ」と呼び、本人がいない場所では「きれいなロッサニーザ」と呼んでいた。「ロッサニーザ」は、「ロッサーノから来た娘」の意」

パパスは妻を誇りに思っていた。エレオノーラは、「コハ」というアルバレシュに特有の祭服を身につけ、ギリシア風の儀礼に敬意を払い、東方の歌唱をそらんじていた。ただし、家族に会うためにロッサーノに戻ったときは、すぐに大聖堂に駆けこんで、アキロピタの聖母の前で祈りを捧げるのが常だった。その聖母は人間の手で描かれたのではなく、大聖堂が建てられた時代に、ひとりでに壁に現われたのだった。ジャンバッティスタも、この聖母のことは崇敬していた。パパスにとって、幸福な日々がつづいた。四人の子宝に恵まれ、その全員が男の子だった。子供たちはすくすくと成長した。エレオノーラの両親には、女の子供しかいなかった。だから二人は孫たちに夢中になり、全員を思いきり溺愛した。孫が大きくなるにつれ、ますます長くロッサーノの家に引きとめるようになった。やがて長男と次男は、勉学のためにロッサーノで暮らすことになった。期待に違わず、勉強の費用は祖父母が負担してくれた。この二人は長じてのち、リクイリッツィアの根を扱う最初期の商人になった。リクイリッツィアが自生する所有地で根を集め、それを洗い、脇に生える小さな根を取り除き、手のひらほどの長さに切り分けて売るのだった。長男と次男は、ホラにいる両親や二人の弟の子供たち、さらにはたくさんの親戚のために、しばしば甘い根の束を送った。就寝前にパパスは毎夜、リクイリッツィアの煎じ茶を飲んだ。リクイリッツィアの味がする唇で、パパスは妻に口づけし、妻の唇や茶色い乳首をしゃぶり、夜のしじまに、自身の生を甘やかに味つけた。日中は、ほかの村人たちと農作業に励むこともあれば、神事の指揮を取ることもあった。けれど、若き日の二つの約束にかんして言うなら、パパスの時間は今も止まったままだった。いくら探しても財宝は見つからなかった。自分の家を手袋か何かのようにひっくり返し、村の土地のおよそ半分を掘り返した。そこまでしても、いっさい何も出てこなかった。教会の普請は亀の歩みで前進した。くたびれはてた亀のごとくに、途中で何度も歩みをとめた。自分の生を、パパスは幸福だと感じていた「それはそうさ。なぜならわたしは、愛すべき相手に出会えたのだから」パパスはよくこう言った「わたしは幸福に出会い、キリストの光に出会ったのだよ」そう言うとき、パパスはエレオノーラの輝く瞳を思い浮かべていた。それでも、二つの約束は振り払うことのできない影となり、パパスの生につきまとっていた。

ホラではその後、こうした物語のすべてが、不信の火種となりくすぶりつづけた。果たされなかった約束が引き起こす、憎しみの薄片だった。遠い過去、霞がかる太古の時、ある者はそれを「モティ・イ・マヅ」、偉大なる時と呼ぶ。罪人たちに名前はなく、あとに残されたのは一族の姓だけだった。ダミス。ただひとりの例外が、エレオノーラだった。夫の名前はエレオノーラの影に隠れて、歴史の底に沈んでしまった。けれど彼女にまつわる言い回しだけは、今でもホラに伝わっている。「ロッサニーザのようにきれいだ」素晴らしく美しい女性に、この言葉が使われる。髪の色は、金だろうと、茶だろうと、赤だろうと、関係ない。青い瞳が菫色の光を宿していようと、海辺の水の色を湛えていようと、関係ない。

25　ドンナ・マルタの証言

「むしろ大切なのは、全体の美しさだよ。それが、眼差しと心を結ぶ目に見えない糸になって、俺たちの生に深みを与えるんだ」ゴヤーリはこう言って、美しきロッサニーザの物語を締めくくった「その糸は、モザイク片とモザイク片のあいだにある、細く白い隙間によく似ている。近くでは見えるのに、遠ざかると消えてしまうから」ゴヤーリは少しも休憩を取ろうとせず、黄金の犬歯を舐めるなり、テーブルの上にあるモザイク片の山をつかみとった。黄土色、草色、ウルトラマリンの欠片だった。開け放された工房の窓からは、それらと同じ色彩に染まる風景が見えた。

もうすぐ午後六時だった。仕事に取り組むゴヤーリを残し、僕たちはモザイクの工房を去ることにした。先頭にラウラ、次にゼフ、それからエマヌエーレ、ジョルジョ、コジモ、そして僕と、一列になりぞろぞろと出ていった。

期待していたとおり、ラウラは僕に、ドンナ・マルタ・クリエレーシとの面会にいっしょに来ないかと誘ってくれた。僕はもちろん、行くと言った。ドンナ・マルタに会いたかった。そしてなにより、数百年前の絵画を見たくてうずうずしていた。僕らはゼフを友人たちに預け、クリエレーシ家の邸宅の方へ歩いていった。

ドンナ・マルタは老齢の婦人だった。数ヶ月前に姉を亡くしたとかで、この日も喪服に身を包んでいた。鮮やかに光る朱の口紅を塗り、目の周りにも濃い化粧をしていた。けれどそれも、眼差しや口許のしわに閉じこめられた、彼女の悲嘆を隠しおおせてはいなかった。顔色は青白く、姉を亡くしてからほとんど外に出ていないことが察せられた。ドンナ・マルタは夫といっしょにその邸宅で暮らしていた。夫は彼女よりも年上で、老いてなおかくしゃくたる健在ぶりを保っていた。ドンナ・マルタは僕たちを、僕の家ほども大きい居間に迎え入れてくれた。天井が高く、部屋の壁にはたくさんの絵画が飾られていた。抽象画、印象派、表現主義など、ジャンルは色々だったけれど、描かれている対象はつねに変わらなかった。それは、邸宅の窓から見える広場の景色だった。絵画のなかの、さまざまな季節の広場は、つねに人の活気に満ち溢れていた。どの絵の奥にも、三日月形の僕らの海が遠くに覗けた。

「若いころにわたしが描いたの。なんの値打ちもない習作よ。でも、夫は額に入れたがるし、わたしにも捨ててしまう勇気はなかったのね。わたしはナポリの美術アカデミーに通っていたの。とても若いうちに結婚したから、けっきょく勉強を終わらせることはできなかった。間違っていたわ。だって、わたしには才能があるとみんなが言っていたんですもの。ゴヤーリまでそう言ってくれたのよ。素晴らしい芸術家で、美術を見る確かな目を持っている、あのゴヤーリがね。あの人は前に一度、ここでわたしの絵を見たことがあるの」

　ドンナ・マルタの声からは、少しも悔恨は伝わってこなかった。僕の耳が捉えたのは、わずかばかりの郷愁の念でしかなかった。

「でも、きれいです」ラウラが言った。

「それは主題が、海を背にしたこの広場がきれいなのよ。子供のころは何時間でも見惚れていた。今ではもう、広場を眺めることは滅多にないわ。だって、見ていると悲しくなるから。夏はともかくほかの季節は、広場はいつもからっぽでひとけがないの。ボールで遊ぶ男の子もいなければ、散歩をする恋人たちもいない。そこにいるのは、あたりをかけまわるほんの数人の子供たちと、ぼんやりと空を見つめる一握りの老人だけ。要するに、声も、色も、動きもないのね。今の広場は、死にゆくこの村のシンボルね。若者たちは、北の街やドイツで働いている。わたしの子供たちもここから遠く、ローマとフィレンツェに暮らしているのよ。わたしには五人の孫がいるけれど、会う機会はほとんどない。ここでは年寄りが死んでいくばかりで、一年に二、三人でも赤ん坊が生まれればいい方だわ。そうでしょ、ミケーレ?」当然あなたも同意するだろうという調子で、ドンナ・マルタが僕に話を振ってきた。

　僕は黙って頷いた。ドンナ・マルタが僕の名前を忘れずにいたことに、軽い驚きを覚えていた。もう長いあいだ、彼女のことは遠くから見かけるだけだった。ドンナ・マルタの息子や娘がまだホラに暮らしていたころ、小さな子供だった僕は、卵やら新鮮な果物やらの詰まった籠を彼女の邸宅に届けていた。花梨、杏、秋口の無花果《いちじく》に晩秋の無花果、葡萄、緑色のすももなど、じつにいろいろな果物を届けたものだった。このちょっとしたお使いに、僕はせっせと取り組んでいた。というのも、ドンナ・マルタはたいへんに気前が良く、ジェラートを買うための五〇〇リラをいつもお駄賃として渡してくれたから。そして丁寧にも、僕の両親に感謝を伝えておいてほしいと、僕にかならず言い含めるのだった。ドンナ・マルタの声を聞くのは、あのころ以来のことだった。僕の母さんの声に似て、甲高くてやかましかった。ある種の女子に特有の、いつも正しいことばかり言おうとする声だった。

「あなたが来てくれるのを待っていたわ」ドンナ・マルタがラウラに言った「あなたのお父さんが持ってきた絵画を、あなたに返したかったから。あの人、あと数日でホラに戻ってくるのよね?」

「はい。母もいっしょに、一週間以内に着くはずです」

「それはよかった。帰ってきたとき、自分の家であの絵に再会してほしかったの。少しだけ待っていてね。そのあいだ、なんでも好きなものを飲んでいてちょうだい」ドンナ・マルタはそう言って、テーブルの上を指さした。冷蔵庫から取りだしたばかりのよく冷えた飲み物が、所狭しと並べられていた。度の強いリキュールもあれば、アルコールの入っていないジュースもあった。

数分後、ドンナ・マルタは居間に戻ってきた。絵画をラウラに手渡すさい、彼女は軽いお辞儀をした。自分でも気がついていないような、ごくさりげない仕種だった。絵画に視線を落としたとき、僕たちは確信した。ここにいるのはあの人だ、美しきロッサニーザだ。絵画のなかでエレオノーラは、オリエント風の聖母に姿を変えていた。胸に抱えるまるまると太った乳児を、菫色にきらめく青い瞳で、母親らしい愛情をもって見つめていた。

「この作品の複製を描いてほしいと、あなたのお父さんに頼まれたの。引き受けたはいいものの、骨の折れる仕事だった。力強いだけじゃない、烈しくて、艶めかしいとさえ言えるような聖母の眼差しを、どうしても再現できなくて。紺碧の空に輝く紫色の薄片も、模写をするには手を焼いたわ。納得がいくまで、わたしは五枚も複製を描いたのよ。だけどすべて処分した。どの絵にも、生気が感じられなかったから」

「父はなぜ、絵を引きとりに来なかったのでしょうか?」

「信用できる人間の手許にあると、分かっていたからよ。わたしが保管しているかぎり、心配ないと思っていたんじゃないかしら。それにね、絵画の複製というのは実のところ、わたしに会いにくるための口実だったような気がするの。別にこれは、秘密でもなんでもないわ。ホラでは有名な話ですから。若かったころの一時期、アントニオはわたしに恋をしていたのよ。わたしの方が、彼よりだいぶ年上だったけれどね」

あだっぽい視線と声には、僕たち二人を驚かしてやろうという意図がこめられていた。

「今のわたしを思い浮かべたらだめよ。昔はわたしも、通りを歩けばたくさんの男性を振り返らせたものだったわ。でも、わたしはけっして夫を裏切らなかった……」

僕とラウラは、驚くというより困惑していた。親しい付き合いのあるわけでもない年老いた婦人から、こんな告白を聞かされるとは思わなかった。ドンナ・マルタは、長年にわたり良心を苛んできた小さな悔恨を、これを機に解き放とうとしていたのだろうか。いや、それよりはむしろ、口さがない噂話に長いあいだ汚されてきた二人の秘密を、ほんとうの姿で僕らに打ち明けるつもりだったのだろう。アントニオがどれほどしつこく自分のことを口説いてきたか、ドンナ・マルタは僕たちに語ってくれた。彼は若くて見栄えも良かった。ホラでいちばんの美男子だった。背は高く、髪は茶色く、口髭は丁寧に撫でつけられていた。後ろにまとめられた巻き毛が言うことを聞かずに小さく波打っているところも、彼の雰囲気によく合っていた。洗練された振る舞いは言うにおよばず、貴族的とさえ言いたくなるほどの女性への心遣いを、いったいどこで身につけたのか不思議でならなかった。アントニオは農家の出だった。たしかに、裕福ではあった。とはいえ、失礼な言い方ではあるけれど、農家であることに変わりはなかった。

アントニオはある日、彼女から道ならぬキスを奪った。二人はソファーの上にいて、肘と肘が触れるほど近くに坐っていた。アントニオ・ダミスの膝の上には、美しきロッサニーザの絵画が置かれていた。恐れを知らない青年の熱を帯びた唇に触れられ、ドンナ・マルタは全身が火照るのを感じた。アントニオ・ダミスは彼女のことも、彼女の夫のことも恐れてはいなかった。けれど、ドンナ・マルタの困惑は長つづきしなかった。というのも、アントニオ・ダミスが両手で彼女の胸をまさぐりだすなり、彼女はアントニオの頬に思いきり平手打ちして、彼の体を引き離したから。ドンナ・マルタはアントニオに理を説いて聞かせた。

「もしこのことを夫が知ったら、夫の知り合いのやくざ者が、情け容赦なくあなたの命を奪いますよ」そう言いながらも、彼女の声に本物の怒りはこもっておらず、はっきりとした確信さえ宿っていなかった。アントニオ・ダミスは何度も繰り返し非礼を詫びた。何が起こったのか自分でも分からないのだと言っていた。「あなたの魅力のせいなのです、ドンナ・マルタ、それがわたしを酔わせてしまったのです。どうかわたしを許してください」

ところが、ほとぼりが冷めたと見るや、複製の件を口実にして、アントニオはまたも彼女へ近づいてきた。幸い、以後は道ならぬキスではなく、より丁重に、言葉と視線で彼女の心を征服しようとしていた。

二人は愛人なのだという噂が、じきにホラに広まっていった。夫や子供たちがいない時分に、アントニオ・ダミスがドンナ・マルタの邸宅に入っていくところを、多くの村人がその目で見ていた。ドンナ・マルタは、こうした不名誉な噂が夫の耳に入らないよう願っていた。二人の男性の関係はただでさえ、より重大な事情のために、手の施しようがないほど険悪になっていた。正確を期するなら、アントニオ・ダミスは役場の職員として、自らの責務を果たしたに過ぎなかった。つまり、役場に保管されている徴税名簿を精査していた折に、ホラでもっとも裕福な家系のいくつかが、ファシズム時代に一リラも税金を支払っていなかったことを発見したのだった。あの時代、ホラを統治していたのはあらゆる意味で、これら富裕な家の人びとだった。未払いの税金は莫大な額にのぼった。役場の起こした訴訟は何年もつづき、審理に次ぐ審理が重ねられた。けれどアントニオ・ダミスは、諦めてはいけないと周囲をしつこく説得した。正しいのは役場なのだと、アントニオは主張して譲らなかった。最終的に、クリエレーシ家やそのほかいくつかの名家は、未払い分に利息までつけて税金を納める羽目になった。なかには、所有地の売却に追いこまれた家もあった。そうして売りに出された土地を、多くのジェルマネーゼが購入した。ホラの古い大地主は、訴訟を円満に終わらせるため、自身の邸宅の一翼を自治体に譲り渡した。その建物は現在、村役場として活用されている。要するに、ドンナ・マルタの夫とアントニオ・ダミスの関係は、仲が悪いどころの話ではなかった。それでも彼女は、青年の訪問を拒めずにいた。アントニオの古風な求愛が本心では嬉しかったたし、夫はもうずいぶん前から、彼女にそのような思いやりを示してくれなくなっていたから。

じきに、アントニオ・ダミスはロザルバと正式に付き合いはじめ、厄介事の種は消えた。アントニオが訪ねてくる頻度は目に見えて少なくなった。その訪問も、絵画の複製の進捗状況を尋ねるという、明快な目的を持ったものでしかなくなっていた。

クリエレーシ家の邸宅の窓から、ドンナ・マルタはよく、若い婚約者と連れ立って歩くアントニオ・ダミスの姿を見かけた。公けに認められたものであろうとなかろうと、若い恋人同士が、広場やコナの通りを腕を組んで歩いたり、クリキで涼みながらキスを交わしあったりできるようになったのは、ちょうどこの頃からだった。数世紀にわたり禁忌と後進性が幅を利かせていたホラの村も、ようやく時代の変わり目を迎えつつあった。ロザルバは美しく艶《つや》やかで、自信に満ちた娘だった。若さをひけらかすその姿は、ほとんど傲慢でさえあった。彼女は恋人と手をつなぎ、ゆっくりとした足どりで広場を横切っていた。ロザルバは小学校の教師の免状を持っていて、どこかの土地に代理教師として赴任する機会をのんびりと待っていた。薄暗がりに包まれた路地から眩しい陽光の射す広場へ踏みだすとき、ロザルバの黒い瞳は細く狭まり、物憂げで夢見がちな眼差しに変わった。その瞳はまるで、恋人の隣で永遠に過ごす、幸福な未来を見つめているようだった。陽の光の下で、ロザルバはアントニオ・ダミスの唇にキスをした。ドンナ・マルタはほんの一瞬、胸に嫉妬の疼きを感じた。嫉妬はすぐに悲しみへ変わった。なぜなら、約束されたはずの幸福を不思議な影が待ち伏せし、少しのあいだロザルバとアントニオのあとを追いかけていったから。幸福を待ち伏せする影はどこにでも潜んでいる。ロザルバは、未来の幸福のために生きていた。未来を両手でしっかりと持ち、まだ空を舞うことのできない鶸《ひわ》を温めてやるように、大切に守っていた。ドンナ・マルタは、僕たちの目を見つめながら話を締めくくった。ほんとうの愛を知る者なら、女が味わう、死にも通じる落胆を理解できるだろう。いつも愛していると言っていたのに、男は女を裏切った。自分の夢を生きるため、女の夢を殺してしまった。そのときに、女はどれほどの落胆を味わうか。愛とは偉大で、愛し合う二人の夢がぴったりと重なっていたなら、時の流れにも、生死にかかわる衝撃にも、力強く持ちこたえる。夢を軽視するのは間違っている。夢に背いて、罰を受けずに済む人間はいないのだから。

「あなたのお父さんが村に着いたら、伝えておいて。絵の複製は、何年も前に描きあがっています。直接に取りにきて、わたしに挨拶していってほしいわ。恐れも、恨みも、今のわたしたちには必要ないから」別れぎわ、ドンナ・マルタがラウラに言った。

そのすぐあと、二人で広場を横切っていたとき、クリエレーシ家の邸宅の窓から僕たちに見入っている、ドンナ・マルタの妬みのこもった視線を感じた。あるいはそれは、郷愁の眼差しだったのかもしれない。ラウラは絵画を脇にしっかりと抱え、片腕を僕の腰に回していた。僕のジーンズの後ろポケットに、自分の手を滑りこませていた。「きれいなロッサニーザに再会したら、父さんはきっと喜ぶわ」満足気に、いくぶん大きすぎる声でラウラは言った。まるで広場全体に、窓辺に立つドンナ・マルタに、遠くにいる父親に語りかけているみたいだった。

家に帰ると、ラウラは居間のテーブルに注意深く絵画を置き、つづけざま、僕の唇に自分の唇をきつく押しつけてきた。僕はひどく驚いた。キスをするような雰囲気だとは思っていなかった。ところがラウラは、僕のズボンの内側で興奮が身をよじらせているのを感じとるなり、僕から一歩だけ身を離した。「わたしたちの夢は、しっかり重なり合っていると思う?」ラウラは真剣な表情で訊いてきた。

「あぁ、思うよ」僕は一秒も考えをめぐらさずに答えを返した。ラウラの言う夢とはなんのことなのか、問い返そうともしなかった。代わりに僕は、ゼフがいないのをいいことに、慣れた手つきで僕らの体をしっかりと重ね合わせた。ソファは僕らから一歩の距離にあった。

26 海を前にしての叫び

父さんは、もったいぶることはしなかった。「そら、俺のフェラーリの鍵だ」僕は父さんにピアッジョのオート三輪を借りた。まだぴかぴかの一台だった。ラウラとゼフを海に連れていくためだということは、父さんも承知していた。けれど、父さんの口をついて出たのは、二、三の皮肉だけだった。それも、普段の父さんの格言めいた毒舌の嵐と比較すれば、しごく穏当なものでしかなかった「好きにしろ、さっさと行け。分かってるよ、アントニオ・ダミスの娘の立派な金髪に、すっかりのぼせあがってるんだろ。ちびすけに怪我させないように気をつけろ。スピードを出しすぎるんじゃないぞ」

僕らは九時ごろに出発した。遠出を前に、ゼフは興奮を抑えきれない様子だった。狭苦しい運転スペースで身を寄せあう僕たちは、三匹の鰯のようでもあった。剥き出しになったラウラの腿が、僕の腿に押しつけられていた。昨夜にキスを浴びせたラウラの体の細部が、眼前に浮かびあがってきた。ふっくらとして張りのある下唇、僕の口が触れた途端に激しく反応する乳首、金色の毛がびっしりと生い茂る恥丘、そして、ほとんど透明なうぶ毛が描く、たおやかなライン……それは腹の方へ這っていったあと、僕の舌といっしょになって、完璧な丸さの臍のなかに姿を消すのだった。

ハンドルの端に触れるため、ゼフは力いっぱい腕を伸ばしていた。そして、「ブルン、ブルン、ブルン」と言いながら、僕といっしょに運転をした。

はじめのうちは下り坂がつづいた。オート三輪の速度を抑えるため、僕はカーブのたびにブレーキをかけた。運転に集中しないといけないのに、なかなか思うとおりにいかなかった。

途中、マルトラーナの畑で車を停めた。うちの農地に立ち寄って、新鮮な果物を摘んでいったらいいと、父さんに勧められていたからだった。僕たち三人は、杏、黒無花果《いちじく》、緋色をした早生《わせ》の葡萄を何房か、二つの籠がいっぱいになるくらいに摘み取った。一日でいちばん気持ちの良い時間だった。開かれた空の下、もいだばかりの果物を畑のなかでつまみ食いした。朝日はすでに熱を帯びはじめていた。僕たちは、今もホラに残るわずかばかりの農夫の熱心な仕事ぶりや、客間のようにきっちり整頓されている父さんのオリーブ畑と葡萄畑について、とりとめもなく語り合った。あたりには、耳を聾するほどの蝉の鳴き声が響いていた。オート三輪に戻るまでの道すがら、ゼフは両手で耳をきつく押さえていた。

そのあとは、ずっと平坦な道のりだった。海に着くまで十五分とかからなかった。パニーニと飲み物を詰めたクーラーボックス、レジャーシートや日焼け止めクリームを入れたバッグ、果物の籠、ビーチパラソル、それにおもちゃで溢れかえりそうな袋を、僕たちは次々に三輪の荷台から降ろした。準備を終えると、ラウラが大きな声で言った「何事もありませんように！」どういうことか分からなかった。謎めいたラウラの叫びの意味が、このときの僕には理解できなかった。

浜辺は賑やかな空気に包まれていた。どこもかしこも、楽しげな人たちとビーチパラソルでいっぱいだった。海が誘いかけるように輝いていた。ゼフは水からはるか遠く、砂が作るいちばん手前の筋のあたりで立ちどまっていた。

「ほら、ゼフ、もう少し前に行けって。海はずっと向こうだぞ」僕はゼフを説き伏せようとした。けれど何の効果もなく、少年は一センチたりとも岸辺に近づいていかなかった。代わりにゼフは、スコップで砂浜を掘りはじめた。海には背を向けていた。

どうか強要しないでやってくれと、ラウラが僕に言った。ラウラはビーチパラソルを立てていた。ラウラが選んだ場所は、海水浴客がひとりもおらず、べとべとした海藻やら、風に運ばれてきた小枝やら茨やらでいっぱいの、浜辺でいちばん見苦しい界隈だった。「ごめんなさい。ご覧のとおり、ゼフは海が怖いのよ」ラウラは言った。

「怖いもなにも。海を見ようともしてないぞ！」僕は苛立ちをこめて言葉を返した。小さな子供が海に来て喜ばないなんて、僕からすれば道理に外れた話だった。

ゼフは僕たちのやり取りには関心を示さず、せっせと砂を掘りつづけていた。出来高払いで給料をもらう石工のような真剣さだった。力をこめるあまり、またも眉間に深いしわを作っていた。五分もしないうちに、巨大な穴ができあがった。けれどゼフは、自身の仕事にいまだ満足していないようだった。

「ゼフをひとりにするとまずいから、交代で泳ぎましょう」ラウラが言った「先に行ってきていいわよ」

水は生温《なまぬる》かった。僕はしばらくのあいだ海で泳ぎ、へとへとになると波打ち際で横になった。隣にラウラがいないのが残念だった。ようやく、ラウラの瞳と同じ色をした、海辺の水の前にやってこられたのに。ラウラと二人で水にもぐって、ラウラにキスをしたかった。手と手を取り合い、ゼフといっしょに波に飛びこみたかった。これは僕が想像した一日とは違っていた。海辺に横になり肌を焼くつもりなどなかった。僕はひとりぼっちだった。

ラウラと交代するためパラソルに戻ったときも、ゼフはまだプラスチックの小さなブルドーザーで遊んでいた。なんともばかげた状況に思えた。ゼフのこうした振る舞いの裏に、胸を衝く秘密が隠されているなんて、僕にはまったく想像できなかった。

欲求を抑えきれず、僕は行動に出た。あとになって考えてみると、あまりにも浅はかな行為だった。僕はゼフを両腕で抱きかかえ、じゃがいもの袋のように肩に乗せた。そして、水に向かって突進した「海へ行こう、みんな、海へ行こう」陽気に歌いながら僕は走った。

はじめのうち、ゼフは僕がどういうつもりなのか分からずにいた。眼下の岸辺に気がつくと、ゼフは足をじたばたさせた。塩辛い水の雫がゼフの唇に触れた途端、その小さな胸から、狂乱と苦痛に満ちた、この世のものとは思えぬほどの絶叫が鳴り響いた。果てしのないゼフの叫びを耳にして、すべての海水浴客が僕たちの方を振りかえった。僕は思いきり笑ってみせた。あんなにも下品で愚かしい笑い声を上げたのは、生まれてこのかた初めてのことだった。「怖がるなよ、海はきれいだぞ」僕はゼフを、海のなかへ放り投げようとさえした。ところがゼフは、野生の小動物のように僕の背中に爪を突き立て、けっして身を離そうとしなかった。しがみついたゼフを引きはがすことができず、僕はいらいらしてきた。けれど笑うことはやめなかった。作り物の僕の笑いは、弱まる気配のない野獣のごとき叫びにかき消された。

沖にいたラウラもゼフの叫びを聞きつけた。溺れている人間を救おうとするみたいに、ラウラは力強いストロークでこちらに向かって泳いできた。僕のそばにやってきたときには、ぜぇぜぇと息を切らしていた。それでも、僕からゼフを取りあげ、僕を罵倒するだけの力は残っていた。「ばかじゃないの、ねぇ、ばかじゃないの？　海が怖いって言ったじゃない。どうしてこんなふざけた真似するのよ！　ゼフは海が怖いの！　分かる？　そっとしておいてあげなさいよ！」ラウラが怒鳴り、ゼフはますます激しく泣き叫んだ。ラウラの腕にしっかり抱かれ、もはやすっかり安心だというのに、ゼフはまだ泣きやまなかった。岸の遠くにある僕たちのパラソルに向かって、ゼフは全身でラウラの体を押していた。

僕はもう笑えなかった。足が激しく震えていた。僕はひとり波打ち際に取り残され、海水浴客の視線にさらされていた。凶悪犯になったような気分だった。ゼフの叫びと、人びとの視線にこもった憎しみの渦から逃れるために、僕は水のなかに身を投げた。

僕がパラソルに戻ったとき、ゼフはラウラの胸に頭をもたせかけて眠っていた。眉間には深いしわが刻まれたままだった。生まれたてのヒヨコの毛のように、髪の毛がしっとりと濡れていた。

「ごめん」タオルで体を拭きながら、僕はラウラに言った「そんなに深刻なことだと思わなかったんだ」

「あなたが思いつくどんなことより深刻よ！」ラウラが言った。まだ僕に腹を立てていた。そして、ゼフがこれほどまでに海に怯えるのはどうしてなのか、その理由を話してくれた。ゼフは、両親を海で亡くしていた。二年前のことだった。

ゼフの一家はヴロラの港からゴムボートで出立した。ボートにはアルバニア人とクルド人の亡命者が乗りこんでいた。航海のあいだ、ゼフは父親の腕に抱かれて眠っていた。一行はプーリアの海岸を目指していた。そこから陸路で北上し、北イタリアを経由してオランダに向かうつもりだった。オランダではダミス家が、ゼフたちの到着を待っていた。ゼフの父はアーベンという名で、ドリタの弟だった。ラウラはけっきょく、アルバニア人のこの叔父にいちども会うことができなかった。明かりを消して航行していたにもかかわらず、接岸まであと数分というところで、ゴムボートはイタリアの巡視船に発見されてしまった。即座に、容赦のない追走がはじまった。船頭は目いっぱい速度を上げた。いくら巡視船から逃れるためとはいえ、常軌を逸した速さだった。ボートの上では、ゼフのような小さな子供たちが泣き叫んでいた。女子供の命を危険にさらしたところで、船頭はなんとも思わなかった。沿岸警備隊の追手を逃れ、亡命者といっしょに運んできたドラッグの積み荷を救うことの方が、彼にとってはよほど重要だった。こんなところでお縄につくのはごめんだった。

ゴムボートの全長は八メートルで、一七五馬力のエンジンを二基積んでいた。ボートの定員は十名だった。けれどこのとき、ボートには三一人の難民が押しこまれ、そこに船頭とその助手まで乗りこんでいた。波の上を疾走していたボートは水面に勢いよく落ちかかり、激しい反動のために宙高く浮き上がった。ボートはそのまま、風と波に煽られて転覆した。

人びとはあらゆる方向に投げ出され、海面にしたたかに打ちつけられたと、のちにイタリアの警備隊員が語った。沿岸警備隊はすぐに救助活動を始めた。船頭と二人の幼児を含む十二人のアルバニア人に加え、八人のクルド人が一命を取りとめた。助かったのは、泳ぎを知っていた人たちか、幸運にも、救命浮き輪や波間に漂う木の板にすがることのできた人たちだけだった。ゼフの両親は泳げなかった。転覆したゴムボートから遠く離れた場所で、母親は見る間に溺れてしまった。「まるでミサイルのように、海中に放りだされました」警備隊員はそう言っていた。ゼフの母親の遺体は、いまだに発見されていない。息子をしっかりと抱きかかえていた父親は、ゼフといっしょに海面に顔を出し、助けを求めて叫びを上げた。海にただちに飲みこまれぬよう、足を、つま先を、片腕を、必死に動かしていた。

どれだけの時間、その状況がつづいたのだろう？　今となっては、それは誰にも分からない。警備隊員がゼフの父親を見つけたとき、彼は狂人のように体をくねらせ、絞りだした最後の力で息子を水面の上に掲げていた。警備隊員は片腕でゼフの体を引き上げた。そのときゼフは、かぼそい声で、猫の赤ん坊のようにぐずっていた。その瞬間、父親は海底に飲みこまれていった。水面に顔を出すだけの力も残されていなかった。けれど、大きく見開かれた瞳は最後に一筋の光を放ち、死を拒もうとする恐れと怒りを伝えていた。少なくとも、息子が誰かに救われたことは分かっていたようだった。警備隊員はそう語った。

ラウラはゼフの額のしわにキスをした。そのしわは、ナイフで抉られた傷のように深かった。ラウラは泣いた。僕はうつ伏せになって寝転がった。ラウラに目を見られたくなかった。「ごめん、ゼフ、ごめん」焼けつくような砂に向かって、僕は言った。


パラソルの下で昼食を取るとき、僕とラウラはほとんど言葉を交わさなかった。「パニーニ取って。ビール取って。ありがとう。できたてのパンと無花果をいっしょに食べると旨いね」これでぜんぶだった。ゼフは当然、僕に一言も声をかけず、憎しみのこもったしかめ面さえ浮かべなかった。それどころか、視線を合わそうという気配すらなく、後悔を含んだ僕の笑顔を巧みな手際で無視しつづけていた。あのときの僕はゼフにとって、存在しないのと変わらなかった。より一層の熱をこめ、ゼフは穴掘りを再開した。相変わらず、眉間に深いしわを刻んでいた。あるいは、額が日に焼けてきたせいで、余計にしわが深く見えるのかもしれなかった。

午後遅くに海を発つころ、僕の背中は真っ赤に日焼けしていた。日焼け止めクリームを使わなかったのは僕だけだった。そんなものは必要ないと思っていた。

オート三輪の運転スペースでは、僕の体に触れないよう、ゼフとラウラはできるかぎりドアの近くに身を寄せていた。けれどカーブに差しかかると、二人にとっては不本意なことに、僕にもたれかからずにはいられなかった。決まり悪いときいつもそうしているように、帰りの道すがら、僕はずっと口笛を吹いていた。

奇跡は最後に起こった。家の前のスペースにオート三輪を停め、僕たちは車から降りた。すると、ゼフはすぐさまラウラの腕のなかで丸くなった。「潮風を浴びて、くたびれたみたい」ラウラが言った。そうして、二人いっしょに、僕に向かって微笑みを浮かべた。

27 偉大なる時の最後のきらめき

次の日の昼、僕はラウラの家のテラスで、ずっとゼフと遊んでいた。いつもどおり、モザイクの欠片を列車に見立てた遊びだった。ラウラはたまにテラスに出てきて、冷たいお茶や、海へ持参した無花果《いちじく》の残りを運んできてくれた。部屋の掃除と整頓のため、ラウラはすぐに家のなかへ戻っていった。「ゼフのおかげで、部屋が豚小屋みたいになっているから」ラウラはそう言っていた。ゼフの態度はごく自然で、僕への好意もいつもどおり変わらなかった。まるで、海で起きた忌わしい悪夢のことなど、すっかり忘れてしまったみたいだった。僕は僕で、わが身にまとわりつく罪悪感を振り払おうと努めていた。仕方ない、だってラウラは、ゼフが体験した悲劇を僕に知らせたくなかったのだから。僕は自分にそう言い聞かせた。ラウラはきっと、父親が相手でも、同じように振る舞うのだろう。感傷を土台とする関係は、ラウラには我慢できない。同情に支えられた思いやりなど、全力で拒絶するに違いなかった。

太陽はいまだ、ひとけのない空き地の三分の二ほどの面積に、容赦なく照りつけていた。ひどく暑かったけれど、べたべたした湿気はなかった。「終わったわ」ラウラがテラスに出てきて言った。ちょうどそのとき、ツァ・マウレリアと僕の母さんが路地の階段から姿を見せた。二人はそのまま、僕らの方を見向きもせずに歩いていった。光を放つ斑岩の敷石を、調子を合わせて勢いよく踏み鳴らしていた。二人とも、時代遅れの古ぼけた靴を履いていた。母さんたちの足音は、時計の針のカチカチという音のように規則正しく、聞いていると不思議な気分になった。つづけざま、大聖堂の鐘の音が鳴り響いた。ということは、聖ヴェネランダ教会のノヴェーナ［聖人からの恩恵を得るために、九日間つづけて祈りを捧げること］の時間なのだ。ツァ・マウレリアと母さんは、これからミサに行くのだろう。そうでないなら、ほかにどこへ行くというのか？　思ったとおり、二人はパラッコの上り坂へ足を向けた。母さんはめったに教会に行かなかったけれど、ノヴェーナを欠かしたことはなかった。僕が生まれたとき、母さんはそう誓ったから。

後ろ姿を見ただけで、ゼフはツァ・マウレリアに気がついた。そして、すぐにツァのあとを追いかけはじめた。ゼフに追いつかれるより先に、ツァ・マウレリアが振りかえった。「こんにちは、ゼフ。きれいに日に焼けてるねぇ。いっしょに教会に来るかい？　聖母さまもゼフに会ったらお喜びになるよ」ツァ・マウレリアは微笑みながら言った。ゼフは迷わず手を差しだした。そこでツァはラウラの方へ顔を上げ、大きな声で言った「この子をノヴェーナに連れていくよ。しばらくしたら、わたしの家に迎えにくるようにね」

母さんが僕たちに軽く手を振った。二人とも、僕らの返事を待とうともしなかった。前を向き、二人の真ん中でペンダントのようにぶら下がるゼフを引きつれ、騒々しい足音を立てて教会の方へ歩いていった。

けっきょく、僕たちは二人だけでモザイクの工房を訪れた。ゴヤーリはゼフの不在をしきりに残念がっていた。彼は言った「あいつはいつもモザイクの欠片で遊んでいる。でもほんとうは、俺の物語にしっかりと耳を傾け、すべてを自分のなかに吸収しているんだ。よりによって今日、あいつがいないなんてな……俺は今、偉大なる時の最後のきらめきを仕上げようとしてる。この仕事には、ゼフの無言の同意が必要だったんだ。ひょっとしたら、あいつは俺よりも、この物語をよく知っているのかもしれない。俺は時おり、そんな風に思うんだよ」

僕とラウラは、いささかの困惑を覚えつつゴヤーリを見つめていた。そんな、ゴヤーリ、それはちょっと大げさじゃないかな。僕らは瞳で、ゴヤーリにそう語りかけた。

「お前たちだって、この物語を知ってるんだぞ。たとえ、自分では気がついていなかったとしても。そして、この物語を誰よりも深く知っているのは、アントニオ・ダミスだ。物語は、俺たちの内側や俺たちのまわりに、はじめから存在している。俺はただ、木から果実をもぎとるように、物語を集めるだけさ。そして、物語ができるかぎり長持ちするよう、モザイクの姿に留めるんだ。この点にかんしては、モザイクに優るものはない。フレスコ画より、板絵より、言葉より、そして俺たちより、モザイクは長く残るから」

藍と紫の小さなモザイク片が、ゴヤーリの掌中で輝いていた。美しきロッサニーザの物語が、僕らのまわりで宙を舞った。

なによりも瞳だった。けれどほかに、たとえばその微笑みも有名だった。美しきロッサニーザを知らない者などいただろうか？　彼女の名声はあたり一帯に広まっていた。それはポッリーノを越え、ついにはナポリまで届き、王の宮廷にさえ流布していた。人びとは口々に噂した。カラブリアの小さな村に住んでいるらしい。アルバニアから逃れてきた貧しい民の村だそうだな。途方もなく美しい女だと聞いているぞ。しかもほかの女にはない特徴がある、なんとその女、司祭の妻だという話だ。司祭というよりパパスだな。胸まで届く長い鬚を生やした、名もない東方の聖職者だよ。

事実、美しきロッサニーザを一目見ようと、多くの人間がホラを訪ねてきた。そのなかには貴族、騎士、商人にくわえて、かまど税の計算を口実にやってきた王国の収税吏の姿もあった。誰もかれも、ロッサニーザの美貌を目で貪っていた。彼女の浮かべる純真で控えめな微笑みが、その美しさをなおも引き立てていた。瞳に宿る藍色の光は、ときに紫色のきらめきに変わった。彼女の瞳と、とりわけその憂いを帯びた微笑みは、目の前にいる誰かではなく、どこか遠くの夢を追いかけていた。余所者たちは、この微笑みで満足せざるをえなかった。パパスであるジャンバッティスタ・ダミスは、彼らが一刻も早く村から立ち去るよう念じていた。けれど、その思いを口に出すことはしなかった。ホラでは客人は神聖な存在だから。

そんなある日、放浪の画家が村を訪ねてきた。ぼろ屑のような汚い服を身にまとい、長い髪が道ばたの埃にまみれてごわごわに固まっていた。とても信用のおける人物には見えなかった。「クロトーネの町からやってきました。奥方様のお姿を拝見し、恵み深き聖母の絵を描かせていただきたく存じます」画家はそう言ってにっこり笑った。口にはほとんど歯がなかった。

「いいだろう」パパスが応じた「息子を抱きかかえる妻の姿を、聖母子のように描いてみなさい。わたしたちの建てている教会に、その絵をかけることにする。報酬には金銭ではなく、パンとワイン、それに肉や魚を与えよう」

画家は喜んでパパスの提案を受け入れ、その日のうちに仕事に取りかかった。絵を仕上げるのに、画家は三週間を費やした。さすがに時間をかけすぎだと、村の誰もが感じていた。けれど完成した作品は、見る者を心底から驚嘆させた。とくにパパスは、絵のなかの妻をひとめ見るなり、これは奇跡だと叫びを上げた。美しきロッサニーザの瞳が、紫色の光をきらめかせつつ、観る者の視線を追いかけていた。あなたのことをもっと知りたいと、訴えかけているような眼差しだった。ロッサニーザの抱いている赤ん坊は、パパスの三男のマヌエーリだった。半裸の幼子は満足気な笑みを浮かべ、乳の匂いがする母の大きな胸に頭をもたせかけていた。絵のなかの赤ん坊は、絵画の前にいる全員がその場を立ち去ったあと、幸福に包まれながら母の乳を吸うに違いなかった。

画家の腕前に感心したパパスは、時の流れとともに色褪せてしまったシャン・ヤニ・パガゾルの古いイコンを、彼に修復させることにした。その仕事も終わってしまうと、パパスはまた別の約束を画家と交わした。「教会の普請が終わったら、壁面のフレスコ画はお前に描いてもらうぞ」

パパスから寄せられた信頼に感謝の言葉を並べたあと、画家はこう付け足した「そのころまだ、わたしがこの世で健やかに暮らしておりましたなら、喜んでお引き受けいたします。わたしは前にも、このあたりの教会でフレスコ画を描いたことがあります。ロッサーノの教会でも絵を描きました。奥方さまが生まれた地であり、東方に由来する優れた文物のために美しい輝きを放つ、真珠のごときロッサーノです」

このとき二人は、教会の竣工までにさらに三〇年を要するとは、想像もしていなかった。教会の普請は、じつに十七世紀の初めまでつづいた。普請を無事に終えられたのは、美しきロッサニーザの功績によるところが大きかった。敬虔なカトリック信徒ではあったけれど、彼女はこのビザンチンの教会を、自身の家のように気にかけていた。

ホラの村人はもう、失われた財宝のことは諦めていた。誰ひとり、この件に進んで触れようとはしなかった。それはあたかも、老いた人間だけが記憶のなかにしまいこんでいる、遠い昔の物語のようだった。ただし記憶に棘は残り、つねにその主を苛立たせた。

「財宝のことは忘れましょう」美しきロッサニーザは夫に向かって繰り返した「教会はわたしたちが、わたしたちの力で建てればいいわ」その力とは、ホラの村人たちの力であり、彼女の父親をはじめとするロッサーノの家族の力でもあった。ロッサーノに暮らす長男と次男は、今では広大な土地を所有する富豪となり、王国全土でリクイリツィアの根の売買を手がけていた。この息子たちが金を送り、ロッサーノの熟練工を派遣してくれるはずだと、ロッサニーザはパパスに説いて聞かせた。

ついに教会は落成した。ホラの近隣には較べられる例とてない、素晴らしく美しい教会だった。

「最初の石が置かれてから、すでに一〇二年の時が流れた。しかし、待つだけの甲斐はあったのだ。われわれはこの教会を洗礼者聖ヨハネに捧げよう。ここに聖ヨハネのイコンがある。われらの父祖が運んできた聖なるイコンだ」奉納式の日にパパスが言った。教会にはすべての村人が集まっていた。

さらに、オフリドの大主教の代理として、アグリジェントの府主教も奉納式に参列していた。ホラで府主教の姿を見かけるのは、おそらくこれが最後だった。というのも、アルバニアから逃げてきた者たちの村を訪ねることは、何年か前に禁止されていたから。パパスであるジャンバッティスタは、地上でもっとも幸福な男だった。はじまりのパパスであるヴィミトリ・ダミスとその妻アネサ、祖父のヤニ・ティスタとリヴェタ、そして、ホラを創建したはじまりの逃走者たちに思いを馳せた。普請途中の教会で命を落とした父コラントニ、この素晴らしい教会を建てるために粘り強く献身的な働きを惜しまなかったホラのすべての村人に、ジャンバッティスタは思いを馳せた。そして最後に、ロッサーノの義父に思いを馳せ、長男のデメトリオと次男のアントニオに思いを馳せた。シャン・ヤニ・パガゾルの聖なるイコンを祭壇の右側に、美しきロッサニーザの絵画を左側に掛けた。パパスは妻に言った「ホラの全員に代わって、お前に心から感謝を捧げる」

人びとは深く胸を打たれていた。この瞬間を忘れることは容易ではなかった。やがてこの日が思い出の奥底に埋葬されても、村人全員が共有する遠い記憶の片隅に、小さな震えが残りつづけた。その震えを感じたとき、俺たちは同じ運命を分かち合ってきたこと、苦しみも喜びもともにしてきたこと、そうと信じてきた以上に深いところでつながっていたことが露わになる。逃走の日から流れ始めた「時」は、教会の奉納をもって止まったままであるように思えるかもしれない。かつてと今のあいだには、記憶の空白が横たわっているのかもしれない。なら俺たちには、その空白を埋める義務がある。物語の震えを感じて、前に進む責務がある。

物語の終わりは近い。ジャンバッティスタ・ダミスはパパスとして、新しい教会のクリュプタにある一族の墓に埋葬された。後任のパパスは遠い村から、妻と三人の子供を連れてやってきた。このパパスの記憶はなにも残らず、今となってはその名前さえ分からない。現存するわずかな資料は、当時の多くのパパスと同様に、無知で無教養な人物だったと伝えている。同時代の司教や領主にとって、この人物を説得し、ギリシア語の儀礼をラテン語の儀礼に変えさせることは、さしたる難事ではなかった。ホラの新しいパパスには、スピザナのパパスであるニコラ・バスタのような一徹さは望むべくもなかった。正教の信仰を死守しようとしたニコラ・バスタは、スピザナの領主に牢に入れられ、最後には殺されてしまった［スピザナはカラブリア州コゼンツァ県にあるアルバレシュの村。イタリア語の名称はスペッツァーノ・アルバネーゼ］。

パパスやホラの村人を説得する際、司教と領主がいかなる手段を用いたのか、残念ながら詳しいことは分かっていない。おそらくは、なんらかの免税を約束したか、有利な地代を提案するかしたのだろう。あるいは、ほかの土地にかんする資料が物語っているように、脅迫や、さらには暴力をもって強要したのかもしれない。確実に分かっているのは、シャン・ヤニ・パガゾルの太古のイコンが教会から永遠に姿を消し、代わりに洗礼者聖ヨハネの大きな木像が据えられたことだった。

右から左へと十字を切る仕種は、しぶとくこの土地にとどまりつづけた。それからもうひとつ、今でも一部の村人のあいだには、俺たちの海に太陽が昇るとき、指に聖なる口づけをする習慣が残っている。

「今のところは、もうつけくわえることはないはずだよ。声を張りあげてもしようがない。あとはただ、できるかぎり自然な仕方で、過去が現在へと結びつくのを待つだけだ。そうしてはじめて、偉大なる時は意味を持つ。もっとも、それがいちばん難しい仕事なんだけどな」ゴヤーリは最後にそう言った。物語ることとモザイクを作ることを同時に行い、自らに二重の試練を課しているみたいだった。

僕らは七時ごろに暇乞いした。ラウラの家に帰るには、五分もかからなかった。

「お願い、ゼフを迎えに行ってもらってもいい？　そのあいだにシャワーを浴びて着替えておくから」僕に軽食とキスを与えたあとで、ラウラは丁重かつ手短に告げた。ゴヤーリの家に八時に集まることを思いだし、急に焦りだしたのだった。僕とラウラは友人たちといっしょに、ゴヤーリから夕食に招待されていた。「ここ何日か、手伝ってもらってほんとうに助かったから、せめてものお礼だよ。片づけのことだけじゃない。俺の仕事ぜんぶを、みんなに助けてもらったんだ」ゴヤーリはそう言っていた。

数分後には、僕はツァ・マウレリアの家の前にいた。扉を叩き、入ってもいいかと問いかけた。誰も返事をしなかった。わずかに開いた扉から、言葉の断片や甲高い笑い声が漏れてきた。ゼフの声だとすぐに分かった。あいつは軽い足どりで、たえず部屋のなかを動きつづけているようだった。「入るよ？」念を押しつつ、僕は家のなかに入った。二人の姿が、すぐに視界に飛びこんできた。

ロザルバの部屋の扉が、開いたままになっていた。ロザルバはれんがの床に腰を下ろして、ゼフといっしょに遊んでいた。ロザルバのまわりには、空色と薔薇色の服を着た四、五体ほどの人形が並んでいた。ゼフは腰を浮かしたまま、ロザルバが投げる銀紙の飛行機を追いかけて、前へ後ろへ駆けずりまわっていた。部屋はとても広かった。小さなベッドの上に、イエスの聖心を描いた絵画が掛けられていた。別の壁には、額に入れられた写真が飾ってあった。写真のなかの、濃い黒髭を生やした男性は、きっとロザルバの父親だろう。壁の飾りはこの二つだけだった。箪笥や机、ナイトテーブルの上面には、あらゆる色と形をした何十枚もの紙が積まれていた。どの紙も、きらきらと光沢を放っていた。いちばん小さいのはキャラメルを包んでいた紙で、いちばん大きいのは復活祭の卵を覆っていた紙だった。紙はすべて丁寧に伸ばされていた。滑らかな表面が、光を反射して輝いていた。泥棒かささぎにとっては、天国のような部屋だった。

ロザルバは僕に気がついていなかった。あるいは、僕の視線に気がついていない振りをしていた。あのとき僕は、驚きのあまり遠慮もなしに、じっと部屋のなかを見つめていた。ロザルバの髪は栗色で、こめかみの横で束ねた髪には灰色が混じっていた。子供のいない中年女の、すらりとした体つきだった。パジャマというのか室内着というのか、とにかく栗色のゆったりとした服の下で、豊満な胸が柔らかそうに揺れていた。丸顔で、小さな女の子のようにすべすべとした肌だった。けれど青白い顔色は、死人そのものだった。

「ロザルバは子供が大好きでね。優しいお母さんのような子なんだよ」僕のうしろでツァ・マウレリアが言った。僕は思わず飛びあがりそうになった。

「ゼフを迎えに来たんだ」僕の声には、親密な光景を盗み見ていた後ろめたさがはっきりと刻まれていた。僕たちの声を聞きつけたゼフが、僕の方に駆け寄ってきた。ゼフはそのまま猿のように飛び跳ねて、僕の腕のなかに収まってみせた。

家を出る前、僕は二人の女性に挨拶をした。

「またね、ミケグ。ラウラによろしく」ツァ・マウレリアが言った。ロザルバは僕に返事をしなかった。母親と人形のあいだで、身じろぎもせずじっとしていた。唇から微笑みが消えていた。

28 帰郷

予定した日付けよりも数日早く、二人は七月の終わりに到着した。ホラの村人は二人を温かく迎えいれた。移住したすべての息子や娘を迎えいれるときと同じだった。移住者の帰郷は村にかつての活気をもたらし、少しのあいだ傷口を塞いでくれるから。彼は久しぶりの故郷を前に、肌の下がむずむずするのを感じていた。けれどそれは、若いころと較べれば控えめな興奮だった。夏の昼間の、昔と変わらない熱気が肌を包んだ。風はそよと吹くばかりだった。幸い、ここ何週間かのむっとするような暑さは消えていた。パラッコの目抜き通りで二人はタクシーを降りた。この時間、村人たちは海か畑かバールにいて、パラッコにひとけはなかった。女たちは台所で、横目でテレビを見ながらせっせと昼食の準備をしていた。重たいスーツケースを引きずって、二人は足早に歩いていった。昔と違って、道が斑岩で舗装されていた。車輪の転がるくぐもった音や、開かれたままの窓から漏れる小さな話し声だけが、二人の耳に響いていた。チェッラーリの「ヴォタ」と呼ばれる路地を抜けると、ついに家の前の通りにたどりついた。［「ヴォタ」はこの地域に固有の言葉で、家屋の下を通っている細い路地を指す」

たくさんの記憶に溢れかえるその場所に立ったとき、アントニオ・ダミスの眼差しは震え、思いきり叫びたい衝動に駆られた。それは喜びの叫びであり、恐れの叫びでもあった。旅立ちの場所に帰ったことに、彼はふと不安を覚えた。これまでの人生は、ブーメランのように行って戻ってくるだけの、なんの益もない夢だったのか……そんな考えが、アントニオ・ダミスの脳裏をよぎった。

「母さん、父さん！　やっと着いたのね！」そう叫ぶと、ラウラは腕にゼフを抱えて両親のもとへ駆けていった。

ドリタは僕が想像していたよりも美人だった。たぶん、娘より心持ちふっくらとしていた。黄金の髪の毛は、娘のものより少しだけ控えめだった。踊り子に似つかわしく、背筋はまっすぐに伸びていた。今でも胸は豊満だった。ゼフは疑り深そうな顔をその胸に押しつけ、小さな手でぺたぺたと胸を叩いていた。

「元気だった？　旅はどうだった？　くたびれてる？」質問を重ねるあいだ、ラウラは父親の口や頬や手に、次から次へとキスを浴びせた。

「あぁ、すごく元気だ。とくに今、お前たちに会えたからな」アントニオ・ダミスが答えた「会いたかったよ」

ヘビースモーカーのしわがれた声だった。ゴヤーリの声よりは、僕の父さんの声に近かった。まだその語り口から消えていないアルバレシュ語のイントネーションも、父さんの話し方を連想させた。アントニオ・ダミスは長身で痩せぎすだった。前髪が時代遅れのスタイルに波打っていた。まさしくリトル・トニーの髪型だった。ただし、その髪はすべて灰色に染まっており、昼間の陽光の下では美しい銀色にきらめいていた。おそらくは長旅のためか、あるいは病気のせいで、肌も同じような灰色をしていた。

「きみはカルルッツォの息子だろ？ あいつにそっくりだ。俺がここを発ったときには、歩けるようになったばかりの赤ん坊だったのにな。俺ときみの親父さんは、子供のころからの友だちなんだ。カルルッツォは元気か？ それに、きみの母さんのフィロメーナは？」

僕は差しだされた手を握った。「両親は元気です。ありがとう」僕の返事はぞんざいだった。どぎまぎするあまり、ドリタへの挨拶さえ忘れていた。けれどドリタが、僕の困惑を救ってくれた。ドリタは僕に近づいて、僕の頰にキスをした。それから、娘に向かってアルバニア語でなにか言った。僕にはその言葉が分からなかった。いずれにせよ、僕とラウラにまつわることは、すべて知りつくしている雰囲気だった。ドリタは僕に、強い好奇の眼差しを注いだ。娘にたいする僕の思いを、その場で確かめようとするみたいに、僕の瞳を追いかけてきた。

僕は二人を手伝って、家のなかにスーツケースを運んだ。

「なにか飲む？」ラウラが両親に訊いた。

「ウィア、ヴェタム・ウィア、タ・ルテム」ドリタが言った。ラウラは水の入った瓶を冷蔵庫から取り出し、二つのグラスをテーブルに並べた。

アントニオ・ダミスは煙草に火をつけ、ゼフといっしょにバルコニーに出た。彼はゼフを腕に抱えて海を眺めた。煙草のけむりでいっぱいの口から、短い叫びが漏れて出た「あぁ、ようやく！」

じきにアントニオ・ダミスは居間に戻ってきた。そろそろ、家族だけの時間を過ごしてもらうべきだと僕は思った。

「じゃあ、僕は行きます。どうか良い一日を。ホラでゆっくり過ごしてください」

「ありがとう」アントニオ・ダミスが応じた「きみの両親によろしく伝えてくれ。頼むぞ」するとラウラは、その場の全員が見ている前で、僕のことを抱きしめた。ラウラはそのまま、僕の口にキスをした。僕の戸惑いなど気にもかけない、長くて深いキスだった。

「お祭りの行列を見に行くときに、また会いましょう」ラウラはゼフといっしょに、玄関前の階段まで僕を見送りにきてくれた。僕は階段を一歩で飛び降り、家の方へ歩いていった。そのとき、落ちつきのない影が正面の壁をさっと離れた。僕はうしろを振りかえった。影の主は路地の奥へ姿を消した。


午後遅く、花火の力強い轟音が鳴り渡った。一瞬で花開き、すぐにまた散っていく炎の芸術が、行列の始まりを告げていた。

五人のたくましい男たちが、聖ヴェネランダの重たそうな像を担いでいた。聖女は胸の前で聖書を開いていた。男たちは教会から運び出した聖像を、エンジンを点火させて待ちかまえている小型トラックの荷台に載せた。楽団が華々しいマーチを吹き鳴らし、小型トラックは前に進みはじめた。トラックのうしろに人波がぞろぞろとついていきていた。村人たちはこうして、コナの通り沿いを練り歩いていった。

しばらくのあいだ、僕は友人たちと歩いていた。やがて、祭日の服装に身を包んだダミス家の一同を見かけ、僕は一家に合流した。ダミス家は行列の真ん中にいた。ラウラが僕の手を握り、僕は黙ってそれを受け入れた。ホラではもう、僕たちが付き合っていることは周知の事実だった。

アントニオ・ダミスは妻と腕を組み、ゼフの肩に片手を置いて歩いていた。まるで、歩くのに支えを必要としているような姿だった。彼はあちこちに視線を泳がせ、驚きの表情を浮かべていた。目に映る光景を、容易には信じられずにいる様子だった。馴染みのある景色も、そうでない景色も、アントニオ・ダミスの眼差しは次々に吸収していった。今もうらぶれたままの数件の古い家、壁を覆う金魚草、空色の海がちらりと覗ける路地と路地のはざま、村でいちばんきれいに手入れされている通り、斑岩の敷き詰められた美しく小さな広場の数々。そうした広場に面している家々は、どこもかならず扉をしっかりと閉ざしていた。時おり、年配の婦人や同年代の村人たちが、アントニオ・ダミスに気がついて声をかけてきた。村人たちは歩きながら彼の頬にキスをして、お定まりの質問を投げかけた

「ほんとうにあんたなのかい？　あぁ、驚いた！　いつ着いたんだよ？　具合はどうだい？　元気そうで安心したよ。まったくあんたは、いきなり雲隠れするんだもんねぇ！」アントニオ・ダミスは丁寧に村人たちの質問に答え、妻を紹介し、声をかけてきた全員に笑みを返した。とはいえ、目の前の相手が分からないことも何度かあった。アッティリオ・ヴェルサーチェのような親しい間柄の友人さえ、いったいどこの誰なのか、名前を聞かされるまで見当がつかなかった。

「仕方ないさ。わたしたちは変わったんだ。体にも、顔にも、魂にも、二〇年という時間は深い跡を残すから。そうだろ、ントヌッツォ？」かつての村長はそう言って、深い親愛の情とともにアント

ニオ・ダミスを抱擁した。二〇年前とそれほど変わっていないドリタが、二人の横で頷いていた。どうやらドリタは、イタリア語やアルバレシュ語がすっかり分かるわけではなさそうだった。

ゴヤーリはモザイクの工房の前で行列がやってくるのを待っていた。ホラの多くの家庭と同様に、ゴヤーリも祭りの主催者に寄付金を提供していた。寄付金の総額と提供者の名前は、主催者の手でノートに記帳される決まりだった。ゴヤーリは防犯鍵のついた扉を閉め、僕たちの方に近づいてきた。

ゴヤーリはまず、ドリタへの抱擁とキスを済ませ、それから、アントニオ・ダミスを長いあいだ抱きしめた。いろいろな感情が、ゴヤーリの胸に押し寄せているようだった。あのときのゴヤーリは、兄と姉に何年かぶりに再会した弟みたいだった。

「髪はどうした？　お前の立派な巻き毛はどこに消えた？」おどけた調子でアントニオ・ダミスが問いかけた。

「ホラの風に持っていかれたよ。今ごろは空を舞ってる」ゴヤーリは笑いながら言葉を返した。

抱擁の熱もやや収まると、二人の男は声を落として、アルバニア語で会話をはじめた。ゴヤーリの父親や、アルバニアや、ひとつめのホラについて話しているのは分かったけれど、詳しい内容までは理解できなかった。

行列は村の半分を回り終えた。明日の午前中、残りの半分を回る予定だった。聖像のあとを追い、教会前の広場に戻ってきたとき、鐘楼の鐘がふたたび賑やかに鳴り響いた。鐘の音を合図にして、楽団は誇らしげに最後のマーチの演奏を始めた。一日でいちばん見事な演奏だった。

雑踏のなか、裸足の女が突然に現われたのは、まさしくこの時だった。女は時代遅れの衣服を身につけ、顔の一部と、髪と、額を、青いショールで覆い隠していた。覚束ない足どりで群衆をかき分け、頭を低く垂らしたまま僕たちの方へ近づいてきた。瞬間、僕のなかに緊張が降り積もり、恐怖となって全身を駆けめぐった。鐘の音は止み、楽隊の演奏も終わり、なにもかもが動きをとめていた。聞こえてくるのはただ、地面を踏み鳴らす恐ろしい足音と、意味の通じない言葉の断片ばかりだった。

女は小型トラックに近づき、大仰な身振りで聖ヴェネランダの足下にひれ伏した。

女の仕種はひどく奇妙だった。静かな声で聖像に語りかけるその姿は、自分でもよく知らない異国の言葉で祈禱を唱えているようだった。あれはきっと、どこかよその土地からやってきた巡礼者だ、よほど大事な誓願があるのだろう。人びとはそんなことを語っていた。じきに女は立ち上がり、膝についた埃を丁寧に払ってから、聖ヴェネランダの手に口づけをした。見物人や聖像の運び手たちはそんな彼女を、敬意のこもった眼差しで見つめていた。心の重荷から解放されたとでもいうように、女は急に平穏を取り戻した。女はひとりきりだった。どこから来たのか、誰も彼女に訊かなかった。聖像はやがて、翌日の行列に備えて教会にしまわれた。女は人ごみに紛れて消えた。

僕らの横で、何人かの村人がお喋りをしていた。ホラの偉大な聖女さまと、ホラの聖アントニオの名声は、オリーブオイルの染みのようにあたりに広まっているんだね。恵みを乞いに、遠くの村からも巡礼者がやってくるのさ。時たま、裸足の巡礼者が行列に紛れこんでいるのを見かけるよ。そういう連中はまるで、ラティラの人間でも余所者でもなく、長い旅から帰ってきたホラの村人みたいなんだ。もちろんみんな、祭りが終わればホラからいなくなっちまうけどね。

僕は誰にも、ラウラにさえ何も言わなかった。けれど僕には、あの女が誰か分かった。そしておそらく、分かったのは僕ひとりではなかった。あれは余所者なんかじゃない。あれはロザルバだった。

僕らは人波に流されるままに、広場までゆるゆると歩を進めた。「バール・ヴィオラに行って、みんなでアペリティフでも飲まないか？」ゴヤーリが熱っぽく提案した。

ラウラが僕の手を握った。「いいわよ」ラウラが答えた「でも、今日はわたしがおごるわ」ラウラは誰よりも幸せだった。ラウラの視線の先には、村人のあいだで晴れやかな顔を浮かべる父がいた。その父は、足と眼差しで故郷を愛撫し、一歩ごとに故郷を取りもどしつつあるようだった。その父は、いまだに口笛で楽隊のマーチを吹いていた。その父は、雑踏のなかで母とゼフを見失わないよう、二人の手をかたく握っていた。その父は、くつろいだ様子でゴヤーリと話していた。そんな父を見つめながら、ラウラは思った。危険も、緊張も、明け方の悪夢のように、ついに跡形もなく消え去ったのだと。

最後の影

1　逃走

「空気のなかに逃走が充満し、人びとを押し流していた。堤防が決壊したあとの、荒れ狂う水の流れのようだった」アントニオ・ダミスが語りはじめた。彼は毎日、テレビや新聞を通じて、アルバニアの政情を追いかけていた。今や共産主義政権は、歴史に踏みつけにされた蛇のように、断末魔の苦悶を上げていた。それでもこの蛇は、自らに歯向かうあらゆるものに、なおも獰猛な牙で襲いかかっていた。ドリタはすでに七年前から、家族と連絡を取り合っていなかった。手紙も書かず、電話もしなかった。自分と家族の身の安全を考えるなら、そうするよりほかなかった。秘密警察「スィグリミ」は、よく鼻の利く捜査員を国外にも派遣していたから。「ベルリンの壁が崩れたんだもの。あの〈黒豹〉も、ホヂャの未亡人も、遠からず失脚する。四五年前から同胞を苦しめつづけている役人たちだって、今に居場所を失うわ」瞳に涙を浮かべつつドリタは言った。希望の光の射す瞬間が、待ち遠しくてならなかった。

「ティラナでは、スターリンの銅像が爆弾で吹き飛ばされたらしい」夫がドリタに言った「それに、カバヤでも暴動が起こっているよ」とはいえ、警察による恐ろしい弾圧については触れなかった。アルバニアでは、多くの若者が殺害されたり投獄されたりしていた。彼はドリタを悲しませたくなかった。もっとも、ドリタは夫よりアルバニアをよく知っていた。非合法に国を去ろうと試みた人間は、死罪をもって罰せられる。ドリタにはそれが分かっていた。けれどアルバニアの人びとに、合法的に発つ手段はなかった。なぜならこの国の人間は、パスポートを持たされていなかったから。逃げようとしているところを見つかれば、問答無用で殺される。これまでに、少なくとも五〇〇人の若者が、国境沿いで命を落としていた。五〇〇人！　一九九〇年の、一月から六月までの出来事だった。プルンブ・プルンビという名の若者が殺されたのも、ちょうどこのころだった。アルバニアの北西部にある、シュコダルという都市の青年だった。北部のハニ・イ・ホティトから、国境を越えてユーゴスラヴィアへ渡ろうとしているときに、この青年は殺された。彼の葬儀には八〇〇〇人ものアルバニア人が参列した。人びとはいっせいに大地を踏み鳴らした。すると、地震の始まりのような音があたりに響きわたった。亡骸が棺から取りだされ、親族の手で高く掲げられた。息子の体に刻みこまれた銃火の跡を、世界中に見せつけてやりたかった。息子の命を返してくれと、親族たちは大声で叫んだ。息子は立派な若者だった、けっして犯罪者ではなかった。このときはじめて、シュコダルの人びとは、勇気を出して自らの怒りを解き放った「ホヂャを倒せ、ラミズ・アリアを倒せ。われらの手に自由を、自由を！」

「若者を中心とする群衆が、ティラナにある諸外国の大使館に雪崩れこみました。人びとはパスポートを求めています。若者たちはアルバニアを去りたいのです」その日の晩、ニュース番組のキャスターはこのように語った。ドリタは弟のことを想った。そして、彼もまたどこかの国の大使館に駆けこんでいてほしいと切に願った。

「あれは六月二十三日のことだった」ここでゴヤーリが口を開いた。ゴヤーリはその日、フシャティリにいる父親に会いに行った。一台のトラックが、アルバニア警察の銃撃を浴びながら、鉄柵を突き破りイタリア大使館の敷地内に入っていったことを、ラジオのニュースが伝えていた。トラックに乗っていた若者たちは、殺される危険を冒しながらも、見事に大使館のなかへ逃げおおせた。父親への挨拶をすませ、ゴヤーリがティラナに戻ったのは、その日の夜更けだった。周辺地区には、外出禁止令が発布されていた。けれど、ゴヤーリの頭にはひとつの考えしかなかった。逃げること。ほかの道は見えなかった。父親に会いに行ったのも、そのことを伝えるためだった「自分の国でゆっくり窒息していくよりは、今すぐに死んだ方がましさ」父は息子を抱きしめた。けれど、息子の考えに同意したわけではなかった。命を危険にさらそうという息子に、同意できるはずもなかった。

ゴヤーリは青年たちの一団と、大使館の方へ駆けていった。背後から警官が発砲してきた。彼は柵にしがみつき、猿のように上へよじ登った。体のどこにそんな力が潜んでいたのか、自分でも分からなかった。柵の上までたどりつくと、反対側の敷地に身を投げた。そこなら、警官たちも手出しはできなかった。

「出てきたら、俺の手でお前の皮を剥いでやるからな」警官が言っていた。ゴヤーリはそれを聞き流した。彼は柵の内側で動転し、呆然としていた。今もなお、檻のなかにいる思いは変わらなかった。この場所から出ることは叶わない。彼が享受できるのは、一メートル四方の非現実的な自由だけだった。周りでは、捨て鉢になった数えきれないほどの若者たちが、指で勝利の印を作りながら叫んでいた「俺たちはこの国を出たいんだ、パスポートが欲しいんだ」けれど党の高官たちは、若者たちの要求に耳を貸さなかった。アルバニアの各地から、徒歩で、自転車で、トラックで、目を血走らせた群衆が押し寄せてきた。政府はこうした人びとを、大使館の集まる首都ティラナから追い返そうと必死だった。ドゥラスで、シュコダルで、ヴロラで、列車の運行が遮断された。車両のなかは、大使館に向かうアルバニア人で溢れかえっていた。

〈逃げだそうとしている人びとは全員が犯罪者である〉政府上層はそんな噂を流しはじめた。反対デモまで組織され、夥しい数のアルバニア人が動員された。大使館から出てこようとしない若者たちに、デモ参加者は次々と罵声を浴びせた。裏切り者、犯罪者、やくざ者、「プレフラ」。最後のひとつは、「ごみ屑」という意味だった。

展望が開けぬまま、数日が過ぎていった。「君たちが出てくるなら、パスポートを発行しよう」手のひらを返したように、当局の役人が丁重に提案してきた。けれど人びとはその言葉を信用しなかった。「毒蛇を信用する気になれるか?」ゴヤーリが僕たちに問いかけた「大使館のなかにいる俺たちにパンや水を届けることさえ、政府の連中は許可しなかったんだ」警官たちは相も変わらず、大使館に入ろうとする若者を棍棒で滅多打ちにしていた。二十歳そこそこの青年が表門の柵にたどりついた途端、慈悲もなく柵に叩きつけられ、骨を粉々にされたこともあった。

アントニオ・ダミスは言った「大使館に外国人の外交員がいなければ、警察は〈祖国の裏切り者〉たちを、ひとり残らず皆殺しにしただろうな。強制収容所の囚人を相手にするみたいに、ガスでひとまとめに殺していたかもしれない」テレビのニュースは、大使館の帰属先の政府とアルバニア政府が、危機を打開するために協議を重ねていると伝えていた。イタリアの船が、すでにドゥラスへ出航する準備を済ませているとの情報もあった。

事実、七月十三日の深夜二時、外国人の大使館員はアルバニアの若者たちを大使館の外に出した。「行きなさい。誰もきみたちに手出しはしない。ドゥラスの港で、出国のためのパスポートが発給される。きみたちはそこで船に乗るんだ」自分も周りの若者たちも、みんな怯えていたとゴヤーリは言った。けれどほかに出口はなく、大使館の指示に従わざるをえなかった。

ゴヤーリたちが外に出ても、警察は距離を保ったまま動かなかった。大使館から出てきた人びとに挨拶しようとする者や、隙あらばこの集団に紛れこもうとする者に、監視の目を光らせているだけだった。

ドゥラスへはバスで向かった。港には、ゴヤーリと同じような境遇の若者が、すでに四〇〇〇人以上も集まっていた。夜更けにもかかわらず、街が警察に取り囲まれているにもかかわらず、ここにもまた大勢が集まり、路上からゴヤーリたちに挨拶を送っていた。この若者たちは犯罪者ではない。アルバニアの人びとはよく分かっていた。いったい彼らが、どんな罪を犯したというのか?

ゴヤーリが乗った大きな船は、日が昇るころに港を離れた。アッピア・ヴェネツィアという名前の船だった。多くの難民にとって、この名前は自由の同義語になった。「突然に、からっぽになったように感じたんだ」ゴヤーリは言った。脳みそが、心臓が、体のなかのあらゆる臓器が、消えてなくなってしまったみたいだった。船の上で食べ物や飲み物を与えられたというのに、飢えも渇きも感じなかった。ほかの難民たちの瞳のなかに、自分の姿が映りこんでいた。ゴヤーリには、それが自分だと分からなかった。誰もかれもが亡霊のようで、汚れていて、光を通しそうなほどに薄かった。顔は痩せこけ、濃い髭に覆われ、日に焼けて真っ黒だった。若者たちは、逃げられたことを幸福に思うべきだった。それはゴヤーリにしても同じだった。岸辺を、山を、刻一刻と遠ざかる自分たちの土地を、難民たちは船から眺めた。海の先に残された家族を想った。母を、父を、兄弟姉妹を、子供たちを想った。どうして幸福でいられるだろう？　むしろ、彼らが味わっているのは絶望だった。

連帯の感情は国境を越え、強い結束が示された。イタリアに到着したアルバニア人のうち、三五〇〇人以上の人びとが、ヨーロッパの別の国に移住していった。そのほかの八〇〇〇人は、ひとまず難民収容施設にとどまることになった。収容施設は、ブリンディシから数キロ離れたレスティンコという町にあった。「俺とドリタは、オランダの友人の家にラウラを預けて、すぐにレスティンコに向かったんだ」アントニオ・ダミスが言った。二人は通訳として、難民たちの力になるつもりだった。とはいえ、正直に言うならば、ドリタにはほかにも目的があった。彼女の弟、若きアーベンに再会できるのではないかと、ドリタは望みをかけていた。あるいはせめて、アルバニアにいる家族の様子を、難民の誰かから聞きだしたかった。

難民の一部はほんとうに亡霊のようだった。小さな子供を腕に抱える女たちは、ひとり残らず虚ろな目つきをしていた。けれど、テレビカメラやジャーナリストの前では微笑みを浮かべ、アルバニアの政体の非道ぶりを告発した。ホヂャをはじめとする指導層はいくつもの別荘を所有していた。一方で、国民の食べ物は配給制だった。労働者に支払われる給金は、ひと月あたり最大でも四〇〇レクにしかならなかった。これは、靴を一足買えば消えてしまう額だった。ドリタとアントニオ・ダミスは難民のあいだを縫って進み、あちらこちらを歩きまわった。アルバニア人に水を配り、カリタスの仕事を手伝った。どこに行けばよいのか分からず、歩きながら途方に暮れている難民に、道案内をすることもあった。なかには、ドリタの顔を知っているアルバニア人もいた。「あんた、ティラナの出身だろ？　シュカンディーヤの一座の踊り子じゃないか？　俺はミモザ・ハイカの弟だよ。俺の姉さんは、あんたといっしょに踊ってたんだ」こうした人物に出会うたび、ドリタは長く話しこみ、両親や弟の消息を尋ねた。けれど誰からも、実りある報せを聞くことはできなかった。

　やがて、シュカンディーヤの民俗藝能グループの有名な踊り子が、難民たちのなかに自分の弟を探しているという噂が広まっていった。すると、ある青年がドリタのもとにやってきた。彼が言うには、ドリタの弟のアーベンは、七月二日のデモ行進のときに、晩の九時頃、ティラナのカヴァヤ通りで逮捕されたとのことだった。青年の言葉を聞き、ドリタはわっと泣きだした。そんなドリタを、青年は慰めようとした「どうか心配しないでください。同じような若者が何百人も、牢屋に入れられているんです。たかだか禁固三ヶ月ですよ。でも、それより早く牢屋から出てくるはずです。たぶんもう、自由の身になっています。大丈夫、今にみんなここに来ます、大丈夫。あなたの弟も、ほかのみんなも、全員が逃げだしてくるはずです。わたしには分かるんです。アーベンはけっして諦めません。わたしたちは親友ですから」

黄から赤、赤から緑、緑から黄へと色を変える電球に、ゴヤーリは魅了されていた。「瞳の形をしたその明かりから、目を離すことができなかったよ」ゴヤーリはそう語った。イタリアにやってくるまで、ゴヤーリは信号機を見たことがなかった。アントニオ・ダミスからペットボトルの水を手渡されたとき、最初にゴヤーリの口をついて出たのはこんな言葉だった「アルバニアは、俺たちの人生は、俺たちの未来は、一九四五年に石化したままなんだ！」ゴヤーリは無気力な声で言い放った。それはまるで、彼の影が語っているようでもあった。頭上高くから降りそそぐ真昼の太陽の光のために、ゴヤーリの影は主の足元でぺしゃんこに踏みつぶされていた。アントニオ・ダミスは「石化」という言葉に胸を衝かれた。この言葉が持つ堅牢さには、希望の宿る場所はなかった。

アントニオ・ダミスはゴヤーリのそばを離れなかった。ゴヤーリを励まし、自分がアルバレシュの村の出身であることや、妻がアルバニアで踊り子をしていたことを彼に語った。二人は木の根元に腰を落ちつけ、何時間も語り合った。ドリタの目にはそんな二人が、いちばん内奥にある秘密を交換し合っている、古くからの友人か兄弟のように見えた。話しているうち、自分たちの名字がよく似ていることに二人は気づいた。ダミスとダミサ。そこでアントニオは確信した。このアルバニア人の青年は、ひとつめのホラからやってきたに違いない。そうでなければ、どうしてヤニ・ティスタやリヴェタの話を知っているのか？

「親父なら、その物語をすみずみまで知ってるよ。あんた、俺の親父に会いに行ってみるといい。近いうち、あの人でなしどもが国境を開いたらな。親父は南部の小さな村に暮らしてる。ギリシアとの国境沿いにある、フシャティリって村だ」ゴヤーリはアントニオ・ダミスにそう言った。

レスティンコで過ごしたのは一週間ほどだった。「俺は二三一人の難民を集めて、ホラへ送り出したんだ」アントニオ・ダミスが言った。彼は難民のグループを、コゼンツァ県のとある村の、活動的なパパスに託した。このパパスは難民たちを助けるために、アルバレシュの代表団と連れ立って、レスティンコを訪れていた。代表団は、自治体の首長、聖職者、ジャーナリスト、軍人たちから構成されていた。「ホラに着いたら、俺の両親に会いに行ってくれ。俺たちの出会いと友情について、話してやってほしいんだ。お前はきっと、息子のように迎えられるよ」アントニオ・ダミスはゴヤーリに言った。そして実際、そのとおりになった。

「その先の数年間も、逃走の流れはとまらなかった」アントニオ・ダミスが言った。一九九一年三月には、ブリンディシ、バーリ、オートラントの港に、二五〇〇〇人以上の難民が上陸した。この時点ではまだ、アルバニア人にたいするイタリア人の態度は好意的だった。難民は、残酷で不合理なシステムの明白な犠牲者なのだから、温かく迎えられて当然だった。そして、同じ年の八月のはじめ、ヴロラからの船がバーリに入港した。船にはすさまじい数の難民が詰めこまれていた。たった一艘の船に、一二〇〇〇人。船の上で人山が蜜蜂の巣のように蠢いている写真が、世界中を駆けめぐった。新しい難民は入国を拒否された。もちろん、帰国を望む難民などいるはずがなく、警察とのあいだに衝突が勃発した。アルバニア人はバーリにある運動場「デッラ・ヴィットリア・スタジアム」に収容された。政府は急に態度を変え、法を忠実に適用することに決めた。イタリア人の結束は解かれた。

自分たちの暮らす土地が、難民の大群に侵略されるようで恐ろしかった。なぜなら難民は、暴力、争い、たかり、盗み、怠惰、放浪の気質に染まった、働く気力など持たない連中であると言われていたから。スタジアムにはドリタの弟も収容されていた。焼けつくような陽射しの下で、喉の渇きに苦しんでいたとき、空からパンが降ってくるのが見えた。野犬を相手にするかのように、ヘリコプターからパンが撒かれた。ドリタの弟は、心のもっとも奥深くを辱められた思いがした。八月十七日、スタジアムから脱走することに失敗したすべての難民といっしょに、ドリタの弟は空路で強制送還された。

アントニオ・ダミスがこうした話を聞かされたのは、その数年後、ついにアルバニア再訪の願いを叶えたときだった。ただし、用心のために、ドリタとラウラは連れてきていなかった。というのも、アルバニアの混乱はいまだ収束しておらず、危険な状況に変わりはなかったから。いわゆる「民主的な」選挙が実施されたあとも、旧指導層の多くの役人は、もとのポストにとどまったり、より大きな特権を享受できるポストに転任したりしていた。「用心しろよ」ドリタの弟がアントニオ・ダミスに言った「誰のことも信じちゃだめだ。あちこちにスパイがいるからな。祖国の防衛のためとか言って、政府は数えきれないほどのトーチカを造ってる。それでも、トーチカよりスパイの方が、よほど数が多いんだ」二人が落ち合ったのはティラナにあるカフェだった。両親へ宛てたドリタの手紙と二〇〇〇ドルを、アントニオ・ダミスはアーベンに手渡した。その金は、アーベンと彼の妻が、ゴムボートでイタリアに渡るための費用だった。それから、アントニオ・ダミスはひとつめのホラを目指して出発した。

彼はティラナでレンタカーを借りた。目玉が飛び出るほどの値段だった。道路のあちこちに穴が穿《うが》たれていた。幅の狭い、曲がりくねった道ばかりだった。アントニオ・ダミスは慎重に運転した。目的地が近づくにつれ、引き返したい思いが強まっていった。この旅が、取り返しのつかない幻滅をもたらすことを、彼はすでに直感していた。

事実、リヴェタとヤニ・ティスタの物語をゴヤーリに語ってくれた、彼の父親に会いに行くためでなかったなら、ひとつめのホラには近寄らずにいた方が賢明だった。その村は、五〇年代のホラによく似た、時代の流れに取り残された集落だった。農夫は騾馬《らば》の背に乗って畑に行き、「イカ」をして遊ぶ子供たちは靴を履いていなかった。いたるところに貧困が息づき、歴史ある旧市街は鼠の棲み処となっていた。たいていの家の窓にはガラスがなく、壁から漆喰が剥げ落ちていた。若者はひとり残らず、村を捨てて出ていったあとだった。ホラでさえ、広場に行けば数人の若者を見かけるというのに。睡蓮の咲きこぼれる湖は、ゲロゲロと鳴く痩せぎすの蛙でいっぱいの、淀んだ沼地に変わっていた。とはいえアントニオ・ダミスにとってこうした光景はすべて、さしたる意味を持たなかった。彼が来訪を後悔したのは、人びとの無関心を目の当たりにしたからだった。たしかに、村人たちはアントニオ・ダミスに微笑みかけてくれた。アントニオ・ダミスを客人としてもてなしてくれた。けれど、「ジャク・ヨネ・イ・シュプリシュル」と彼に言うとき、その眼差しにはなんの熱もこめられていなかった。希望を伝えるわずかな微光も、宿されていなかった。アントニオ・ダミスは言った。この数日の痛ましい現実が、生涯にわたる俺の夢を、炎のように焼いてしまった。そうして夢は灰になった。もしかしたら、外国で何年も暮らすあいだに、俺自身が変わってしまったのかもしれないな。

ゴヤーリの父親は、アントニオ・ダミスを実の息子のように迎えてくれた。家にあるわずかなもので、質素な歓待の宴が催された。食事が済むと、アントニオ・ダミスはひとつめのホラの跡地に連れていかれた。よくよく目をこらして見ると、あたりに教会の壁の残骸が建っているのが分かった。ヤニ・ティスタが埋葬されたのは、まさしくこの教会だった。そこではじめて、アントニオ・ダミスの視界に、偉大なる時の影が映りこんだ。草に覆われた道の敷石に、その影が伸びていた。ふと風が吹き、影の背中を押した気がした。アントニオ・ダミスのあとを、影が追いかけてきた。

2　モザイクの工房にて

しばらくのあいだ、誰も口を開こうとしなかった。渓谷の底から渦を巻いて昇ってくる、ヒューヒューという風の音ばかりが、僕らの耳に響いていた。ゴヤーリは物思いに沈みながら、黄金の犬歯をぺろぺろと舐めていた。モザイクの工房は、今にも人で溢れかえりそうだった。すでに僕の友人たちは、各々の恋人を連れて工房にやってきていた。僕の隣にはラウラがいた。ドリタは夫の傍らで、その場ではただひとり煙草をくゆらせていた。冷ややかな、他人を寄せつけない態度だった。そしてゼフは、モザイクのそばに腰を落ちつけ、モザイク列車で遊んでいた。やがてホラの村長が、役場の評議員や興味本位の野次馬たちを連れてやってきた。場所が足りずに工房に入れなかった多くの村人が、扉の周りにたむろしていた。アントニオ・ダミスはなぜ、村人を工房に集めたのか。その場にいる全員が、目の前のモザイクに見とれつつ、彼の説明を心待ちにしていた。

工房のなかはもう、息もつけないほどだった。汗をかく者もいれば、外に出ていく者もいた。さいわい、ゴヤーリが窓を開けてくれた。涼しい風が外から吹きこみ、柔らかに揺れる光がモザイクの表面に反射した。モザイクの海がきらめきを放った。はじまりのパパスであるヴィミトリ・ダミスと、彼に率いられた逃走者たちが、船に乗ってモザイクの海を進んでいた。

「村長に頼んで工房に来てもらった。いっしょに話を聞いてほしかったんだ。村長は、ホラに暮らす全員の代表だからな」アントニオ・ダミスが口を開いた。普段よりもっとしわがれた声で、ゆっくりと話しはじめた「俺はアルディアン・ダミサと深い友情で結びついている。だが、それだけの理由で、この工房を集会の場所に選んだわけじゃない。お気づきのとおり、ここには特別な空気が流れている。ここでは時が魔法にかけられ、歩みをとめているように思えるから。よく見てくれ。アルディアンは今、奇跡を起こそうとしている。偉大な芸術家だけに許された、特別な行為だ。彼は自らのモザイクをとおして、俺たちを結びつける物語の奥底にある魂を、少しずつ明るみに出している。俺は専門家ではないから、言葉では説明できない。しかし、説明する必要はないはずだ。モザイクに描かれた人物たちは、体を震わせ、息をしながら、静寂のなかを旅している。それを見たときに、自分のなかに宿った思いこそが大切なんだ。どうして人は、生まれ故郷から逃げださなければならないのか。どうして人は、旅立ちを強いられるのか。俺は彼らを見ていると、この世にはびこる不正や不実に、自分の手で触れたような気分になる」

聴衆に許しを請い、アントニオ・ダミスは煙草に火をつけた。医者からとめられているけれど、これればかりはどうにもならないのだと彼は言った。「俺は何年も前から、この瞬間を思い描いてきた。ホラに戻ってきたいちばんの理由は、今日の集まりのためなんだ。遠い昔、ホラに大きな教会を建てるため、村人たちがパパスに財宝を預けたことがあった。この物語を知っている人間がどれだけいるか、あいにく俺には見当がつかないが……」

村長をはじめ、工房のなかの聴衆や、扉のまわりに集まっていた村人のほとんどが、教師からの質問を恐れる生徒のように下を向いてしまった。そこでアントニオ・ダミスは、はじまりのパパスであるヴィミトリ・ダミス、ヤニ・ティスタとリヴェタ、二人目のパパスであるコラントニ、美しきロッサニーザとその夫ジャンバッティスタら、モザイクに描かれた登場人物たちを指さしながら、事の顚末を手短に語り聞かせた。誰もが真剣に耳を傾けていた。僕は自問した。アントニオ・ダミスはいったい、どこに行き着こうとしているのだろう？

「この秘密は長いあいだ、俺の胸にしまわれたままだった。妻にも、娘にも、俺の人生をめぐる多くの物語を話して聞かせたアルディアンにも、俺はそれを明かさなかった。古い教会が取り壊されて以来、俺はこの秘密を大事に抱え、片時もわが身から離さなかった。ホラの古い教会のことは、みんなも覚えているだろう？」

今回は、年長者の一部が質問に頷いてみせた。すばらしく美しい教会だったと、アントニオ・ダミスは言った。三廊式の聖堂の、中央の身廊に真四角の宝座が東向きに置かれ、側廊の中ほどにもそれぞれ祭壇が設えてあった。身廊の奥には半円形の空間が広がり、そこからクリュプタに下りられる造りになっていた。壁にはフレスコ画が描かれていた。もっとも、聖人や天使の姿は当時すでに、ほとんど見分けがつかなくなっていた。ガラスの割れた窓から雨風が吹きよせ、湿気のせいで漆喰の一部が崩れ落ちていた。教会を甦らすには、ごく単純な修復を施せばじゅうぶんだった。それは子供でも分かる道理だった。ホラに暮らす村人のうち、多少なりとも常識を備えた人物なら、行政と聖職者の振る舞いを、度し難い狂気と見なさずにはいられなかった。あろうことか、よその土地の企業に土木作業員として雇われたホラのたくさんの若者が、陽気につるはしを振るい教会の壁を叩き壊したのだ。ある青年は鐘楼の突端で、手にハンマーを持ち作業していた。まるで子供の遊びのように、砕いた石を次々と下に放り投げていた。人の手による仕事が終わると、地ならし機が仕上げをした。きれいな四角形をした石と、壁から剥がれ落ちた漆喰は、パラッコの突き当たりに運ばれていった。そこでは当時、プリフティとバシャリアをつなぐため、アスファルトの道路が造られている最中だった。行政はこの仕事を「工事現場の学校」と呼んでいた。ホラの若者に短期の働き口を提供しようと、小利口な役人が考えだした方策だった。おかげで、若者が大挙してドイツへと発つ時期を、ほんの数ヶ月だけ遅らせることができた。

「取り壊しの数日前、俺は二人の友人と連れ立って、夜更けに教会へ忍びこんだ。縄をつたってクリュプタに降りた俺は、まだ手つかずの墓のなかをくまなく探った。大した度胸だったと自分でも思うよ。同じことをもう一度やれと言われても、今の俺には無理だろうな。墓石を取り除けると、石の棺と、鼠の死骸と、それまで閉じこめられていた空気の臭いがいっしょになって、あたり一面に広がった。恐ろしい臭気だった。俺は必死に墓のなかをかきまわした。そしてようやく、まさしくダミス家の墓の下に、探し求めていたものを見つけたんだ。錆びた鉄の箱のなかに、いくつもの〈ヤナケ〉が入っていた。俺たちの土地に古くから伝わる、黄金の首飾りだ。どれもこれも、上等な宝石や真珠に飾られていた。そのほかにも、箱には多くの財宝がしまわれていた。彫り模様の入ったカーネリアンの耳飾り、エメラルドとルビーがあしらわれたヤナケ、ギリシアの戦士の頭をかたどった色鮮やかな瑪瑙《めのう》の指輪、真珠と自然石から作られた十字架や留め針、何枚かの金貨……そしてなにより、そこにはスカンデルベグの短剣が眠っていた。どうか想像してみてほしい。哀れなパパス、美しきロッサニーザの夫であるジャンバッティスタ・ダミスは、生涯にわたり村の財宝を探しつづけた。そして最後は亡骸となり、財宝を背にしたまま永眠したんだ。俺にはひとつだけ、いまだに後悔していることがある。俺はあのとき、友人たちを信用しなかった。目の前の財宝をどうすべきなのか、俺にも分からなかったというのが正直なところだよ。次の日の晩、俺はひとりで教会に戻ってきた。財宝をすべて袋に入れると、闇夜にまぎれ、自分の家へ泥棒のように駆けていった」

ここでアントニオ・ダミスは、煙草から二度か三度、思いきり煙を吸いこんだ。鼻から煙を吐きだすとき、いかにも気持ちよさそうな顔をしていた。小さな輪がモザイクへ立ち昇り、霧の切れ端のなかで砕けた。

「アルバニアへ発つ前に、財宝を入れた袋は納屋に隠した。このあたりでは、小麦をしまっておく木箱のことを〈グラナーロ〉と言うだろ。納屋に置かれたグラナーロの裏に、打ってつけの穴があいていたんだ。ここなら誰にも、ぜったいに見つからない。俺はそう考えた。今にして思えば、あのとき俺は、誰かにあとをつけられていたんだろう。たぶん家族か、俺の魂胆を見抜いた友人か、あるいは近所の村人だったのかもしれない。もちろん俺は、数日前に二十年ぶりの帰郷を果たしたあと、すぐに財宝を確認した。何年も前から空っぽになっているグラナーロを動かし、穴から袋を取りだした。

見てみると、袋のあちこちが鼠に喰われて破けていた。しかし財宝は手つかずでそこにあった。正確に言うなら、俺が記憶するかぎりでは、手つかずで残っているように思えた。なにしろ、財宝を発見したときは熱に浮かされていて、目録なんて作らなかったからな。それに、あのころの俺は若かったし、純真でもあった。残念ながら、スカンデルベグの短剣だけが欠けていた。象徴的にも金銭的にも測り知れない価値を持つ、なにより貴重な品だったんだが……」

工房に集まった村人たちが、小さな声で感想や所見を口にしていた。村長も、隣にいる評議員の女性と、静かに言葉を交わしていた。囁きは工房の外にまで、警報サイレンの振動のように、はっきりと伝わっていった。

「もし、スカンデルベグの短剣がこの村のどこかにあるなら、きっと俺が見つけだす。俺はそれを約束する」アントニオ・ダミスがつづけた「ひとまず今日は、俺より先に生きたすべてのダミスの代理として、ホラに財宝を返還したい。ビザンチンの文化に通じる、金銀細工の傑作だ。村人を代表する村長の手に、この財宝を託すことにする」

村長は意気揚々とアントニオ・ダミスへ歩み寄り、その「傑作」をひとつずつ受けとった。手渡された財宝を村長が高く掲げるたび、聴衆たちから「おぉーっ……」という感嘆のどよめきが漏れた。宝飾品の総数は四六個にのぼった。完璧な保存状態の品もあれば、修復が必要な品もあった。ホラの若い金細工師に修理を依頼しようと、村長はその場で請け合った。彼はすべての村民に代わりアントニオ・ダミスに礼を言った「高潔無私の、模範的な振る舞いだ。ここにいるわたしたちの息子は、ホラから遠く離れた土地に暮らしている。けれどその根は、美しく、それでいて見捨てられたわたししたちのこの土地に、なおもしっかりと根を張っていたのだ」村長はそう言ってアントニオ・ダミスを称讃した。彼はそのまま、凝った表現をあれこれと捏ねくりまわし、どこにたどりつくのか誰にも分からない演説に着手した。聴衆たちはわざと盛大に手を叩き、村長のおしゃべりの腰を折った。

「ここにある小さな宝を、ずっとここに、モザイクの工房に展示しておくのはどうだろう？　物語を伝えるモザイクの前に、財宝を飾っておくんだ。博物館にあるような、ガラス張りのしっかりとした容器に入れておけばいい」アントニオ・ダミスが言葉を継いだ。

するとと村長がそれに答えた「それは名案かもしれないな。考えてみよう。まずは専門家と話をする必要がある。先だって改築が終わったばかりの、庁舎の一室に飾るのもよさそうだぞ。展覧会や文化事業の開催を目的にした、じつに立派な部屋だからな。しばらく考えてみよう。ともかく今は、あらためて礼を言わせてくれ。これこそまさしく、無私なる振る舞いと惜しみのない贈り物……」一度目よりも長い拍手が、アントニオ・ダミスに捧げられた。村長の演説はまたもや打ち切りとなった。村長はそのまま聴衆に別れを告げ、扉の外に集まっている人びとに財宝を見せに行った。

少し息をつきたくて、僕も外に出ることにした。けれど、ほとんどの村人は工房に残った。ゴヤーリ、ラウラ、ドリタにくわえ、モザイクの工房ではついぞ見かけたことのない面々が、アントニオ・ダミスのまわりに群がっていた。村人たちはわれ先にと、アントニオ・ダミスを抱擁したり、彼の手を握ったりしていた。人波に弾かれて近寄れずにいる人たちも、せめて言葉で感謝の気持ちを伝えようとしていた。

村長の周りには興味津々の群衆が集まっていた。工房での出来事は、たちまち村全体に広まっていった。バールにいた若い男女の集団が、騒ぎを聞きつけてやってきた。賑やかな声に誘われて、老いた婦人や小さな子供が細い路地から顔を出した。海から帰ってきたジェルマネーゼたちは、工房の前の人だかりを見て何事かと車を停めた。

　僕は村人のなかに父さんの姿を探した。いないことは分かっていた。この時間、父さんはまだ畑で働いているはずだから。それでも僕は、自分の推測が外れてほしいと願っていた。広場やクリキのあたりには、すでに多くの村人が寄り集まって、アントニオ・ダミスの行為について口々に語り合っていた。パオロ・カンドレーヴァは人垣から距離を取り、バール・ヴィオラの壁際に腰かけていた。自分の数メートル先で交わされている会話に、なんの興味も抱いていない様子だった。それなのに、僕の姿を認めるなり、早足で僕に近づいてきた。パオロ・カンドレーヴァは僕と話したがっていた。というよりも、僕に皮肉を浴びせたがっていた。はっきり言って、僕には彼の言葉は場違いに思えた。

「おまえらみんな、いったいどこまでお利口なんだ？　あの村長もたいそうな御仁だよ。学もあって善良で、まさしく村人のお手本だな。くだらないことで大騒ぎしやがって、〈さぁ、手を叩こう〉、〈アントニオ・ダミス、ばんざい〉、〈村長、ばんざい〉、間の抜けた声がバールまで聞こえてきたぞ。アントニオのやつ、ずいぶんと得意がってるようじゃないか。昔のあいつを思い出すよ。これで村の連中は、自分への見方を変えてくれる。あいつはそれを期待してるんだろう。アントニオ・ダミスは正直者だ、むしろ英雄だ、〈モティ・イ・マヅ〉のスカンデルベグだ。村人の考えを一晩でひっくり返せると思ってるんだ。哀れな男だよ、同情するね。この土地にはどんな人間が暮らしてるのか、あいつは忘れちまったみたいだな。あそこに集まってる連中の話を聞いてみろ、〈アントニオの見つけた財宝があれで全部だという保証がどこにある？〉、〈村に返したのと同じだけの財宝を、それどころか、その二倍、三倍の財宝を、懐に入れていないとどうして分かる？〉当然の疑問だよ。俺だって、まるきり同じことをさっきから考えてたんだ」

僕はこの言葉に反発し、パオロ・カンドレーヴァに言い返した「あの時代、ホラの村人はすごく少なかったし、貧しい家は財産を提供することもできなかった。アントニオ・ダミスが返した分より多くの財宝があったなんて、僕には信じられないよ」

パオロ・カンドレーヴァは底意地の悪い笑みを浮かべ、心臓を突かれたような叫びを上げた「あぁ！　俺たちはなんて惨めなんだ、だってそうだろ？　お前たちの親は苦労して、息子に立派な教育を受けさせた。だのにお前らは、雌鶏よろしくいいようにかつがれて、それに気がついてもいないんだからな！　なら訊くが、スカンデルベグの黄金の短剣はどこに消えた？　ほんとうに盗まれたのか？　そうだとして、なぜ泥棒はほかの財宝を残していった？　気の毒なアントニオに、善意の証を示すためか？　あいつが役場に財宝を寄付できるよう、泥棒が気を遣ったのか？　そんな子供だましを信じられるなら、きっとお前の脳みそは、古い胡桃の丁からびた実にそっくりなんだろうな」

できることなら、この男の尻を蹴りあげてやりたかった。けれど僕は礼儀正しく、口答えせずに黙っていた。

「これで最後だ、よく聞いとけ」パオロ・カンドレーヴァはまだつづけた「あいつは自分をもっと偉大に、全能の主のように見せたいんだ。だからアントニオは、お前のところに来てこう言うよ〈お前の父親のカルルッツォと友人のパオロに、この絵を持ってていってくれ。これを見つけたのはあの二人だ〉罪の穢れを祓うためなら、多少の出費には目をつぶるさ。そもそもあいつは、もうあの絵には興味がないんだ。もともと何の価値もない絵だったんだろうよ。俺の言ったとおりになるかどうか、ビールを一ケース賭けるか？」

ありがたいことに、ゼフが僕を呼びにきて、工房へ引きずっていってくれた。ラウラは僕に気がつくと、僕の唇にキスをした。「今までずっと、どこに行ってたの？」ラウラが言った。丸一日離れて過ごしていたような気分になった。

「外だよ。ここは財宝に見惚れてる人でいっぱいだから」僕は力なくラウラに答えた。

アントニオ・ダミスが僕らに近づいてきた。紅潮したその顔からは、疲労の色がはっきりと読みとれた。おそらくは興奮のために、指のあいだの煙草が震えていた。アントニオ・ダミスは僕に言った

「きみの親父さんに伝えてくれ。パオロ・カンドレーヴァといっしょに、俺の家まで絵を取りにきてほしいんだ。もちろん、俺の方から二人に渡しに行ってもいい。絵の持ち主はあの二人だ。あいつらが見つけた絵なんだからな。それに俺の手もとには、ドンナ・マルタに描いてもらった完璧な複製がある。俺にとって大切なのは、美しきロッサニーザの眼差しを、子や孫のために残しておくことだったんだ。要するに、感情の問題だよ」

「はい、承知しました」使い慣れない慇懃な表現で、僕はアントニオ・ダミスに返事をした。頭のなかには、パオロ・カンドレーヴァの顔とビールケースが浮かんでいた。もしも賭けに乗っていたなら、僕の完敗だった。

僕はけっきょく、アントニオ・ダミスの意志を父さんに告げることができなかった。和解の手を差しのべようというアントニオ・ダミスの思いを、最後まで伝えられなかった。どんな言葉で知らせたものかと悩みつつ、僕は何日ものあいだ、父さんに話すのにちょうど良い機会を探りつづけた。父さんの反応が怖かった。友人のパオロ・カンドレーヴァのように、手厳しい皮肉を返してくるかもしれなかった。それは僕にとって、我慢のならない展開だった。どうにかして、そうした事態を避けたかった。僕は今でも、自分の振る舞いを悔やんでいる。二人が歩み寄るための手助けを、僕はなにひとつしてやれなかった。父さんの性格を考えに入れるなら、仲直りの望みなど空しいように思えた。でも僕は、それを試みようともしなかった。そしてすべては手遅れになった。あってはいけない終わり方で終わってしまった。ゴヤーリも、ラウラも、僕も、そんな終わりは誰も想像していなかった。ほんとうなら、前もって察知できたはずだった。物語や証言が、僕らの手もとにはじゅうぶんすぎるほど集まっていたのだから。

それまでの一週間は平穏だった。重大な出来事の予兆さえなかった。アントニオ・ダミスはクロトーネまで行ってレンタカーを借りてきた。僕らは毎朝、その車で海に出かけた。道すがら、畑に寄って果物を摘んでいった。楽しい時間が一日中つづいた。夕方は、村の広場でアントニオ・ダミスの姿を見かけた。遠い場所を目指す男の、ゆったりとした足どりで歩いていた。人びとは彼に向かって大げさに敬意を表した。アントニオ・ダミスの手を握ったり、旧友に再会したように挨拶を送ったり、高潔な彼の振る舞いをあからさまに褒めたたえたりした。そんなとき、アントニオ・ダミスは傲慢になるわけでも、卑屈になるわけでも、内気になるわけでもなかった。一年ぶりに里帰りした、休暇中のジェルマネーゼのように振る舞っていた。二十年、帰りたくとも帰れずにいた男には見えなかった。

海へはいつも、朝早くに出発した。日がたつにつれ、ゼフは海辺に近づいていった。波打ち際におそるおそる足を置き、悪意のない小さな波の感触を楽しんでいた。ときには僕に水をひっかけ、いたずらに成功した子供のように嬉しそうに笑っていた。それは僕がはじめて見る、ゼフの心からの笑顔だった。水への恐怖を克服するのも、時間の問題のように思えた。あと何日か海に通えば、軽く泳ぎを教えてやることもできそうだった。

アントニオ・ダミスはドリタの背中に、日焼け止めのクリームを塗っていた。ドリタの肌に触れるときの手つきや、泳ぎに行くドリタを見送るときの視線から、彼がどれだけ妻を愛しているか伝わってきた。音のない堂々とした足どりで、ドリタは海へ歩いていった。ゴヤーリがいつも話してくれた、女王のごとき身振りだった。ビキニをまとった、齢五十の美しき女王。

ラウラはいつも、両親にうっとりと見惚れていた。僕の前で二人のことを褒めちぎり、あれこそ手本にすべき愛の形である主張していた。ラウラはまるで、父の抱える不可解な病を、言葉の力で追い払おうとしているみたいだった。アントニオ・ダミスの容態は深刻だった。けれど、誰もそれを口に出そうとはしなかった。どんな病がアントニオ・ダミスを蝕んでいたのだろうか？　彼の患部は、魂の外にまで広がっていたのだろうか？

「二人とも、泳ぎましょうよ。怠けてないで、少しくらい体を動かしたほうがいいわ。放っておくと、どんどんお腹が出てくるわよ」父親と僕に向かって、ラウラが海から大きな声で言った。アントニオ・ダミスはいつもパラソルの下にいた。陽の光を浴びることも、泳ぐことも、今の彼には億劫な行為でしかなかった。彼はラウラに笑みを返した。砂浜には、幸せな娘と、美しい妻と、小さなゼフの姿があった。僕らの海が、光を浴びて輝いていた。目の前の穏やかな情景が、一瞬で、永遠に消えてしまうことも有りえる。アントニオ・ダミスの笑顔には、そうした事実を知った男の、郷愁の念がこめられていた。僕はぼんやり、アントニオ・ダミスの方を眺めていた。彼はまばたきを繰り返していた。瞳を閉じ、すぐにまた開き、太陽の光に満ちた光景を何度も網膜に焼きつけていた。そんな彼を見て、僕は小さな子供を思い浮かべた。その少年は暗闇を恐れている。けれど同時に、それに惹きつけられている。光から闇への移り変わりは、果てしのない、謎に満ちた夜空に浮かぶ、星々の瞬きのようにも思えるから。

アントニオ・ダミスが僕に尋ねた「例の件、親父さんに話してくれたか？」

「いや、まだです。ここのところ、家に戻っても会えなくて。まだ畑にいるか、もう寝てるか、そのどっちかなんです」僕は答えた。後ろめたくて、情けなかった。

「ほんとうは、親父さんにどやされるのが怖いんだろ。俺ときみと、二人まとめて叩きのめされるかもしれないもんな」アントニオ・ダミスが言った。冗談めかした口ぶりだったけれど、僕はひどくまごついてしまった。そこで彼は話題を変え、オランダの美しさや、海面の上昇に歯を食いしばって立ち向かうオランダ人の逞しさを褒めたたえた。アントニオ・ダミスはそういう人たち、けっして諦めない人たちのことが好きだった。そのあとは、イタリアやオランダのサッカーの話になった。外国に移住してからの方が、サッカーの試合をよく見るようになったと言っていた。けれど、彼自身の人生や、ダミス家の物語については、なにも話してくれなかった。すでにすべてを語ったのだと、悟っているような態度だった。欠けているのは、物語の結末だけだった。おそらく彼は、その結末を知っていた。けれど、言葉が現実を呼び寄せるのを嫌い、あえて口にはしなかった。

ヒエン・エ・エラス、風の影が、ついにそこへ戻ってきた。六時間のあいだに、三度にわたって。一度目は、二人のうち一方に、終わりの見えない苛烈な試練が強いられた。急にゼフが現われなければ、一度目で終わりになっていてもおかしくなかった。

影はアントニオ・ダミスの瞳のなかでくつろいでいた。彼は眠っていた。ときおり、口を開いて鼾をかいていた。ゼフを寝室に呼び寄せたのは、たぶんその鼾だった。この日の昼過ぎ、家にはアントニオ・ダミスとゼフの二人しかいなかった。ラウラとドリタは、僕が運転するレンタカーでマリーナまで買い物に行っていた。ベッドの上方で、黄金の短剣が輝いていた。アントニオ・ダミスの胸に、今にも刃が吸いこまれていきそうだった。振りあげられた手の方に、ゼフが微笑みを向けた。曇りのない、あらゆる感情を解きほぐす笑みだった。はじめのうち、手にはためらいが宿っていた。力なく動いた手首が、刃をなおも高く掲げた。けれど腕の震えがとまらなかった。子供の瞳が、人知を超えた力を放っているかのようだった。あまりにきれいで、耐えられなかった。

二度目、あるいはおそらく三度目の訪問は、晩の十一時頃だった。開け放しにされた窓か、ロザルバの浴室の扉から、風の影が入ってきた。彼女は泡の浮かぶ浴槽のなかにいた。いつものとおり、室内着なのかパジャマなのか分からない、栗色の服を身につけていた。生気のある、和らいだ顔つきだった。髪の毛が海藻のように水面に漂っていた。大きく見開かれた彼女の瞳が、影に覆われていた。影はその光景を信じようとしなかった。白い唇の上を何度か行き来し、かすかな水の揺れを追いかけていた。

三度目、あるいはおそらく二度目の訪問で、影はアントニオ・ダミスのもとに戻ってきた。彼はまたもひとりだった。家族は芝居を観るために、村の運営する円形劇場に出かけていた。僕も、ゴヤーリも、僕の友人たちもひとり残らず、劇場で芝居を楽しんでいた。それは「貨物船」という題名の、アルゼンチンに移住したカラブリア人をめぐる音楽劇だった。カタルド・ペッリの哀切な歌声が、聴く者の胸を焦がした。アントニオ・ダミスなら、この曲をとても気に入っただろうとラウラが言った。ペッリの歌は僕の耳には、アントニオ・ダミスの人生のために用意されたサウンドトラックのように聴こえた。けれどあの日、彼は朝から体調が優れず、僕たちは午前中には海から引き上げてきたのだった。彼はベッドで寝返りを打ち、どうにか体を休めようとしていた。躍起になって閉じた目が、ふと気がつくと、暗闇のなかでまた開いていた。影はやすやすと部屋のなかに入ってきた。アントニオ・ダミスには、なにも見えていなかった。よろい戸が風に揺られて軋む音しか、耳に届いていなかった。ためらいのない、強烈な一撃だった。胸骨から心臓へと、ひと息に到達した。スカンデルベグの短剣は、細く鋭い切っ先を備えていた。呻きも、言葉も、アントニオ・ダミスは漏らさなかった。残りの力を振り絞り、彼は瞳と歯を閉じた。それは二度と開かれなかった。

日付けが変わるころ、ツァ・マウレリアの悲痛な叫びがあたりに響いた。救急診療所に連絡してから、近所の村人に大声で呼びかけた「来とくれ、来とくれ、娘がたいへんなんだ」

若い女医がロザルバの体を浴槽から外に出した。水びたしになった女医は、体を震わせながら、ロザルバがすでに死んでいることを確認した。

ツァ・マウレリアはまたも叫び、髪をひっぱり、顔を掻きむしった。女医はツァを落ちつかせようとしたけれど、どうすることもできなかった。

噂は瞬く間に広まった。「ロザルバが死んだぞ。気の触れたあの女だよ。風呂のなかで自殺したらしい」

最初に到着したのは親戚だった。それから、近所に暮らす女たちがみんな集まってきた。僕たちも急いでツァの家に向かった。ゼフがドリタの腕のなかで泣いていた。たぶん、なにが起きたのか分かったのだろう。あるいは、周りの興奮を感じて不安になり、思わず涙が出てきたのかもしれない。

僕とラウラはそのままツァ・マウレリアのところに行った。ドリタはひとまず家に戻って、ゼフをベッドに寝かしつけた。そして、夫がいるはずの寝室に入っていった。

「あなた、寝てるの？」ドリタは夫に声をかけた。寝室は妙に静かだった。鼾も寝返りを打つ音も聞こえなかった。ドリタの胸に疑念がきざした。アントニオ・ダミスは妻の問いかけに答えられずにいた。ドリタは明かりをつけた。はじめに目に映ったのは、夫のタンクトップにめりこんでいる、スカンデルベグの短剣の黄金の柄だった。夫の背には、くすんだ色の血の染みが広がっていた。それは大きく、美しい円を描いていた。ビザンチンの聖人の光背のようだった。

終りのあと

灰のきらめき

　僕は最後にもう一度、炎に包まれた丘の下、懸命に進む人たちの姿を眺めた。男たち女たち子供たちが、砂利だらけの川床に沿って逃げ、僕たちの海を越えようとしていた。僕らの瞳にそっくりの眼差しが、輝きを放っていた。人びとの頭上では、故郷の村が燃え、森が燃え、森に囲まれた湖が赤く染まっていた。ずっと先、ホラの村はずれに、古いトラックの荷台に乗ったアントニオ・ダミスがいた。颪に向かって、声をかぎりに叫んでいた。ほんとうに、ざらついた大声が聞こえてくるようだった。切羽詰まった響きとともに、言葉が勢いよく宙を舞っていた。まるで、ひどく長いあいだ胸の裡にしまっておいた、生きるか死ぬかの大問題を口にしているみたいだった。

「これは傑作になるね」僕はモザイクを見つめたまま、確信をこめてゴヤーリに言った。

「さてな。完成するかどうかも怪しいよ。あの日から、どうにも考えがまとまらないんだ」はぐらかすようにゴヤーリが答えた。

「大丈夫だよ、あと少しじゃないか。ゴヤーリは、地中海でも最高のモザイク作家のひとりなんだ。それに、僕の父さんにも負けないくらい頑固だしさ」

ゴヤーリは笑った。「お世辞はそのへんにして、そろそろ行こう」彼は言った「ラウラが待ってるからな」ゴヤーリのあとについてモザイクの工房を出ていくとき、僕はうしろを振りかえった。古いトラックの荷台の上で、アントニオ・ダミスが大きく口を開けていた。

約束の場所に向かう途中、僕は若き日のアントニオ・ダミスのことを考えていた。風に向かって大声で叫んでいたとき、彼はすでに、不安と悔恨を振り払おうと必死だったのかもしれない。生涯にわたりそのための努力をつづけ、けっきょくうまくいかずに終わってしまった。何度目か分からない、けれどおそらく最後になる試みのために、彼はホラへやってきた。自身の行為から逃れられず、逃れようとも思っていない彼にとって、過去の清算は責務でもあった。「あちこちに敵がいることは分かっている」アントニオ・ダミスはある日、僕にそう語ってくれた「人は生きていくために、深く憎む相手を必要としているから」けれど彼は、自分を憎む人びとを恐れてはいなかった。せいぜい、ロザルバから厳しい言葉を浴びせられる程度だと思っていた。アントニオ・ダミスが想像していたのは、恋愛映画の一場面のようなものだった。公衆の面前で、裏切られた女が怒りと苦しみをぶちまける。そして男に飛びかかり、男の顔に爪を立てる。女の爪には正当にも、男にたいする深い怨みがこめられている。ロザルバの憎しみが、自分を殺すほどにまで昂じているとは、アントニオ・ダミスは考えていなかった。ロザルバがどんな女性か、アントニオ・ダミスは知っていた。あのロザルバに、できるわけがなかった。ロザルバの魂は、そんな真似をするにはあまりにも善良だった。けれど、ほかの人びとの考えは違った。村人や、シャン・コッリから駆けつけてきたカラビニエーレは、一片の疑いも抱かずに決めつけた「昔の恋人の仕業だな。アントニオ・ダミスを殺したあとで、自ら命を絶ったんだ」それに、スカンデルベグの短剣の柄には、ロザルバの指紋も残されていた。

九月の終わりの一日だった。空はよく晴れ、風が強く吹いていた。ゴヤーリといっしょにコナを横切り、ひどく急な坂道をのぼっていった。丘の頂上に着いたとき、時計の針は十一時きっかりを指していた。

ラウラはすでにそこにいた。ひとりきりで、僕たちが来るのを待っていた。ラウラは父親の葬儀のあと、母親とゼフに付き添って、いったんアムステルダムに戻っていた。あらためてホラにやってきたのは、それから数週間後のことだった。オリーブ畑や葡萄畑が途切れた先、台地の向こうでさざ波を立てている海を、ラウラは静かに見つめていた。

僕たちに気がつくと、ラウラはすぐにその日の目的に取りかかった。小さな壺からひとにぎりの灰をつかみとり、風のなかにふわりと散らした。種を撒く農夫のような、滑らかな手つきだった。僕たちは、ホラでいちばん海抜の高いティンパレッロにいた。風にたなびく黄金の髪が、ラウラの目を覆っていた。そのせいでラウラには、自分の前をゆっくり漂う、光り輝く灰の雨が見えていなかった。灰はやがて、乾いた草むらに身を落ちつけ、僕らの周りで輪を描いた。

「風も陽射しも、今日はすごく気持ちいいわね」そう言って、ラウラは目にかかる髪の毛を払った。ひとりごとのようでもあり、宙に浮かぶ父の灰に話しかけているようでもあった。そしてこう付け足した「自分の身になにが起きるか、父さんには分かっていた。ホラに来たのは、ここで死ぬためだったのよ」

ゴヤーリは力強く頷いた。彼は両手の指を絡ませ、唇に近づけた。祈りにも似た、おごそかな仕種だった。

僕はラウラに左手を差しだした。ラウラが僕の手の甲に、わずかばかりの灰を載せた。右手の指の腹でそっと灰をつまむと、蝶の羽に触れたときの柔らかな暖かさを感じた。生の熱が宙を舞った。僕には、アントニオ・ダミスが死ぬためにホラに来たのだとは思えなかった。自分の世界と和解するため、自分自身と和解するため、彼はここに戻ってきた。人の心が、こんなにも長く強い憎しみを抱けるとは、彼は想像していなかった。僕だって同じだった。自分の気持ちに逆らって、アントニオ・ダミスの生や僕たちの生をすみずみまで調べたとしても、そんな憎しみの居場所は見つけられそうになかった。

僕たちは二人とも、間違っていた。

僕はあの晩、ずっとなにも考えられなかった。息がとまりそうな衝撃を受けていた。茫然自失する僕をよそに、通りではラウラや、ドリタや、ツァ・マウレリアが、悲痛な叫びを響かせていた。

しばらくして、ようやく日が昇ろうかというころ、僕は突然に閃いた。よく知っている物語の一節が、不意に頭の片隅をよぎった。僕は玄関を飛び出して、ダミス家の郵便受けを開けた。丸められたメモが入った薬莢を僕は探した。

薬莢はなかった。代わりに僕が見つけたのは、ノートから切り離された一枚の紙だった。

「子供があなたを救いました。あの子はわたしのことも救いました。わたしにはできませんでした。すぐそこに、わたしに笑いかけるあの子がいたから。あなたから与えられた苦しみに、あの子を巻きこむことが許されますか？　わたしにはできませんでした。できません。生きているあいだずっと、恐ろしく重たい釘が、心と頭を責めたてていました。今はもう、自由になった思いです。さようなら。ロザルバ」

ラウラはふたたび、ひとつかみの灰を宙に撒いた。ゴヤーリは目を閉じた。その光景を見ていることが、ゴヤーリには辛いようだった。僕は急に口笛を吹きたくなった。あの晩のように、頭の中が混乱してきた。僕はすでに、唇をとがらせていた。口笛を吹いて、居心地の悪さを紛らしたかった。すんでのところで、僕はその音を引っこめた。ツァ・マウレリアの告白には、後悔も怨恨もこめられていなかった。節くれ立った自分の両手を、動転した目つきで見つめていた。浴槽の水のなかに死んだ娘を見つけたとき、ツァ・マウレリアはすぐに騒ぐことはせず、誰かの声に導かれるようにして行動を起こした。ツァを誘《いざな》ったのは、ひとりの声というよりは、ひどく遠くから聞こえてくる錯綜した声の合唱だった。短剣は洗面台の上に置かれていた。鏡の下部に刃が突き刺さっているように見えた。ツァ・マウレリアはためらいなく短剣をつかみとり、娘にはできなかったことをあっさりとやってのけた。ここまで話すと、ツァ・マウレリアはこうつぶやいた（仕方ないんだ。ロザルバにとって、全員にとって、あの二人の死が必要だったからね）そのあとツァは家に戻って、取り乱しながら女医を呼んだ。水のなか、大きく開かれた目で自分を見ている娘の姿に、そのときはじめて気づいたふうを装って。

輝く灰の最後のひとつかみを、ラウラが風のなかに撒いた。指先を這う迷路のような線のあいだに、灰の粒が奥深くはまりこむまで、僕は指をこすりつづけていた。

「アムステルダムにはいつ発つんだ?」帰り道の途中、ゴヤーリが訊いてきた。

「今夜だよ。九時の電車で行く」僕は答えた。ラウラと僕は腕を組んで歩いていた。僕がゴヤーリに返事をしたとき、ラウラは僕の腕を強く自分の体に引き寄せた。

「親御さんはなんて言ってた?」

「ばか野郎って言われたよ。〈出ていったら、もう戻らないつもりだろう、お前は大卒だ、そこらのジェルマネーゼのように村を出ていく必要はないんだ、俺の犠牲をなんだと思ってる、これでぜんぶ水の泡だ〉〈まぁ、ラウラは賢いし立派な娘よ、ロッサニーザのように美人だし、あなたのことを好いているしね〉」

「それで、お前の答えは?」

「〈それでもやっぱり、今の僕は幸せだよ〉」

僕らはモザイクの工房の前で立ちどまった。僕はラウラを抱きしめた。ついさっき口にした、〈それでもやっぱり〉の語感を和らげたくて、僕はラウラにキスをした。

ゴヤーリは僕たちに笑いかけ、防犯鍵のついた扉に近づいていった。ゴヤーリが扉を開けた。光を浴びたモザイクが、大きなスクリーンのようにきらめいた。僕は敷居のそばに立ち、モザイクとまっすぐに向き合った。古いトラックの荷台の上で、アントーニオ・ダミスが揺れていた。自身の秘密と僕らの影に、彼は今も翻弄されつづけていた。僕は軽く頭を下げ、アントニオ・ダミスに挨拶をした。

「タ・プリフタ・エ・ンバラ、幸運を祈る！」ゴヤーリが僕たちを送り出した。僕とラウラは自分たちの道を、言葉も交わさず足早に進んでいった。

訳者あとがき　言葉と時のモザイク

長靴の半島の爪先に位置するカラブリア州や、海峡を挟んで向かいにあるシチリア州をはじめとして、南イタリアの諸州には「アルバレシュ（arbëresh）」と呼ばれるアルバニア系住民の共同体が点在している。これらの土地では現在も、古アルバニア語に近い「アルバレシュ語」という言語が話され、独自の文化・習俗が保たれている。十五世紀の初めから十八世紀後半までの期間に、オスマン帝政下のアルバニア（当時は「アルベリア（Arbëria）」と呼ばれていた）からイタリアへ逃れてきたキリスト教徒が、今日のアルバレシュの祖先にあたる。本書『偉大なる時のモザイク（*Il mosaico del tempo grande*, Mondadori, Milano, 2006）』の作者は、そうしたアルバレシュ共同体の出身者である。[*1]

一九九一年刊行の長篇第一作『円舞（*Il ballo tondo*）』を皮切りに、カルミネ・アバーテ（一九五四〜）はこれまで合計九作の長篇を著してきた。そのうち、『偉大なる時のモザイク』（以下、『モザイク』と表記する）を含むじつに五篇が、架空のアルバレシュ共同体「ホラ」を舞台にしている。アルバニアからの逃亡者たちの手で十五世紀末に創建されたというこの村が、作者の生まれ故郷カルフィッツィ

（カラブリア州クロトーネ県）をモデルにしていることは疑いを容れない。[*2]

一七七四年の大規模な移住を最後に、アルバニアからイタリアへの逃亡者の流入は途絶えていた。ところが二〇世紀末、アルバレシュの祖先の経験をなぞるようにして、大量のアルバニア人がイタリアを目指し海を渡った。社会主義体制下の圧政や貧困に耐えかねた人びとが、自由を求めて故郷の土地を後にしたのである。一九九〇年七月にアルバニアの首都ティラナで勃発した「大使館への駆け込み」や、一九九一年八月に南伊バーリのスタジアムで起きた「ヘリコプターからのパンのばら撒き」など、アルバニア人やイタリア人にとっていまだ記憶に新しい史実が、本書『モザイク』のなかでも言及されている。

「どうして人は、生まれ故郷から逃げださなければならないのか。どうして人は、旅立ちを強いられるのか」（本書二八〇頁）。作中でアントニオ・ダミスが口にするこの言葉は、アバーテの執筆活動の根底にある問いかけである。作家自身、南伊プーリア州のバーリ大学を卒業したのち、若くしてドイツに移住している。一九八四年に発表されたドイツ語による短篇集『鞄を閉めて、行け！（*Den Koffer und weg!*）』には、移民として生きる痛みと苦しみが、飾りのない乾いた文体で綴られている。

アバーテの多くの作品、とりわけ本書『モザイク』では、世代を越えて繰り返される移住の営みが、物語を支える骨格になっている。「ゴヤーリ」ことアルディアン・ダミサは、「ひとつめのホラ」からイタリアのホラへ移住することで、五〇〇年前の祖先の逃走を身をもって再現している。「ひとつめのホラ」を夢見つづけたアントニオ・ダミスは、アルバニアの踊り子ドリタを連れてオランダへと移住する。作品の結末では、ミケーレ青年のホラからの旅立ちが予告されている。時代も目的地も異なるさまざまな移住が、ホラという小さな共同体の上で交錯する。

二〇一二年に刊行された『ホラの季節（*Le stagioni di Hora*）』は、『円舞』、『スカンデルベグのバイク（*La moto di Scanderbeg*）』、『モザイク』の三作を一冊にまとめた作品集である。「ホラ三部作」とでも呼ぶべきこれらの作品においては、アルバニアの民族的英雄スカンデルベグが重要な役割を果たしている。[*3]『モザイク』の中心人物アントニオ・ダミスは、物語の始めから終わりまで、「風の影」につきまとわれ苦しみつづける。アバーテの故郷で語り継がれてきたアルバレシュの伝承では、「偉大なる時」を生きたスカンデルベグもまた、死を前にして風の影の声を聞いたとされる。

ある朝、スカンデルベグは最後の戦いに臨んだ。黒い運命にたいする戦いだった。それは風の影だった。胸に心を宿していない、「死」という名前の敵だった。お前の生は終わった。死は彼にそう告げた。[*4]

（『円舞』より）

空は黒々とした雲に覆われていた。遠くを見つめる彼の瞳のようだった。この日、「偉大なる時」を生きるスカンデルベグは、青白い顔で馬を走らせていた。青白く、病んだ顔で、最後の戦いに向かっていた。彼は黒い声を聞いた。
「戻れ、スカンデルベグ、引き返すのだ」
「お前は誰だ？　お前はどこからやってきた？」
「わたしの名は死だ。お前の生は終わった」

「俺が死ぬとどうして分かる？ 胸に心を宿していない、人を怯えさせるばかりの風の影よ」[*5]

（『スカンデルベグのバイク』より）

風の影とスカンデルベグの邂逅は、祖母の歌う民謡を通して、幼い子供だったころのアバーテが慣れ親しんでいた物語である。モザイク作家のゴヤーリは、作品の終盤でミケーレとラウラにこんなことを言っている「物語は、俺たちの内側や俺たちのまわりに、はじめから存在している。俺はただ、木から果実をもぎとるように、物語を集めるだけさ。そして、物語ができるかぎり長持ちするよう、モザイクの姿に留めるんだ」（本書二五二頁）。これはあたかも、アバーテの創作態度について語ったような言葉である。過去の世代と物語を共有し、未来の世代に物語を伝えるために、アバーテはそれを小説の形に留めようとする。

「ここは風の丘だ……良きにつけ悪しきにつけ、われわれは風の丘を選んだのだ」（本書七七頁）。はじまりのパパスであるヴィミトリ・ダミスは、ホラの村人を前にしてこう語っていた。パパスの言葉から、昨年に邦訳が刊行されたアバーテの代表作『風の丘（*La collina del vento*）』（関口英子訳、新潮社）を思い出した読者も少なくないだろう。「風」はアバーテが好んで取り上げるモチーフのひとつである。本書『モザイク』においては、ある登場人物の名前のなかに、風を連想させる仕掛けが潜んでいる。金色《こんじき》の髪の娘、ラウラである。

イタリア文学史を代表する詩人として誰より先に名前を挙げられるのが、一四世紀のフィレンツェに生を受けたフランチェスコ・ペトラルカ（一三〇四〜一三七四）である。その後の西欧の文学に巨大な影響を与えた詩集『カンツォニエーレ』は、永遠の恋人ラウラにたいする詩人の思慕を歌った作品である。『カンツォニエーレ』を日本語に訳した池田廉は、ラウラ（Laura）という名前が喚起するイメージについて次のように解説している。

ラウラという名前はじつに美しい響きを持つ。そしてこの名から、小石が池に波紋を呼ぶように、豊かな連想の環が広がる。恋人のラウラ（l'aura）は微風であり、ラウロ（lauro）＝「月桂樹」であり、またアウレオ（aureo）＝「黄金の」とも結びつく。それらがさらに連想の環となって、「ゼフィロス（西風）」、あるいは「桂冠」、そして「金髪」や「太陽」というふうに波紋を広げる。[*6]

「ラウラ」には、微風を意味する「アウラ」というイタリア語が紛れこんでいる。そればかりかこの名前は、形容詞「アウレオ」との響きの類似により、金髪の女性のイメージを想起させる。『モザイク』に話を戻せば、ミケーレ青年の心を最初に捉えたのも、ラウラの金色の髪だった。「風にたなびく金色の長い髪が、はちみつの滝のように見えた。昼下がりの陽光が、腹を空かせた蜜蜂のごとくに、金色の髪に群がっていた。あのとき僕は、彼女の髪から目をそらすことができなかった」（本書三七頁）。もちろん、『モザイク』において「スカンデルベグの黄金の短剣」が果たしていた役割も忘れてはならない。ラウラの名前は、「風」と「黄金」という、物語の二つの重要なモチーフと結びついている。

「黄金」とかかわりのある名前を持った人物はもうひとりいる。モザイク作家ゴヤーリである。作中でも説明されているとおり、アルディアン・ダミサのあだ名「ゴヤーリ」は「金の口」を意味している。犬歯に金がかぶせてあること、そしてなにより、その口から黄金のように貴重な物語が流れ出ることが、このあだ名の由来である。

ラウラの母であり、アントニオ・ダミスの妻である女性の名前にも、ひとつの仕掛けが施されている。「ドリタ（Drita）」とは、アルバニア語で「光」を指す言葉である。アントニオ・ダミスは「光」の傍らで生きながら、最後まで「風の影」を振り払えなかった。光とともに生きる道を選んだからこそ、影と手を切る望みも失ったということなのか。物語の終わり近く、ドリタはアントニオ・ダミスが寝ているはずの寝室に入っていく。部屋は闇に包まれ、なんの音も聞こえない。そこで、「光」という名前の彼女が、寝室に明かりをともす。こうしてドリタは、「ビザンチンの聖人の光背」と向き合うことになる（なお、「光背（aureola）」という言葉にも、「黄金の」を意味する形容詞「アウレオ」が身を隠している）。アントニオ・ダミスにもっとも近しい人物たちのまわりには、風、光（＝影）、黄金といった、『モザイク』の物語の根幹を形づくるイメージが浮遊しているのである。

『モザイク』には、ドリタとアントニオ・ダミス、ラウラとミケーレ、エレオノーラ（美しきロッサニーザ）とジャンバッティスタ・ダミスのあいだに生まれた、世代の異なる三つの恋が描かれている。これらの恋にはひとつの共通点がある。いずれの場合も、恋人たちが別々の土地に出自を持つという点である。血の「混淆」は、アバーテの作品に一貫して認められる要素である。『風の丘』では、カラブリアの小村スピッラーチェに生まれたミケランジェロが、「トリノっ娘」のマリーザと結ばれる。『円舞』や『スカンデルベグのバイク』でも、ホラに生まれた登場人物たちは、決まって外の土地の人間と恋に落ちる。異なる土地に生まれ育った男女の恋を書きつづける理由について、アバーテは次のように語っている。

わたしたちは五世紀前からカラブリアに暮らしています。わたしたちはアルバレシュであると同時に、カラブレーゼ（カラブリア人）でもあるのです。この小説［訳者註：『モザイク』を指す］には、「美しきロッサニーザ」というカラブリアの女性が登場し、パパスと結婚します。ここからわたしは、カラブレーゼとアルバレシュの「雑婚」に筆を進めていきます。カラブレーゼとアルバレシュの結婚はわたしたちの歴史を変えました。なぜなら、こうした結婚をとおして、わたしたちは純粋なアルバニア人ではなくなったからです。［中略］わたしたちアルバレシュの末裔も、アントニオ・ダミスも、誰もが混淆（contaminazione）の果実です。それは言語の混淆であり、文化の混淆であり、愛の混淆でもあります。混淆はわたしの小説の特徴のひとつですが、とりわけこの作品にはそうした面が強く表れています。[*7]

右の引用文では、アバーテが使っている「contaminazione」というイタリア語を「混淆」と訳したが、この単語には通常「汚染」という訳語があてられる。「contaminazione」とは「純粋なものに別のものを混ぜて汚すこと」であり、そこには明らかに否定的なニュアンスが含まれている。ところが、アバーテは言葉の意味を逆手に取って、「不純なものの価値」を強調する。そして、言語や文化の「汚染」によって生まれる豊かさを、自身の文体にも浸透させようとするのである。

『モザイク』の登場人物はアルバレシュ語やアルバニア語を頻繁に口にする。くわえて、ミケーレの両親やパオロ・カンドレーヴァの語りには、カラブリア方言が数多く散りばめられている（残念ながら、カラブリア方言は訳文に反映されていない。ただし、本書一九四頁の「プローヴァル、エ・ッボーヌ」、「ヨカーマラッムッチャレッドゥ？」はカラブリア方言である。意味はそれぞれ「試してごらん、おいしいよ」、「隠れん坊して遊ぼう！」）。これはホラを舞台にしたすべての作品に共通する特徴であり、アバーテの文体を構成する不可欠の要素でもある。作家の少年時代の記憶をもとに書かれた『帰郷の祭り（*La festa del ritorno*）』から、言語の混淆のもっとも典型的な例を抜き出してみよう。

　人生で初めて学校に行った日から、もうそんな調子だった。不安と好奇心を胸に教室へと入っていった僕だったが、三〇分もしたころには早くも欠伸していた。先生の説明していることが、さっぱり何も分からなかったのだ。僕は思った。このシュコーラってとこじゃタリアーノが話されてんのか。年寄りや、キアッツァでわけの分からないこと言いながら商売してる余所者が話してる言葉だ。あとは役者だな、「ケ・ベッラ・コーザ・エ・ナ・ジュルナータ・エ・ソーレ」とか歌ってる連中。それに父さんも髭を剃るとき、この言葉で歌ってる「ラリア・セレーナ・パラ・ジャ・ナ・フェスタ」なんてね。きっと父さんがフロンチァから戻ってきたときのような、盛大な祭りなんだろうな。

　ともかく、先生の使っている言葉は僕には馴染みがなかった。「点呼を取りますよ」テンコ？「エ・キ・ヴォ・キスタ・ッカ・エ・ミア？」僕は必死に「タリアーノ」を絞り出して、先生が僕の隣の席に坐らせた五年生の女子に尋ねた。
すべての一年生の横には、専属の守護天使かつ翻訳者がいた。僕の天使は言った「ミエストリア・カ・タナ・セ・カ・タパチュ・クアデルニン」そこで僕はノートを開いた。「カ・タマレチュ・ラプスィン」そこで僕は鉛筆を握った。「カシュトゥ・ムバヘト・ラプスィ」こう言って天使は鉛筆の持ち方を僕に見せてくれた。僕は欠伸した。その女子に叱られた「テ・シュコラ・ンガ・アガレト」[*8]（傍線、太字、傍点の加工は引用者によるもの）

この箇所では標準イタリア語を背景に、カラブリア方言（傍線を引いた部分）、ナポリ方言（太字部分）、アルバレシュ語（傍点を打った部分）が「モザイク状」に点在している。アバーテ自身の幼少期を思わせる語り手の少年は、キアッツァ（広場）で役者が歌っているナポリ民謡の言葉がタリアーノ（イタリア語）なのだと思いこんでいる。アルバレシュの家庭で育った子供たちにとって、イタリア語とはかくも遠く、馴染みの薄い言語だった。

短篇集『足し算の生（*Vivere per addizione*）』に収められた「村の行列」という一篇で、アバーテはアルバレシュ語を「ギウハ・エ・ザマレス」と呼んでいる。[*9]「心の言語」を意味するアルバレシュ語表現である。「ギウハ・エ・ザマレス」に対置されるのが「ギウハ・エ・ブカス」で、これは「パンの言語」、すなわち、生きる糧を稼ぐための言語にあたる。それは、アメリカに移住した経験を持つアバーテの祖父にとっては英語であり、ドイツへの出稼ぎ移民だった父にとってはドイツ語であり、アバーテ自身にとってはイタリア語だった（アバーテはかつてドイツの移民学校で、イタリア系移民第二世代にイタリア語を教えていた)。移住を契機に、人は好むと好まざるとにかかわらず、パンの言語の習得に迫られる。わたしたちの知覚する世界は、母語とは異なる言語の学習をとおして、複数の言語に「汚染」されていく。アバーテの文学は、そうした「汚染―混淆」に彩られている。心の言語とパンの言語がさまざまに絡まり合い、織り合わされ、色とりどりの「言葉のモザイク」が生みだされている。

「声を張りあげてもしようがない。あとはただ、できるかぎり自然な仕方で、過去が現在へと結びつくのを待つだけだ。そうしてはじめて、偉大なる時は意味を持つ」(本書二五七~八頁)。ゴヤーリはラウラとミケーレにこのように語っていた。いかにして過去を現在に結びつけるか。いかにして、過去の記憶を未来へと継承するか。これはゴヤーリだけでなく、作家アバーテにとっての関心事でもある。最新作の『待つ幸福(*La felicità dell'attesa*)』は、二〇世紀のはじめにカルフィッツィからアメリカへと移住した、アバーテの祖父の体験に着想を得た長篇である。この作品のエピグラフには、教父アウグスティヌス(三五四~四三〇)の『告白』から、「時間」をめぐる省察が引かれている。

「三つの時がある。過去についての現在、現在についての現在、未来についての現在」じっさい、この三つは何か魂のうちにあるものです。魂以外のどこにも見いだすことができません。過去についての現在とは「記憶」であり、現在についての現在とは「直観」であり、未来についての現在とは「期待」です。[*10]

アウグスティヌスは『告白』の十一巻で、「時間とはなにか」という大問題に取り組んでいる。わたしたちは子供のころ、過去、現在、未来という三つの「時」があると教わった。けれど、現在はともかくとして、過去と未来はどこに「ある」のか？　過去とは「すでにない」ものであり、未来とは「まだない」ものではないのか？　「ない」はずのものを、どうしてわたしたちは「ある」ように感じるのか？　このような問いかけを経てアウグスティヌスがたどりついた答えが、『待つ幸福』のエピグラフとして引用された箇所である。つまり、確かに「時」は三つあるが、それは過去、現在、未来と区別されるのではない。そうではなく、三つの「時」はすべて現在に属している。「ある」ものはすべて、現在としてのみ「ある」のである。「未来が「まだない」ことを、だれが否定しましょうか。にもかかわらず未来にたいする期待は、精神のうちに「もうある」のです。過去が「もうない」ことを、誰が否定しましょうか。にもかかわらず過去の記憶は、精神のうちに「まだある」のです」[*11]

過去は「まだあるもの（記憶）」として、未来は「すでにあるもの（期待）」として、現在という「時」に寄り添っている。アウグスティヌスのこの言葉は、アバーテの文学を読むための見事な補助線を提供している。アバーテの作品において、過去はつねに「まだある時」として描かれる。そして、「まだある時」に精通している人物（『モザイク』のゴヤーリや『風の丘』のミケランジェロ）が、「すでにある時」を生きる世代へ、記憶を引き継いでいくのである。本書の題名になっている「モティ・イ・マヅ（偉大なる時）」とは、英雄スカンデルベグが生きた時代であり、アルバレシュの祖先がイタリアに共同体を創建した時代でもある。けれどアバーテによれば、わたしたちが生きる現代においても、「モティ・イ・マヅ」はそこかしこに息づいている。五〇〇年前の逃走者も、現代のアルバニア難民も、アバーテの祖父や父も、さらには作家自身もまた、「旅立ちを強いられた者」として同じ運命を共有しているからである。ゴヤーリはモザイクの工房で、こんな言葉を口にしていた「出来事がいつ起きたかは重要じゃない。俺たちの内側に痕跡を残したなら、その「時」は偉大だったということだ」（本書一四九頁）。物語の震えを感じとる聴き手がいるかぎり、「偉大なる時」が終わりを迎えることはない。『モザイク』の世界では、移住という共通の体験を媒介にして、過去と現在が同化し、異なる「時」の混淆が生じている。こうして読者は、ひとつの平面に複数の時が並置される「時のモザイク」を目の当たりにする。石やガラスの欠片でなく、出自も響きも異なるとりどりの言葉を用いて、アバーテは物語というモザイクを紡いでいく。言語と、文化と、愛の混淆が織りなす色彩が、光を放つ風となって、わたしたちの生きる時を照らしている。

本書の刊行にあたっては、未知谷の飯島徹さん、伊藤伸恵さんにたいへんお世話になりました。二〇一三年の春、アバーテの『帰郷の祭り』を未知谷から出したいと提案した際は、版権の壁が立ちはだかり実現は叶いませんでした。その翌年、今度は『モザイク』の版権取得を目指したものの、こちらも一筋縄ではいきませんでした。無事に刊行までこぎつけたことを、ほんとうに嬉しく思います。アルバニアの文化や歴史にかんしては、イスマイル・カダレ『死者の軍隊の将軍』を翻訳された井浦伊知郎先生による、『アルバニアインターナショナル』（社会評論社、二〇〇九年）に多くを教えられました。ここにお礼申し上げます。本訳書のカバーには、みやこうせいさんから作品をご提供いただきました。アルバレシュたちの「故郷」である、アルバニアの古都の風景です。

「あとがき」でも触れたとおり、日本では二〇一五年にアバーテの『風の丘』が刊行されています。本書と併せてお読みいただければ幸いです。一冊、二冊……と読み進めるうち、アバーテの作品はどんどんと面白くなっていきます。コーラスの音色のように、小説の世界が響き合い、奥行きを増していくからです。ひとりでも多くの日本の読者に、この作家の魅力が伝わるよう願っています。

二〇一六年三月

谷津にて　訳者　識

＊1　現在、南伊七州に合計五〇のアルバレシュ自治体が存在する。カラブリア州には、そのうちの三三が集中している。アルバレシュ共同体の分布にかんしては以下のサイトを参照。http://www.arbitalia.it/katundet/index.htm（二〇一六年三月二十三日閲覧）。アルバレシュ語―イタリア語の辞典を著したE. Giordanoによれば、アルバレシュ語の語彙のおよそ45％が、現代アルバニア語と共通しているという。そのほかの語彙としては、アルバレシュ語作家の創作した新語が一般に普及したもの、イタリアの地方語や標準語に由来するもの、さらにはギリシア語に起源を持つものなどが存在する（E. Giordano, *Fjalor Arbëresh Italiano - Italiano Arbëresh*, Il Coscile, Cosenza, 2000, pp. x-xi）。

＊2　カルフィッツィ出身の著名人には、二〇世紀初頭にアメリカへ移住し、伝説の「プロボウラー」として名を馳せたアンディ・ヴァリパパがいる。アメリカンドリームの体現者であるアンディは、二〇一五年に刊行されたアバーテの最新作『待つ幸福（*La felicità dell'attesa*）』にも登場し、主人公の人生を導く重要な人物として描かれている。

＊3　スカンデルベグは通称であり、本名はジェルジ・カストリオティという。『モザイク』のなかでも軽く触れられているが、スカンデルベグは一四六〇年代のはじめ、ナポリ王フェッランテの要請を受けて南イタリアに遠征している。その際の功績により、カストリオティ家はアプリア地方（現在のプーリア州からカラブリア州にかけての地域）に領地を授かることになる。スカンデルベグの死後、息子のジョン・カストリオティが同胞を引き連れ南イタリアへ移住することができたのも、こうした背景があったからこそである。アルバレシュの民にとってスカンデルベグは、共同体の歴史の起源に位置する存在といえる。

＊4　Carmine Abate, *Il ballo tondo*, Mondadori, Milano, 2005, p. 207.

＊5　Carmine Abate, *La moto di Scanderbeg*, Mondadori, Milano, 2008, p. 71.

＊6　池田廉「解説」、ペトラルカ『カンツォニエーレ』池田廉訳、名古屋大学出版会、一九九二年、六六九頁。

＊7　S. Arminio, D. Corale, *Mosaico d'identità*, in《Il Crotonese》, 31 gennaio 2006. (http://www.carmineabate.net/, *Il mosaico del tempo grande*,《Le recensioni》、二〇一六年三月二十三日閲覧)

＊8　Carmine Abate, *La festa del ritorno*, Mondadori, Milano, 2014, pp. 73-74.

＊9　Carmine Abate, *Vivere per addizione*, Mondadori, Milano, 2010, p. 121.

＊10　アウグスティヌス『告白III』山田晶訳、中公文庫、二〇一四年、五二頁（引用にあたり、段落の組み方を変更した）。『待つ幸福（*La felicità dell'attesa*）』というタイトルは、ここに引用したアウグスティヌスの言葉に由来している。日本語で「期待」と訳されている言葉はイタリア語では「attesa」、すなわち「待つこと」を意味する。なお、「直観」に相当するイタリア語は「visione（見ること）」である。

＊11　アウグスティヌス『告白III』、前掲書、七四頁。

Carmine Abate

1954年生まれ。出生地のカルフィッツィ（カラブリア州クロトーネ県）は、南イタリアに点在するアルバニア系住民（アルバレシュ）の共同体のひとつ。南伊プーリア州のバーリ大学を卒業後、ドイツに移住。1984年、ドイツ語による短篇集『かばんを閉めて、行け！（*Den Koffer und weg!*）』を発表し、作家としてデビュー（1993年、同作のイタリア語版『壁のなかの壁（*Il muro dei muri*）』を刊行）。1990年代半ばに北イタリアのトレント県に移住し、現在にいたるまで同地で生活を送る。『円舞（*Il ballo tondo*、1991年）』、『スカンデルベグのバイク（*La moto di Scanderbeg*、1999年）』、『偉大なる時のモザイク（*Il mosaico del tempo grande*、2006年。本訳書）』など、架空のアルバレシュ共同体「ホラ」を舞台にした作品を複数手がけている。2012年、*La collina del vento*（『風の丘』関口英子訳、新潮社、2015年）でカンピエッロ賞を受賞。最新作は、「ホラ」とアメリカを舞台にした移民たちの物語『待つ幸福（*La felicità dell'attesa*、2015年）』。

くりはら としひで

1983年生まれ。京都大学総合人間学部、同大学院人間・環境学研究科修士課程を経て、イタリアに留学。カラブリア大学文学部専門課程近代文献学コース卒（Corso di laurea magistrale in Filologia Moderna）。訳書にジョルジョ・アガンベン『裸性』（共訳、平凡社）、アマーラ・ラクース『ヴィットーリオ広場のエレベーターをめぐる文明の衝突』『マルコーニ大通りにおけるイスラム式離婚狂想曲』、メラニア・G・マッツッコ『ダックスフントと女王さま』、ジョン・ファンテ『デイゴ・レッド』『バンディーニ家よ、春を待て』（未知谷）がある。

Il mosaico del tempo grande

偉大《いだい》なる時《とき》のモザイク

2016年 4 月20日印刷
2016年 5 月10日発行

著者　カルミネ・アバーテ
訳者　栗原俊秀
発行者　飯島徹
発行所　未知谷
東京都千代田区猿楽町2丁目5-9　〒101-0064
Tel. 03-5281-3751 / Fax. 03-5281-3752
［振替］ 00130-4-653627
組版　柏木薫
印刷所　ディグ
製本所　難波製本

Japanese edition by Publisher Michitani Co. Ltd., Tokyo
Printed in Japan
ISBN978-4-89642-496-6　C0097

栗原俊秀の翻訳の仕事

アマーラ・ラクース　Amara Lakhous

ヴィットーリオ広場のエレベーターをめぐる文明の衝突

ミステリー仕立てのイタリア式コメディと言われる本作だが、名づけるとすればそれは真っ赤な偽り。ある殺人事件をめぐる11人の証言、しかしそれは人のよって立つ安住の場をめぐる考察であった。本邦初紹介、国籍横断文学の一級品。　224頁2500円

マルコーニ大通りにおけるイスラム式離婚狂想曲

スパイにならないか？　アラビア語の能力と地中海風の風貌を買われスカウトされたシチリア生まれの男。潜入したムスリム・コミュニティでの生活は順調……。俺は何を探ってる？　テロ・友情・恋愛・離婚に国家の思惑が絡み合う快作！　288頁2500円

メラニア・G・マッツッコ　Melania G. Mazzucco

ダックスフントと女王さま　長野順子絵

世界23ヶ国で紹介されているイタリアの人気女流作家を本邦初紹介。ダックスフントのプラトーネの周りで起こる出来事に、時にオウムが、飼い主が、亀が、互いに想う友達として力を貸す、心なごむ優しい物語。日本版オリジナル挿絵14点。　144頁1800円

ジョン・ファンテ　John Fante

デイゴ・レッド

20C初めイタリアから米西海岸への移民は「デイゴ」と蔑称され、彼らの飲み交わす安ワインは「デイゴ・レッド」と呼ばれた。デイゴの家庭に生まれ育ったファンテの反骨、カトリシズム、家族、愛。ビートニクの魁、短篇連作。　336頁3000円

バンディーニ家よ、春を待て

「彼は家に帰る途中だった。けれど家に帰ることに、いったいなんの意味がある？」1930年代、アメリカ西海岸。貧困と信仰と悪罵が交錯するイタリア系移民の家庭で育った著者の自伝的連作バンディーニもの、第一作長篇。　320頁3000円